Hermann Lühr

Die Wasserwesen

Das Buch:

Ruth Naumann ist Meeresbiologin. Deshalb bittet ihre Freundin sie um ihre Meinung über die Aufzeichnungen ihres vor kurzem verstorbenen Vaters, der als Seemann auf allen Meeren unterwegs war.
Diese unglaublichen Berichte handeln von menschenartigen Wesen mit Schwimmhäuten an Händen und Füßen.
Ruth studiert diese bizarre Sammlung, doch als Wissenschaftlerin kann sie nicht an die Existenz solcher Wasserwesen glauben, bis sie einige Zeit später an Bord eines Forschungsschiffes ...

Der Autor:

Hermann Lühr, Jahrgang 1953, verheiratet, zwei erwachsene Töchter.
Wohnt in Schöningen, Niedersachsen.
Er schreibt Romane, die von Ungewöhnlichem handeln, in einer spannenden Mischung aus Realität und Fiktion.
Weitere Informationen finden Sie am Ende des Buches.

Hermann Lühr

DIE WASSERWESEN

Roman

Copyright © 2021 Hermann Lühr
Herstellung und Verlag: BoD - Books on Demand,
Norderstedt
ISBN 978-3-7526-3998-8

Prolog

498 v. Chr., Strand bei Athen.

Die Sonne war gerade aufgegangen und ließ das ruhige Meer glänzen. Der Fischer folgte seinem Sohn, der wie immer voraus lief, um etwas Spannendes zu finden.

„Vater, schau hier!", rief er begeistert und zeigte auf eine Spur im feuchten Sand.

Der Fischer schmunzelte zuerst, doch je näher er kam, umso mehr staunte er. Denn die Fußabdrücke waren zu groß für einen Menschen und zeigten eindeutig Schwimmhäute zwischen den Zehen.

„Was kann das gewesen sein?", fragte der Junge. „Gibt es so riesige Frösche? Oder andere mir unbekannte Tiere?"

Der Fischer betrachtete nachdenklich die ungewöhnliche Spur, die ins Meer führte. Da ihm nichts Besseres einfiel und sie weiter mussten, sagte er: „Da hat sich Poseidon wohl in der Nacht wieder eine Jungfrau geholt."

Ziemlich genau 2.500 Jahre später spazierten zwei deutsche Urlauber über den gleichen Strand zur selben Tageszeit und sahen auch solche Fußabdrücke.

„Da ist aber jemand schon früh zum Tauchen gegangen", sagte die Frau.

Ihr Mann zuckte mit der Schulter und erwiderte: „Ich dachte immer, die ziehen ihre Schwimmflossen erst im Wasser an, weil man damit nur mühsam gehen kann."

1

2019. Kiel.

Ruth Naumann war 54 Jahre alt, Brillenträgerin, Meeresbiologin und schon ewig Single. Sie hatte eine stämmige Statur, ohne jemals dick gewesen zu sein. Als junge Frau hatte sie geglaubt, es liege an ihrem reizlosen Äußeren, dass sich die Jungs nicht für sie interessierten. Doch Christel – ihre Freundin seit der Abi-Klasse – hatte ihr damals erläutert, dass sie einfach zu schlau für die Mehrzahl der Männer sei, die wollten lieber ein sexy Modepüppchen als eine intelligente, ehrgeizige Frau. Und auf gar keinen Fall eine Partnerin, die intellektuell über ihnen stand und erfolgreicher war.

Ihre Mutter hatte es nach unermüdlichen Versuchen bei Ende Zwanzig endlich aufgegeben, ihr hausfrauliche Tugenden und Fähigkeiten anzutrainieren, um einen möglichen Bräutigam mit ihren Kochkünsten zu verführen, wenn es schon nicht anders klappte. Liebe sollte ja bekanntlich durch den Magen gehen.

Im Laufe der Zeit hatte sie einige Liebschaften gehabt, die aber stets nur wenige Wochen andauerten. Ein Jahrzehnt hatte Ruth vergeblich auf einen geneigten Akademiker gewartet und sich immer wieder eingeredet, dass eben der Richtige noch nicht gekommen sei. Doch irgendwann gestand sie sich ein, dass sie eigentlich gar keinen Partner vermisste, und erst recht keinen für rund um die Uhr. Ihre faszinierende Forschungsarbeit füllte sie vollkommen aus, da gab es keinen Platz für einen störenden Mann, den sie womöglich noch umsorgen musste. Und Sex wurde ihrer Meinung nach deutlich überbewertet. Die paar angenehmen Minuten waren diesen ganzen Aufwand nicht wert.

Ruth war früh ergraut und trug ihr Haar kurz. Die lästige Prozedur des Färbens wurde ihr rasch zu viel, deshalb ließ sie das Grau zu. Inzwischen gefiel ihr dieses natürliche Aussehen. 'Eisblond' hatte es mal ein Kollege bezeichnet. Sie war sich nicht sicher, ob er wirklich nur die Haarfarbe gemeint hatte.

Seit fünf Jahren trug sie zwei hochmoderne Hörgeräte, die kaum auffielen. Bei einem wissenschaftlichen Tauchgang im Mittelmeer war sie durch den Angriff einer Muräne in Panik geraten und viel zu schnell an die Wasseroberfläche aufgestiegen. Dieser Schreck hatte sie zwar nicht lange vom privaten Tauchen abgehalten, aber die Schwerhörigkeit war geblieben. Seitdem ging sie nicht mehr tiefer als 10 Meter.

Zum Glück gab es noch genügend jüngere Kollegen, die ohne Einschränkungen tauchen konnten, sodass man nicht auf sie angewiesen war. Doch Ruth machte sich wie immer nichts vor: Dieses Handicap, ihre Hörgeräte und besonders ihr Alter würden leider in naher Zukunft ihre Teilnahme an Expeditionen der Forschungsschiffe verhindern. Und das bedauerte sie aufrichtig.

Aber immerhin war ihre nächste Fahrt gesichert. In sechs Wochen ging es los. Da würde sie 42 Tage auf der 'Sonne' im Pazifik verbringen und an zahlreichen Projekten mitarbeiten. Und darauf freute sie sich schon.

Ruth Naumann wartete auf Christel, die ihr unbedingt ein persönliches Buch ihres vor einem halben Jahr verstorbenen Vaters bringen wollte. Ruth hatte sich darüber gewundert, denn sie hatte Herrn Unger überhaupt nicht gekannt, weil Christels Eltern bei ihrem Anfreunden bereits geschieden waren. Aber ihre Freundin meinte, diese Aufzeichnungen handelten von seltsamen Meereslebewesen, und da sei sie doch die perfekte Fachfrau.

Ruth stellte die Kaffeekanne und Haferplätzchen auf den Tisch. Es klingelte zwei Minuten vor der vereinbarten Zeit. Sie schmunzelte und betätigte den Türöffner. Christel war stets extrem pünktlich, im Gegensatz zu ihr.

Sie begrüßten sich mit Umarmung. Christel zog ein A4-Buch aus ihrem Stoffbeutel und überreichte es ihr. Es sah aus wie ein Fotoalbum, vorne drauf klebte eine niedliche Meerjungfrau.

Ruth lächelte. „Die hatte er doch bestimmt von dir aus der Sticker- oder Arielle-Zeit."

„Daran kann ich mich gar nicht erinnern", antwortete sie ungewohnt ernst.

„Ist das sein Tagebuch?"

Christel schüttelte den Kopf. „Das ist eine Niederschrift über ein bestimmtes Thema, das meinen Vater lebenslang beschäftigt hat. Worüber ich gar nichts wusste. Er hat mit mir nie darüber gesprochen. Allerdings hatten wir auch wenig Kontakt. Erst jetzt beim Entrümpeln seiner Sachen habe ich es entdeckt und gelesen. Und ich kriege es einfach nicht übers Herz, dieses Buch einfach im Altpapier zu entsorgen. Wo er sich über Jahrzehnte so viel Mühe gegeben hat. Aber ich kann natürlich nicht viel damit anfangen. Du sicher schon."

„Du machst mich ja richtig neugierig", Ruth strich über den Fischschwanz der Nixe. „Wovon handeln denn seine Notizen?"

„Nun ja", Christel druckste herum. „Von ziemlich merkwürdigen Vorkommnissen. Von sehr schwer vorstellbaren."

Um das folgende, ungewohnte Schweigen zu beenden, schlug Ruth vor, sich erst einmal hinzusetzen und Kaffee zu trinken, das Buch legte sie auf ihre linke Seite.

Nach einem Plätzchen und einer halben Tasse Kaffee räusperte sich Christel und begann: „Du musst wissen, dass mein Vater über 30 Jahre als Seemann über alle Weltmeere fuhr. Es gibt wohl kein Küstenland, in dem er nicht gewesen war. Er liebte diese Eindrücke und sein freies Leben und konnte auch nicht darauf verzichten, als er eine Familie gegründet hatte und Vater war. Trotz vieler Versprechungen zog ihn das Fernweh immer wieder hinaus aufs Meer. Das machte meine Mutter natürlich nicht auf Dauer mit und reichte schließlich die Scheidung ein. Sie war ja praktisch schon Alleinerziehende gewesen, deshalb bedeutete das keinen großen Unterschied für sie. Für mich eigentlich auch nicht."

„Aber für dich war dein Vater doch bestimmt ein Held und Abenteurer", sagte Ruth.

„Ein bisschen schon. Aber wenn er mal da war, erzählte er auch nicht viel von seinen Reisen."

„Der wortkarge Seebär also?"

Christel nickte. „Er war stets ein Mann der Tat, ein Anpacker, auf gar keinen Fall ein Träumer oder Spinner. Ich betone das ausdrücklich, weil seine Aufzeichnungen garantiert so auf dich wirken werden."

„Meinst du?", Ruth schlug das Buch auf, es wirkte wie ein altmodisches Ringbuch-Fotoalbum. Sie überflog die mit ordentlicher Handschrift beschriebene erste Seite. Es handelte sich anscheinend um den Bericht eines Schiffsuntergangs.

„Mir wäre es echt lieber, wenn du es in Ruhe

alleine lesen würdest."

„Klar. Mach ich." Ruth klappte das Buch wieder zu und wunderte sich erneut über die unpassende, kindische Meerjungfrau.

„Mein Vater war immer ein Realist und glaubte nur das, was er sehen konnte. Das musst du unbedingt bedenken, wenn du das liest. Es ist wichtig für den Wahrheitsgehalt seiner Ausführungen. Mit Märchen, Sciencefiction und Fantasy konnte er absolut nichts anfangen."

„Außer mit Arielle", warf Ruth amüsiert ein und bereute es sofort wieder, als sie Christels strafenden Blick sah.

„Du musst mir versprechen, das Geschriebene ernst zu nehmen und dich nicht darüber lustig zu machen. Er hat nämlich auch allerhand Zeitungsausschnitte dazu eingeklebt, die ja quasi eine öffentliche Bestätigung darstellen."

„Aha", Ruth schenkte Kaffee ein, knabberte an einem Plätzchen und hörte ihr weiter zu. So langsam fand sie Christels Verhalten ziemlich befremdlich. Noch nie hatte sie so viel über ihren Vater erzählt. Wenn überhaupt, dann nur knapp und vorwiegend negativ. Aber jetzt huldigte sie ihn fast als wahrheitsgetreuen Beobachter aller Weltmeere und Hafenstädte. Vielleicht befand sie sich jetzt schon in der Trauerphase, wo man sich nur noch an das Gute des Verstorbenen erinnern wollte und das Schlechte verdrängte.

Als Christel mit geröteten Augen gegangen war, räumte Ruth rasch das Kaffeegeschirr weg, setzte sich in den Sessel, klappte das Album mit der Nixe auf und begann zu lesen:

Es war meine erste Fahrt außerhalb Europas. Als

junger Seemann wollte ich die ganze Welt sehen und hatte auf einem heruntergekommenen Frachter in Dubai angeheuert, mit dem Ziel Kapstadt.

Am frühen Morgen des 16. Aprils 1962 kamen wir vor Madagaskar in einen schweren Sturm. Die altersschwachen Pumpen schafften es nicht, die auf Bord stürzenden Wassermassen zu entfernen. Das Schiff bekam bald Schlagseite und kenterte. Jeder wollte natürlich auf das einzige verbliebene Rettungsboot. Doch es war marode und bereits hoffnungslos überladen. Trotzdem versuchten die in Panik geratenen Männer sich von allen Seiten an Bord zu ziehen. Morsche Planken brachen, Wasser trat ein. Das Rettungsboot versank noch vor dem Frachter.

Wer konnte, hielt sich an einem Stück Treibgut fest. Nach einiger Zeit waren wir noch sechs Männer, die weit auseinander gezogen ums Überleben kämpften. Später nur noch drei. Vielleicht lag es auch an Haien, aber gesehen habe ich keinen. Es hat jedenfalls niemand geschrien, alle gingen lautlos unter.

Ich schließlich auch. Ich bekam fürchterliche Krämpfe in den Beinen und konnte mich einfach nicht mehr über Wasser halten. Mit offenen Augen sank ich immer tiefer. Und dann erblickte ich ihn. Oder es.

Er kam mir von unten schnell entgegen, fasste mich unter die Achseln und zog mich kräftig nach oben. Ich hatte keine Luft mehr. Dem starken Drang, den Mund aufzureißen, um nach Luft zu schnappen und einfach Wasser einzuatmen, konnte ich kaum noch widerstehen. Bevor mir schwarz vor Augen wurde, betrachtete ich dieses Wesen ganz genau: Es war ein haarloser nackter Mensch mit *winzigen Ohren und Schwimmhäuten an den Händen und Füßen.*

Was?, dachte Ruth, ein Fischmensch? Was ist denn das für eine verrückte Geschichte?

Als ich wieder zu mir kam, lag ich am Strand einer Komoreninsel. Von meinem Lebensretter war nichts zu sehen. Nur einige froschähnliche Abdrücke neben mir im feuchten Sand.

Verständlicherweise glaubte mir kein Mensch mein Erlebnis. Die Ärzte und alle offiziellen Stellen schoben es auf Halluzinationen durch den Sauerstoffmangel. Irgendeiner hatte zwar schon mal von Delfinen gehört, die Schiffbrüchige an Land gezogen haben sollen, aber so ein Flossenmensch, wie ich ihn geschildert hatte, sei wirklich zu absurd und reine Fantasie.

Das hätte ich auch gesagt, dachte Ruth. Jetzt weiß ich auch, warum Christel so viel Wert darauf legte, ihren Vater als wahrheitsliebenden Realisten darzustellen.

Doch ich wusste, was ich gesehen hatte und ließ mich niemals davon abbringen. Ich wurde von einem menschenartigen Wasserwesen vor dem Ertrinken gerettet. Die Suche nach ähnlichen Berichten beschäftigte mich mein Leben lang. In meiner Zeit als aktiver Seemann hielt ich in sämtlichen Häfen und Ländern danach Ausschau und sammelte diese Informationen. Die meisten können durch Zeitungsausschnitte belegt werden, die mir einer von der vielsprachigen Mannschaft übersetzte. Einige schickten sie mir auch noch zu, nachdem sich unsere Wege getrennt hatten.

Erst im Ruhestand begann ich damit, meine losen Notizen und Artikel zu ordnen und in diesem Buch chronologisch aufzuschreiben. Ich hoffe, dass eines

Tages jemand meine Arbeit fortsetzt und weiter nach diesen Wasserwesen sucht.

Und das soll ich wohl sein, liebe Christel?, fragte sich Ruth verdrießlich.

Denn dieses unbekannte, mit uns eng verwandte Volk lebt in den Tiefen und Weiten der Ozeane, von denen wir weniger wissen als vom Weltall.

Nils Unger, Februar 2006.

Da hat er allerdings recht, dachte sie, in der unerforschten Tiefsee werden andauernd neue Spezies entdeckt. Aber selbstverständlich keine, die wie Menschen aussehen.

Ruth legte die erste kartondicke Seite um. In der Mitte befand sich die ehemals weiße Ringspirale, an der die zahlreich gelochten Seiten befestigt waren. Auf der linken Hälfte klebte eine vergilbte Zeitungsmeldung in englischer Sprache. Ruth las sie und dann die schöne Handschrift von Unger auf der rechten Hälfte:

16. Juni 1965. Brisbane, Australien.

Als ein jahrzehntelang erprobter Skipper mit seiner Segeljacht in seinem australischen Heimathafen an Land ging, berichtete er den Behörden zusammen mit seiner Ehefrau von einem sonderbaren Vorfall:

Mitten auf See bei Neukaledonien sei in ihrer Nähe plötzlich ein kahlköpfiger Mensch aufgetaucht. Er habe keinerlei Taucherausrüstung gehabt und sei anscheinend zum Luft holen an die Oberfläche gekommen, denn er habe intensiv eingeatmet. Der Segler und seine Frau konnten ihn genau beobachten, dabei fielen ihnen seine merkwürdigen Ohren auf. Sie hielten ihn für einen Extremsportler und machten durch lautes Rufen auf sich aufmerksam, um eventuell Hilfe zu leisten. Doch der

Taucher drehte sich erschrocken um und verschwand sofort wieder unter Wasser.

Ein Schwammtaucher?, überlegte Ruth. Aber dann hätte ja irgendwo ein Boot sein müssen. Wahrscheinlich war es eine kleine Walart. Oder eine verirrte Seekuh.

Oder womöglich eine Meerjungfrau mit Glatze?

Ruth schlug belustigt die stabile Seite um und betrachtete links den nächsten Zeitungsausschnitt mit vermutlich chinesischen Schriftzeichen und las Ungers Text auf der rechten Seite:

23. September 1969. Gaoxiong, Taiwan.

Bei seiner Rückkehr meldete der Kapitän eines Trawlers der Polizei, dass sie einige Meilen vor der Küste einen lebendigen Menschen im Netz gehabt hätten. Als sie zum zweiten Mal das Netz eingeholt hätten und es da gut gefüllt hing, habe einer der Mannschaft den Menschen zwischen den vielen Fischen entdeckt. Sie hätten das Netz geöffnet und den Fang auf Deck fallen lassen. Dieser Mensch sei einen Moment vor Schreck erstarrt und mit geballten Fäusten zwischen den zappelnden Fischen stehen geblieben, sodass sie ihn kurz begutachten konnten. Er sei vollkommen nackt und haarlos und kein Asiate gewesen. Die Geschlechtsteile und Ohren schienen verkümmert zu sein.

Als sie ihn ansprachen, sei er schnell zur Reling gelaufen, über Bord gesprungen und unter getaucht. Er müsse aber Schwimmflossen getragen haben, weil sie noch entsprechende Spuren auf Deck sahen. Die gesamte Besatzung des Schiffes habe die Schilderung des Kapitäns in allen Punkten glaubhaft bestätigt.

Ruth nahm die Brille ab und rieb ihre Nasenwurzel. Das wurde ja immer bizarrer. Konnte das nicht einfach ein trainierter Freitaucher gewesen sein, der im letzten Moment ins hoch gezogene Netz geraten war? Aber wieso hatte er keine Geschlechtsmerkmale und war sofort geflohen? Oder sie.

Sie setzte die Brille wieder auf. Das war schon alles extrem ungewöhnlich. Aber auch interessant. Doch als Wissenschaftlerin war sie ausschließlich auf Fakten angewiesen. Bis jetzt handelte es sich nur um fantasiereiche Berichte ohne Beweise.

Ruth drehte die Seite um. Links befand sich ein kleiner Zeitungsausschnitt in amerikanischer Sprache. Erst las sie ihn und anschließend den Abschnitt von Christels Vater auf der rechten Hälfte:

2. November 1972. New York City, USA.

Eine Frau aus Brooklyn, die in der Abenddämmerung am East River auf einer Bank gesessen hatte, meldete auf dem nächsten Polizeirevier, dass sie dabei in ziemlicher Entfernung beobachtet habe, wie ein völlig nackter Mann ohne Haare zuerst aus dem Fluss gestiegen sei, sich längere Zeit die schon beleuchtete Skyline von Manhattan angeschaut habe und wieder ins Wasser zurückgekehrt und untergegangen sei.

Auf Nachfrage der Redaktion erklärte ein Polizeisprecher, dass auf eine Suchaktion verzichtet worden sei, da selbst ein bekleideter Mensch bei diesen Wassertemperaturen nur wenige Minuten überleben könne.

Also ein exhibitionistischer, unentschlossener Selbstmörder, Ruth griente und staunte wieder über ihre absurden Einfälle. Das lag natürlich daran, dass sie diese ganzen Schilderungen nicht ernst nehmen konnte.

Sie blickte zur Uhr und klappte Ungers Buch zu. Für heute hatte sie genug Mysteriöses gelesen. Besser gesagt: Absurdes.

Morgen war Sonntag, da hatte sie genug Zeit und konnte vielleicht noch den Rest schaffen und abends Christel Vollzug melden. Dann war die Angelegenheit hoffentlich erledigt.

2

Nach dem Frühstück widmete sich Ruth Naumann gleich wieder der Lektüre von Christels Vater. Sie musste sich eingestehen, dass sie gestern Abend beim Fernsehen noch oft daran gedacht hatte. Sie suchte den Artikel aus New York und schlug die Seite um. Diesmal gab es links keinen Ausschnitt, sondern rechts nur Handschriftliches:

6. Oktober 1976. Balikpapan, Indonesien.

Drei Überlebende eines Schiffsuntergangs vor Borneo fanden sich an einem Strand in der Nähe von Balikpapan wieder. Keiner wusste, wie sie hierher gekommen waren. Ihre gemeinsame letzte Erinnerung war, unter Wasser geraten und versunken zu sein. Um sie herum seien überall menschenartige Abdrücke im feuchten Sand gewesen. Das Unglaubliche sei aber, dass sie eindeutig Schwimmhäute an Händen und Füßen hatten.

Also auch so ein Amphibienmensch wie bei Nils Unger, stellte Ruth fest. Sie konnte schon verstehen, warum er sich so mit dem Thema beschäftigte. Gerade diese Meldung war ja identisch mit seiner Geschichte, über 14 Jahre nach seiner Rettung. Das musste ihn doch darin bestätigt haben, dass es tatsächlich diese Wasserwesen in den Meeren gab.

Ruth blätterte weiter. Links klebte ein Ausschnitt in französischer Sprache. Rechts stand:

14. Juli 1979. Cherbourg, Frankreich.

Die Wiederaufbereitungsanlage in La Hague teilte der Redaktion mit, dass in den letzten beiden Wochen der drei Meter unter Wasser liegende Auslauf der Abwasserleitung mehrmals mutwillig verstopft worden sei. Die Taucher, die die Blockade beseitigten, berichteten von sorgfältig ineinander verkeilten Steinen, die nur mühsam zu entfernen waren.

Nach jeweils vier Tagen wurde das Rohr wieder auf die gleiche Weise verschlossen. Trotz erheblich ausgeweiteter Kontrollen des Werkschutzes konnte niemand gefasst werden. Am Strand entdeckte man nur zahlreiche Spuren von Schwimmflossen. Der Betreiber geht davon aus, dass diese Froschmänner zu einer militanten Umweltschutzgruppe gehören.

Nur wegen dieser Fußabdrücke glaubte Unger, dass es seine Wasserwesen waren?, fragte sich Ruth. Diesmal als Atomkraftgegner? Das war ja wohl wirklich zu weit hergeholt. Er konnte doch nicht weltweit jede Schwimmflossenspur mit ihnen in Verbindung bringen. Das war eindeutig übertrieben.

Für sie hatte diese Meldung nichts Geheimnisvolles an sich. Nur Ärgerliches und Bedrohliches. Nicht nur als Meeresbiologin, sondern auch als engagierte Bürgerin, war sie gegen Kernenergie und besonders gegen diese gefährliche Anlage in der Normandie, die leider immer noch in Betrieb war. Seit Jahrzehnten gab es dort Störfälle, aber auch Proteste und Aktionen von Umweltschützern, die sie voll unterstützte.

Sie wusste einiges über La Hague. In dieser Plutoniumfabrik wurde mehr Radioaktivität freigesetzt, als in sämtlichen französischen Atomreaktoren zusammen. Jeden Tag wurden 400 Kubikmeter radioaktives Abwasser in den Ärmelkanal geleitet. Und das war legal, weil nur das Versenken von Atommüllfässern im Meer verboten war, die direkte Einleitung der belasteten Abwässer dagegen nicht.

Aber mit diesen vermeintlichen Wasserwesen hatte das absolut nichts zu tun. Das war offensichtlicher Quatsch.

Sie drehte die Seite um. Links befand sich ein schmuddeliger Ausschnitt in englischer Sprache. Ruth las ihn und dann auf der rechten Hälfte Ungers Schrift:

30. August 1983. Winisk, Kanada.

Der Kapitän einer Walbeobachtungsfahrt in der Hudsonbay meinte den charakteristischen runden, weißen Kopf eines Belugas erspäht zu haben und machte seine acht Ausflügler darauf aufmerksam. Sofort legten alle ihre Ferngläser an und betrachteten ihn, dabei erfuhren sie über diese weißen Wale, dass sie vorwiegend in küstennahen arktischen Gewässern vorkämen, bis zu sechs Metern lang werden könnten, sehr gesellig seien und meistens in Familienverbänden von ungefähr 10 Tieren lebten.

Alle warteten deshalb gespannt darauf, dass noch mehr Köpfe auftauchten. Der Kapitän versuchte vorsichtig, ein Stück näher heranzukommen. Plötzlich drehte sich die weiße Kugel zu ihnen um, reckte sich kurz über die Wellen und verschwand unter Wasser.

Sämtliche Leute an Bord schworen später, dass sie durch ihre Ferngläser ganz deutlich ein menschliches Gesicht gesehen hätten.

Belugas haben wirklich eine sehr ausgeprägte Wölbung an der Stirn, dachte Ruth, die kann man echt für einen Glatzkopf halten.

Dass an die zehn Zeugen versicherten, einen Menschen erkannt zu haben, war schon bemerkenswert. Da musste wohl was dran sein. Vielleicht hatten sie einen Triathlonsportler beim Schwimmtraining gesehen.

Ruth blätterte weiter. Links gab es keinen Zeitungsartikel, aber dafür eine kindliche Zeichnung, die auf einem Strich anscheinend die Oberhälfte eines Schneemanns darstellen sollte. Rechts stand:

3. Juli 1988. Almeria, Spanien.

Zwei deutsche Jungs (10 und 8 Jahre alt), die sich erst hier auf dem Campingplatz kennengelernt hatten, waren seit drei Tagen ständig mit dem Schlauchboot des Älteren auf dem Meer. Dabei befolgten sie die Anweisung ihrer Eltern, stets in Strandnähe zu bleiben und nicht über die roten Bojen hinaus zu fahren.

Heute hielten sie sich allerdings nicht daran und paddelten ungestüm über diese Sichtmarkierung, weil sie spielten, einen riesigen weißen Hai zu verfolgen. Bei der Hitze waren sie natürlich schnell erschöpft und schwitzten. Um sich abzukühlen, sprangen sie johlend ins Wasser. Der ältere Junge hatte sogar daran gedacht, sich die Leine des Boots am Fuß festzuknoten, um es nicht zu verlieren.

Womit sie aber überhaupt nicht gerechnet hatten, war die Schwierigkeit, sich aus dem Wasser heraus an den runden, glatten Außenseiten wieder aufs Schlauchboot zu ziehen. Sie strampelten wie wild und versuchten auf jede erdenkliche Art, wieder an Bord zu gelangen. Doch sie schafften es nicht und bekamen langsam Angst. Der Strand war weit entfernt und schreien sinnlos. Also entschlossen sie sich dazu, sich am Boot festzuhalten und mit den Beinen Schwimmbewegungen zu machen, um so irgendwann das rettende Ufer zu erreichen.

Da tauchte plötzlich ein Mann neben ihnen auf, lächelte ihnen zu und wuchtete sie nacheinander scheinbar mühelos zurück ins Schlauchboot. Dabei sagte er kein einziges Wort und verschwand gleich wieder unter Wasser. Die Jungs konnten nur seinen

Oberkörper sehen und beschrieben ihn später als haarlos, mit winzigen Ohren und Schwimmhäuten zwischen den Fingern. Sie fertigten auch die eingeklebte Skizze an.

Ihre Eltern hielten ihren Bericht für eine sehr fantasiereiche Vertuschung ihrer Verfehlung und glaubten ihnen nicht. Ein früherer Seekamerad war zufällig Nachbar auf diesem Campingplatz und schickte mir die Geschichte.

Da bin ich ganz der Meinung dieser Eltern, dachte Ruth. Sie hätte nicht erwartet, dass Unger so eine Kindergartenzeichnung überhaupt in seine Sammlung aufgenommen hatte. Aber offenbar nahm er alles, was er kriegen konnte.

Ihr Telefon klingelte. Sie angelte es sich vom Tisch und schaute aufs Display. Es war Christel.

„Guten Morgen."

„Hallo, Ruth. Störe ich? Bist du beim Kochen oder so?"

„Ich kann doch nicht kochen."

„Es ist mir ja unangenehm, aber ich kann es einfach nicht mehr abwarten: Hast du schon in dem Buch meines Vaters gelesen?"

Die hat´s aber eilig, wunderte sich Ruth. „Ja. Ich habe mehrere Seiten gelesen."

„Wie weit bist du denn?"

„Ist das Buch vollgeschrieben?"

„Beinahe."

„Dann hab ich wohl schon fast die Hälfte geschafft. Ich bin gerade bei den zwei Jungs im Schlauchboot vor Almeria. Dem Bericht mit dieser komischen Zeichnung."

„Und?", erkundigte sich Christel lauernd. „Kannst du schon irgendeine Aussage machen?"

„Na ja, es ist extrem ungewöhnlich."

„Du glaubst es also nicht."

Ruth wollte es vorsichtig formulieren: „Zumindest kann ich es mir momentan nicht vorstellen."

„Aber er hat sich das auf keinen Fall nur ausgedacht."

„Das habe ich auch nicht behauptet."

„Und was hast du für eine Erklärung dafür?", fragte Christel.

„Er hat sich meiner Meinung nach zu sehr auf Schwimmflossenabdrücke und Kahlköpfe fixiert und sie automatisch mit seinem Wasserwesen gleichgesetzt."

„Und die Fischer, die so einen im Netz hatten?"

„Das muss ein nackter Mensch mit Anomalien gewesen sein."

„Und wenn nicht?"

„Tja ...", Ruth ließ das Ende offen. Das anschließende Schweigen belastete sie. „Bist du jetzt sauer?"

„Nee. - Nur enttäuscht."

„Von mir?"

„Nein. Auch. Weil dir diese Geschichte nicht genauso wichtig ist wie mir."

Ruth schluckte betroffen. „Hör zu. Ich werde die Aufzeichnungen deines Vaters bis zum Ende lesen und die Sache ausgiebig durchdenken. Danach rufe ich dich an und teile dir meine Einschätzung mit. Einverstanden?"

„Ja", antwortete Christel leidend.

„Ich melde mich dann."

„Danke, Ruth. Schönen Sonntag noch. Und entschuldige. Tschüss."

„Alles klar. Tschüss." Sie drückte auf den roten Hörer und starrte noch einige Zeit aufs Telefon, bevor sie es weg legte.

Christel tat ihr leid. So traurig hatte sie sich

schon ewig nicht angehört. Aus irgendeinem Grund waren ihr diese abstrusen Berichte ihres nie präsent gewesenen Vaters äußerst wichtig. Sie reagierte überempfindlich auf jegliche Kritik und verteidigte sie. Vielleicht empfand sie es als späte Wiederherstellung einer guten Vater-Tochter-Beziehung.

Das Kapitel Eltern war bis zu deren Tod auch bei ihr ein schwieriges Thema gewesen. Aber diese Art von Verklärung hatte sie nie betrieben. Oder einfach erfolgreich verdrängt.

Ruth holte sich ein Glas Wasser, nahm das aufgeschlagene Buch wieder hoch und legte die starre Seite um. Sie betrachtete die linke Hälfte. Dort gab es oben einen winkligen Ausschnitt in englischer Sprache. Sie überflog ihn und las dann Ungers Version rechts:

11. Februar 1991. London, Großbritannien.

Einem abendlichen Jogger an der Themse fiel ein nackter Mann auf, der an der Wasserkante stand, ihm den Rücken zukehrte und sich scheinbar die beleuchteten Sehenswürdigkeiten anschaute. Er hielt ihn für einen abgehärteten FKK-Eisschwimmer. Beim Weiterlaufen und Näherkommen beobachtete er, wie der Nackte mit Storchenschritten im Wasser verschwand.

Seltsam fand er, dass der Mann überhaupt nicht mehr auftauchte und riesige Fußabdrücke im Ebbeschlick der Themse hinterließ.

Ruth zog ein überdrüssiges Gesicht. Das war ja die gleiche Story wie in New York.

Sie sah zur Uhr und überlegte, ob sie jetzt schon zu einem Spaziergang aufbrechen oder noch warten sollte. Und was war eigentlich mit Essen? Aber dafür war es noch zu früh. Also blätterte sie eine Seite weiter.

Diesmal klebte links eine schöne Urlaubspost-karte. Sie zeigte vermutlich eine kleine Südseeinsel mit Palmen, weißem Strand, einem Bootssteg und einer runden Hütte mit Blätterdach. Das Wasser in Strandnähe leuchtete türkisfarben, weiter draußen hatte es ein dunkleres Blau als der wolkenlose Himmel. Rechts stand:

4. April 1995. Male, Malediven.

Ein ehemaliger Seekamerad betrieb einen Boots-verleih im Urlaubsparadies der Malediven. Er fuhr ein deutsches Ehepaar zum Tauchen hinaus. Als sie zurück an Bord kamen, erzählten sie ihm von einem Erlebnis, das er mir später in einem Brief mit dieser Postkarte mitteilte:

Zum Ende ihres Tauchgangs in der wunderbaren Welt der Korallenbänke hätten sie einen anderen Taucher ohne Badehose und ohne Ausrüstung erblickt. Zuerst hätten sie ihn für einen Ein-heimischen gehalten, doch seine Haut sei weiß gewesen. Er habe sie dann ebenfalls entdeckt und sei mit ausholenden Armbewegungen wegge-schwommen. Sie hätten ihn ein Stück verfolgt, aber er sei viel schneller vorwärtsgekommen. Dabei hätten sie ganz genau gesehen, dass seine über-dimensionalen Füße wie Schwimmflossen paddelten und seine Hände eine größere Fläche hatten. Allerdings konnten sie keine Haare und Ohr-muscheln erkennen.

Ruth besah sich die paradiesisch anmutende Insel auf der Karte und grübelte über das Gelesene nach. Irgendwie kam ihr diese Schilderung echt vor. Zumindest fand sie nicht auf Anhieb eine Erklärung für eine optische Täuschung, und die Äußerungen von Tauchern hatten für sie bei so einem Lebewesen eine höhere Glaubwürdigkeit als andere. Immerhin

sahen sie unter Wasser – besonders bei den Malediven – eine ungeheure bunte Artenvielfalt, bei der
sie mit einem Blick die jeweilige Spezies identifizieren mussten, um sie als eventuell gefährlich
einzustufen und entsprechend zu reagieren. Es
könnte nämlich schmerzhaft bis lebensbedrohend
sein, wenn man nicht wusste, ob ein Fisch oder eine
andere Kreatur angriffslustig oder auf irgendeine Art
giftig war.

Ruth trank einen Schluck Wasser und sah wieder
die auf sie zu schnellende und nach ihr schnappende
Muräne vor sich. Sie kannte die Effektivität ihres
Mauls: Die scharfen Zähne waren nach hinten
gerichtet, damit das Opfer nicht mehr entkommen
konnte. Der Oberkiefer hatte eine doppelte Zahn-
reihe, der Unterkiefer nur eine. Wenn die im Ganzen
verschluckte Beute groß war, bildete die Muräne
zwei Windungen, um sie mit ihrem Körper im Ver-
dauungstrakt zu zerquetschen.

Ruth legte das Album so aufgeschlagen auf den
Tisch, reckte sich gähnend und erhob sich. Es war
Zeit, sich an der frischen Luft etwas zu bewegen.

3

Ruth Naumann spazierte durchs Düsternbrooker Gehölz, ihrem Lieblingsgelände im Kieler Stadtgebiet. Es handelte sich um eine Mischung zwischen Wald und Park mit vielen miteinander verbundenen Wegen. Im östlichen Randbereich konnte man schon die frische Seeluft der Bucht mit allen Sinnen spüren.

Früher war sie im Sommer oft mit ihren Eltern an den Stränden am Ostufer der Kieler Förde gewesen. Sie hatte nicht mit anderen Kindern geplantscht oder gespielt, sondern lieber mit Taucherbrille und Kescher kleine Tiere im Wasser gefangen, die ihre Untersuchungen selten überlebten.

Pünktlich zum Frühlingsanfang in drei Tagen zeigten sich violette und weiße Krokusse. An den Forsythien lauerten bereits die halb geöffneten gelben Blüten.

Jetzt um die Mittagszeit war hier nicht viel Betrieb. Sie sah hauptsächlich Leute, die ihre Hunde ausführten – oder umgekehrt. Bis auf gelegentliches Bellen gab es eine wohltuende Ruhe, nur die Meeresbrise rauschte in den Bäumen. Sonst war es hier erheblich lauter durch viele lärmende Kinder, die irgendein neues Fortbewegungsmittel ausprobierten, Fangen oder Ball spielten, in ihren Karren oder an ihren Eltern plärrten. Zum Glück machten die wohl jetzt alle ihren Mittagsschlaf zu Hause.

Es dauerte nicht lange, bis Ruth wieder in Gedanken bei den Berichten von Christels Vater war. Dabei fiel ihr die 'Volkszählung der Meere' ein, die vor 10 Jahren nach langjähriger Arbeit veröffentlicht worden war. Bei dieser großen wissenschaftlichen Gemeinschaftsaktion von 80 Nationen weltweit sollte eine Bestandsaufnahme der Meeresbewohner durchgeführt werden, bei der man zwangsläufig unbekannte aufspüren würde.

Die Ergebnisse der 540 Einzelexpeditionen – auch durch ihr Institut – wurden in drei Büchern über den Zustand der Ozeane zusammengefasst. Man konnte mehr als 1200 neue Arten von Meerestieren ausführlich beschreiben, über 5000 weitere wurden entdeckt, aber noch nicht abschließend bestimmt.

Trotz vieler neuer und überraschender Erkenntnisse dieser gewaltigen Analyse mussten die Wissenschaftler aber auch zugeben, dass sie nur verschwindend kleine Stücke untersucht hatten und der größte Teil der Weltmeere wahrscheinlich immer unerforscht bleiben würde.

So gesehen war alles möglich. Aber menschliche Wesen mit Flossen?

Ein junges Liebespaar kam Ruth eng umschlungen entgegen. Ihr kam die Idee, dass man doch auch mal untersuchen müsste, wie sich dieses Gefühl und ihre Beziehung im Laufe der Zeit entwickelte. Wie lange hielt sich diese Verliebtheit? Waren die beiden in einem Jahr noch ein Paar? Hatten sie in fünf Jahren Kinder und kamen dann auch hierher? Führten sie in 25 Jahren eine gute Partnerschaft, wenn die Kinder wieder aus dem Haus waren? Fuhren sie als Großeltern ihre Enkel hier herum? Saßen sie in 40 Jahren dort auf einer Bank und dachten an den Anfang ihrer Liebe? - Oder ging in ein paar Monaten jeder wieder seinen eigenen Weg allein?

Auf dem Rückweg von ihrem ausgedehnten Spaziergang hatte Ruth bei dem türkischen Imbiss angehalten, bei dem sie schon fast als Stammkunde gelten konnte. Sie hatte sich einen Hähnchen-Döner und einen kleinen Bauernsalat mitgenommen und beides in ihrer Küche sofort genüsslich aufgegessen. Wegen des Zazikis musste sie auf niemanden Rücksicht nehmen, und mit Küssen rechnete sie nicht mehr.

Ruth trank noch ein Glas Wasser und fühlte sich gestärkt genug, um noch einige seltsame Berichte von Christels Vater zu lesen. Sie nahm das bei der Palmeninsel-Karte aufgeschlagene Buch vom Tisch und drehte die Seite um. Links gab es einen englischsprachigen Ausschnitt mit viel roter Schrift und der Abbildung eines skelettierten Fußes. Die Aufmachung erinnerte sie an die Bild-Zeitung. Die fette Überschrift lautete: 'Ist das der Fuß von Goliath?'

Ruth stieß einen Überraschungspfiff aus und überflog den Artikel. Bei den zusammengefügten Fußknochen handelte es sich um ein Ausgrabungsfoto mit den üblichen rechtwinkligen Messstäben. Etwas belustigt las sie auf der rechten Hälfte den Text von Unger:

26. Januar 1998. Tel Aviv, Israel.

Der amerikanische Archäologe Clark Foster entdeckte bei Ausgrabungen im Gebiet von Tel Maresha die vollständigen Knochen eines riesigen menschlichen Fußes. Es handelte sich um den rechten, er hatte eine Länge von 51 Zentimetern und eine Breite von 19 Zentimetern. Leider konnte er bis jetzt keine weiteren Stücke des Skeletts oder Artefakte finden.

Die Altersbestimmung der Knochen ergab exakt 1000 v. Chr.. Das war die Zeit von David und seines Zweikampfes mit dem Philister-Riesen Goliath, der laut Bibel über drei Meter groß gewesen sein soll.

Foster verknüpfte beide Punkte und glaubte so, den gewaltigen Fuß von Goliath gefunden zu haben und wollte weiter nach den restlichen Knochen suchen. Er erwog aber auch, dass nur der einzelne abgetrennte Fuß als Trophäe an diesen Ort verschleppt worden sein könnte.

Die Fachwelt unterstützt allerdings keineswegs Fosters Hypothese und wollte den Fund nicht weiter kommentieren.

Das wundert mich nicht, dachte Ruth. Das ist eine sehr fantasiereiche Spekulation und passt haargenau in Ungers Denkweise. Da wird ein gigantischer Fuß in einer Wüstengegend ausgegraben, und er ist sofort davon überzeugt, dass es sich um den rechten Paddelfuß eines Wasserwesens handelt. Das Knorpel- und Hautgewebe seiner beliebten Schwimmhäute hat sich natürlich inzwischen aufgelöst.

Ruth stöhnte und massierte ihre Schläfe. Das war schon verzwickt. Wie sollte man einen menschlichen Fuß von einem halben Meter Länge erklären? Er schien ja bis auf die Größe keinerlei Anzeichen einer Missbildung zu haben. Sie nahm sich vor, mal im Internet nach Foster und seiner ungewöhnlichen Entdeckung zu recherchieren.

Was wäre das eigentlich für eine Schuhgröße?, fragte sich Ruth amüsiert und blätterte eine Seite weiter. Links klebte ein Zeitungsausschnitt mit vermutlich chinesischen Schriftzeichen. Sie las Ungers gleichmäßige Schrift rechts:

7. Mai 2001. Schanghai, China.

Ein Geschäftsmann kam nach einer Party in der Nacht auf Sonntag vom Weg ab und landete mit seiner neuen Limousine im Hafenbecken. Das Auto sank schnell. Nach eigenen Angaben geriet der Mann in Panik und sei unfähig gewesen, die Tür oder ein Fenster zu öffnen. Starr vor Schreck habe er den Grund erreicht, immer noch mit einge-

schaltetem Licht. Das Wasser im Wageninneren stieg rasch und habe ihm bald bis zum Hals gestanden.

Dann sei außen plötzlich ein nackter Mann aufgetaucht und habe an die Scheibe geklopft. Der Autofahrer habe seinen Mund zum Wagendach gestreckt und in der verbliebenen Luftblase geatmet. Trotzdem habe er genau gesehen, dass die ausgestreckte Hand an der Fensterscheibe Schwimmhäute zwischen den Fingern hatte. Der Nackte habe die Fahrertür geöffnet, ihn abgeschnallt und mit kräftigen Beinbewegungen an die Wasseroberfläche und zur Kaimauer gebracht. Dort habe er ihn sich über die Schulter geworfen und die Leiter hoch geschleppt. Oben habe er ihn vorsichtig abgelegt und sei wieder ins Wasser gesprungen.

Die Polizei teilte mit, dass bei dem Autofahrer ein Alkohol- und Drogentest durchgeführt wurde, beide seien positiv gewesen.

Also waren die Schwimmhäute nur eine Halluzination durch den doppelten Rausch, stellte Ruth fest. Und der Retter war verschwunden, um Hilfe zu holen. Alles leicht zu erklären.

Sie schlug die Seite um. Links befand sich kein Ausschnitt, rechts stand:

16. Januar 2005. Bangkok, Thailand.

Ein ehemaliger Schiffskoch teilte mir in einem Brief mit, was vier junge Überlebende genau drei Wochen nach dem verheerenden Tsunami in einer thailändischen Fernsehsendung berichtet hatten:

Jeweils zwei seien in Khao Lak und bei Phuket von der gewaltigen Flutwelle mit vielen anderen unter Wasser gedrückt worden. Sie hätten es immer wieder geschafft, an der tosenden Oberfläche Luft zu schnappen, bevor sie erneut überschwemmt wurden. Sie seien sich vorgekommen wie in einem riesigen Mixer, der alles durcheinander wirbelte: tote Menschen und Tiere, Einrichtungsgegenstände, Palmenwedel, Bootsteile, Fahrräder, Wellblechstücke und jede Menge Holz.

Die vier Jugendlichen schwörten, dass sie schließlich von einem hellhäutigen, kahlköpfigen Mann ohne Badehose, aber mit fleischfarbenen Schwimmflossen und Handschuhen aus den Fluten gerettet worden seien, der anscheinend ohne Hilfsmittel sehr lange tauchen konnte. Der Mann mit winzigen Ohren habe sie wortlos auf eine erhöhte Stelle an Land in Sicherheit gebracht und sei sofort wieder im Wasser verschwunden.

Durch diese Sendung wollten sie sich bei ihren unbekannten Lebensrettern bedanken. Es wurde eine Telefonnummer eingeblendet, bei der sich die beiden Männer doch bitte melden sollten, um ebenfalls eingeladen zu werden und eine Belohnung zu erhalten.

Ruth staunte darüber, dass diese Katastrophe schon 15 Jahre her war. Nach einem Seebeben hatte am 2.Weihnachtstag ein ungeheurer Tsunami ganz Südostasien überrollt und insgesamt über 200.000 Todesopfer gefordert, darunter auch viele Urlauber. Danach wurde dort ein Tsunami-Frühwarnsystem eingerichtet, damit nie wieder so viele Menschen dadurch sterben sollten.

Für die vier Jugendlichen hatte sich die Sendung garantiert finanziell gelohnt. Trotzdem musste an dieser Geschichte etwas dran sein. Immerhin hatten sie an unterschiedlichen Orten übereinstimmende Erlebnisse mit gleich aussehenden Rettern.

Sogleich meldete sich die skeptische Wissenschaftlerin in ihr. Vielleicht hatten die sich die Story ausgedacht und sich abgesprochen, um damit bei einem kommerziellen Sender Geld zu machen.

Ruth nahm die Brille ab und wischte sich über die Stirn, um alles Fantastische aus ihrem Kopf zu kriegen. Sie musste objektiv bleiben.

Sie blätterte eine Seite weiter. Links klebte ein Artikel in amerikanischer Sprache. Sie las ihn und wunderte sich wieder, wie schnell doch die Zeit verging. Unger hatte rechts geschrieben:

12. September 2005. New Orleans, USA.

Nach den Dammbrüchen durch Hurrikan Katrina und den sintflutartigen Regenfällen standen 80 Prozent des Stadtgebiets von New Orleans bis zu siebeneinhalb Metern unter Wasser. Die Hauptstraßen wurden zu Strömen, alle Straßen zu Flussarmen. Die Menschen konnten sich nur noch mit Booten fortbewegen. Durch den kompletten Stromausfall war kein Abpumpen möglich.

Leider kam es überall zu Plünderungen und Gewalttaten. Die Polizei stellte jetzt nach zwei Wochen eine erschreckende Bilanz vor. Sie berichtete aber auch von zwei kuriosen Begebenheiten, bei denen die geständigen Einbrecher wie Mumien verschnürt auf Verandadächern lagen. In beiden Fällen beteuerten die verängstigten Kriminellen, dass sie von einem nackten, abnormen Mann überwältigt worden seien, dessen Hände und Füße wie bei einem Frosch ausgesehen hätten.

Allerdings stellte sich heraus, dass die Gefesselten nicht nur stehlen wollten, sondern in den betreffenden Häusern auch versucht hatten, ein Mädchen sowie eine Frau zu vergewaltigen und nur von dem Unbekannten davon abgehalten wurden. Die Opfer gaben übereinstimmend zu Protokoll, dass ihr Retter auf ihre Hilfeschreie hin erschienen sei, und dass es sich um einen starken glatzköpfigen Mann in heller Badehose gehandelt habe.

Also helfen die Wasserwesen nicht nur vor dem Ertrinken, sondern auch vor Verbrechern, dachte Ruth. Fragt sich nur, wer die Wahrheit gesagt hat: die Opfer oder die Täter?

Wie dicht diese beiden großen Naturkatastrophen doch beieinander lagen.

Sie drehte die Seite um. Auf der linken Hälfte befand sich ein kleiner Ausschnitt, vermutlich auf Portugiesisch. Rechts hatte Unger geschrieben:

25. Juni 2008. Rio de Janeiro, Brasilien.

Ein junges Paar, das am letzten Sonntag in Strandnähe mit einem Elektroboot unterwegs war, berichtete der Redaktion von einem seltsamen Vorfall: Ungefähr 400 Meter vor der Copacabana entdeckten sie einen kahlköpfigen Menschen im Wasser, der sich anscheinend das rege Treiben dort anschaute.

Als das Paar mit ihrem lautlosen Boot näher kam und ihn ansprach, habe er sich erschrocken umgedreht und sei sofort unter getaucht. Sie fanden sein Verhalten sehr merkwürdig und wunderten sich darüber, dass sie ihn überhaupt nicht mehr auf-tauchen sahen.

Na ja, dachte Ruth, und verdrehte die Augen. Das konnte doch irgendein tauchfreudiger Glatzkopf sein, der die beiden necken wollte.

Sie blätterte eine Seite weiter. Links war ein Zeitungsausschnitt mit einer ihr unbekannten Sprache.

13. August 2011. Reykjavik, Island.

Der Kapitän eines Walfangschiffes erstattete bei der Polizei Anzeige gegen Unbekannt. Nachdem sie vor der Küste einen Zwergwal zu wissenschaftlichen

Zwecken harpuniert hätten, sei neben dem getroffenen Tier plötzlich ein Mann ohne jegliche Taucherausrüstung erschienen, habe die Harpune wieder aus dem Körper des Wals gezogen, das Seil mit der Spitze durchtrennt und sie weggeworfen.

Anschließend habe er sich rittlings auf den Zwergwal gesetzt und sei gemeinsam mit ihm abgetaucht. Beide seien nicht mehr gesehen worden.

Das ist ja eine tolle Geschichte, dachte Ruth. Die Wasserwesen retten sogar Wale und reiten mit ihnen in Sicherheit. Das finde ich prima. Schade, dass keiner davon ein Foto geschossen hat. Das wäre doch mal ein Beweis.

Sie nahm ihre Brille ab und rieb sich die Nasenwurzel. Sie musste unbedingt ihre kritische Distanz wahren, um nicht in der verführerischen Fantasiewelt von Unger zu versinken.

In Gedanken rief sie ihr Wissen über Zwergwale ab: Die hießen nur so, weil sie die kleinsten Bartenwale waren, aber immerhin fast 10 Meter lang werden konnten. Sie wurden auch Minkwal genannt, hatten einen schlanken, stromlinienförmigen Körper und einen länglichen Kopf mit einer spitzen Schnauze. Sie lebten einzeln oder zu zweit, manchmal auch zu dritt und konnten bis 15 Minuten tauchen.

Mit dieser verdammten Lücke beim Walfangverbot hatte auch Japan weiterhin Wale zu angeblichen Forschungszwecken getötet. Das Fleisch wurde aber im Handel für 10 bis 20 Euro pro 100 Gramm verkauft. Inzwischen hatte Japan das Fangverbot aufgekündigt und jagte seit letztem Jahr wieder Wale in ihren Hoheitsgewässern. Zum Entsetzen aller Tierfreunde und Umweltschützer.

Ruth seufzte betroffen und sah zur Uhr. Sie legte

ein Papiertaschentuch als Lesezeichen ins Album, klappte es zu und legte es auf den Tisch. Dann stand sie auf, reckte sich, holte Wasser und einen Apfel aus der Küche und schaltete den Fernseher ein.

Sie musste sich jetzt mit etwas Einfachem, Normalem ablenken.

4

Am Montag saß Ruth mit ihrem dicken Kollegen Rudolf – der auf keinen Fall Rudi genannt werden wollte – wieder beim Mittagessen in der Kantine. Meistens saßen sie nur zu zweit an einem Vierertisch, weil viele Jüngere ihr Fleischessen nicht ertragen konnten und neben Rudolf sowieso nicht mehr genügend Platz blieb.

Er war 59 Jahre alt, ziemlich übergewichtig und träge, seit mindestens zwei Jahrzehnten geschieden und im Gegensatz zu Ruth froh darüber, nicht mehr auf Forschungsschiffe zu müssen. Ihm wuchsen Haare aus den Nasenlöchern, er roch gelegentlich nach altem Schweiß, und sein Hemd zeigte vorne oft Essensspuren.

Für Ruth war Rudolf zwar nicht der ideale Gesprächspartner, aber immerhin konnte sie sich mit ihm über alle möglichen Themen unterhalten. Er war wie sie alleinstehend und hatte dadurch ein ähnlich begrenztes Umfeld. Viele gleichaltrige Kollegen erzählten nur von ihren super Häusern oder Eigentumswohnungen, exotischen Urlaubsreisen und den Karriereaussichten oder Nachwuchsplänen ihrer Wunderkinder. Die Jungen schielten ständig zu ihrem Handy und benutzten Worte wie 'geil', das zu ihrer Kindheit noch als unanständig galt.

„Glaubst du eigentlich, dass es in den Meeren noch viele unentdeckte Lebewesen gibt?", fragte Ruth.

„Das ist keine Sache des Glaubens", antwortete Rudolf kauend. „Das wissen wir doch ganz genau. Denk mal an den bizarren Tintenfischwurm oder an diese neue Art der Yeti-Krabbe."

„Klar. Aber ich meine nicht so kleine Tiere."

„Wie groß ungefähr?"

„So wie ein Delfin."

Er wiegte den Kopf hin und her. „Höchstens noch in den dunklen Tiefen."

„Also nicht in der Lichtzone?"

„Ich kann mir schlecht vorstellen, dass wir da bis jetzt so eine auffällige Spezies übersehen haben sollten", Rudolf führte das letzte Stück vom Schnitzel zum Mund.

„Das nehme ich auch an."

„Obwohl es natürlich noch allerhand rätselhafte Unterwasser-Objekte gibt, die sich keiner erklären kann. Auch, ob es ein Tier oder eine Maschine ist. Es gab zum Beispiel schon viele Sichtungen von zigarrenförmigen Dingern bis zu acht Metern Länge, die sich schneller als ein Boot sowohl über als auch unter Wasser fortbewegten. Allein in norwegischen Gewässern soll es mal in 15 Jahren über 200 Meldungen gegeben haben."

„Hört sich nach Wasser-Ufos an."

Er lachte auf. „An was für eine Tiergattung dachtest du denn?"

„Keine bestimmte", Ruth zuckte gleichgültig mit der Schulter. Keine Tiere – sondern Menschen. Aber das konnte sie ihm unmöglich sagen, ohne sich maßlos zu blamieren.

„In der Tiefsee gibt es garantiert noch viele unbekannte Arten. Allerdings werden die da unten selten größer als 30 Zentimeter." Er hob sein beschmiertes Messer wie bei einer Meldung. „Obwohl es da auch Ausnahmen gibt. Denk an den Riesenkalmar."

Ruth nickte, legte ihr Besteck auf den nur dreiviertel geleerten Teller und schob ihn zur Seite. „Willst du meinen Nachtisch? Ich bin satt."

„Wenn du ihn mir so aufdrängst!", betonte Rudolf schmunzelnd und schob ihr Glasschälchen zu sich ran.

Nach der Arbeit hielt Ruth bei ihrem Supermarkt, um noch einiges einzukaufen. Wieder mal beobachtete sie verständnislos eine junge Mutter, die sich anscheinend nicht gegen ihre höchstens dreijährige Tochter durchsetzen konnte, die im Einkaufswagensitz thronte und so lange kreischte, bis sie die Süßigkeit bekam, die da mit vielen anderen so verlockend vor den Kassen präsentiert wurde.

Zu Hause räumte Ruth den Einkauf weg, setzte Kaffee auf und machte ihr Bett, das sie morgens nur zum Lüften aufschlug. Dann setzte sie sich mit ihrem Pott Kaffee in den Sessel, nahm das Album mit der Nixe und schlug es beim Lesezeichen auf. Sie legte die Seite um und betrachtete die beiden Doppelseiten. Links klebte ein länglicher Artikel, sie tippte auf Italienisch. Auf der rechten Hälfte stand:

19. Juli 2014. Lampedusa, Italien.

Nach der Rettung durch die italienische Küstenwache südlich von Lampedusa berichtete der etwas englisch sprechende Anführer der schwarzafrikanischen Flüchtlinge von einem gefährlichen Zwischen fall, der sich ungefähr zwei Stunden vorher auf ihrem inzwischen antriebslosen und langsam Luft verlierenden Schlauchboot ereignet habe:

Ein vorwitziger sechsjähriger Junge habe nicht auf seine Mutter gehört und sich über die Außenwand gelehnt, dabei sei er ins Wasser gefallen und habe um Hilfe geschrien. Der Anführer habe seine aufgeregten Landsleute ermahnt, nicht alle auf die Unglücksseite zu kommen, weil sie sonst unweigerlich kentern würden. Stattdessen habe er und ein weiterer Mann vergeblich versucht, den immer wieder untertauchenden Jungen zurück an Bord zu ziehen.

Da sei plötzlich ein weißer glatzköpfiger Mann aufgetaucht, habe den Jungen mit Schwung aufs Schlauchboot geworfen und sei sofort wieder unter Wasser verschwunden.

Immer diese ungehorsamen Kinder, dachte Ruth und schämte sich gleich dafür.

Auffällig war ja, dass diese geheimnisvollen Wasserwesen wohl nur in männlicher Ausführung auftraten und sehr hilfsbereit waren. Oft kamen sie als Retter in der Not im letzten Moment. Wie die beliebten Comic-Helden. Nur trugen sie nicht so schöne Kostüme, sondern gar nichts.

Aber wieso sollten sie bei den Weiten der Meere relativ oft zur rechten Zeit an der richtigen Stelle sein? Sollte das etwa bedeuten, dass sie ziemlich weit verbreitet und immer in der Nähe waren?

Quatsch! Ruth verzog genervt das Gesicht und stieß die Luft durch die Nase aus. Sie überlegte, Ungers skurrile Sammlung wieder weg zu legen und in dem Roman weiter zu lesen. Doch sie entschied sich dagegen und schlug die Seite um.

Auf der linken Hälfte klebten zwei ausgedruckte Fotos, die offenbar nachts aufgenommen wurden. Sie zeigten einen hellen Körper im dunklen Wasser, der wie ein Gespenst wirkte. Einmal sah man, wie er sich über eine Absperrung im Wasser schwang. Bei der anderen Aufnahme konnte man eine fächerartige Hand erkennen.

Ruth las auf dem rechten Teil die immer noch erstaunlich akkurate Schrift von Christels Vater:

2. Oktober 2016. Kristiansund, Norwegen.

Ein langjähriger Kollege schickte mir die beiden

Bilder zusammen mit einem Brief aus Bergen. Er hatte die Fotos und den Bericht auf Facebook entdeckt. Ich selbst kenne mich mit diesen Internet-Medien nicht aus.

Die Schnappschüsse entstanden durch eine Wildtierkamera mit Bewegungsmelder, mit der man scheue Tiere in der Dunkelheit aufnehmen kann. Der Besitzer einer Aquakultur vor Kristiansund hatte diese Fotofalle installiert, nachdem sein rundes Netzgehege im Meer öfter beschädigt worden war.

In dieser Nacht wurde das Netz sogar großflächig geöffnet, sodass sämtliche Lachse entwischen konnten. Der geschädigte Norweger hielt den Schuldigen für einen militanten Tierschützer in einem weißen oder silbernen Neoprenanzug.

Aber natürlich nicht Nils Unger, dachte Ruth, für den war die fächerartige Hand ein eindeutiger Beweis für seine hilfsbereiten Wasserwesen.

Da er aus vielen Teilen der Welt immer wieder dementsprechende Nachrichten erhielt, mussten seine aufmerksamen Informanten doch auch an seine märchenhafte Geschichte geglaubt haben. Sonst hätten die doch nach all den Jahren nicht weiterhin Ausschau nach den bekannten Merkmalen gehalten: Glatze, Schwimmhäute an Händen und Füßen, winzige Ohren.

Unger war also nicht allein davon überzeugt, dass in den Meeren offiziell unbekannte Amphibienmenschen lebten und oft zur Stelle waren, um uns oder Wale oder Lachse zu retten.

Oder sie wollten nur einem ehemaligen spleenigen Kollegen einen Gefallen tun und sich dabei wichtig machen.

Ruth blätterte weiter. Auf der linken Seite befanden sich wieder zwei Fotos wie vorher, nur diesmal in Farbe. Sie zeigten grüne Erdbeerpflanzen mit beigen und rötlichen Früchten. Daneben gab es Schwimmflossenabdrücke im offensichtlich aufgeweichten Boden.

Auf der rechten Hälfte stand:

25. August 2018. Skärhamm, Schweden.

Der ehemalige Kollege aus Bergen, von dem der vorige Bericht stammte, übersandte mir diese Bilder mit einem Brief. Auch diese Meldung hatte er auf Facebook gefunden:

Aus dem Fischerort Skärhamm auf der Insel Tjörn, der zahlreiche Schären vorgelagert sind, beklagte sich ein Hobbygärtner über den dreisten Raub seiner reifen Erdbeeren. Die Insel liegt in der Nähe der Grenze zu Norwegen.

In der Nacht schlich sich ein Dieb – der nicht mal seine Schwimmflossen ausgezogen hatte – in seinen liebevoll gepflegten kleinen Garten und stahl ausgerechnet die wunderbarsten dicksten Erdbeeren, auf dessen Ernte sich der Mann schon gefreut hatte.

Eine Verfolgung der deutlichen Spur war nicht möglich, weil einen halben Meter neben dem geplünderten Beet bereits der felsige Untergrund begann. Aber der Täter kam ja augenscheinlich nicht aus dem Ort, sondern war hierher geschwommen.

So ein ehrbarer Retter mit Schwimmhäuten soll Erdbeeren klauen?, wunderte sich Ruth schmunzelnd und drehte die Seite um. Doch da kam nichts mehr. Sie legte überrascht auch die letzte Pappe um. - Nichts. Nur Leere.

Das war's also. Ruth klappte das Album zu, legte es auf den Tisch und blickte zur Uhr. Es war Zeit, sich ihr Abendbrot zu schmieren und den Fernseher einzuschalten.

Als Ruth Naumann am nächsten Tag von der Arbeit kam, setzte sie Kaffee auf, überflog die Post, die nur aus Werbung bestand und machte ihr Bett. Dann holte sie sich einen Schreibblock, einen Kuli und das Album von Christels Vater. Schließlich hatte sie ihr versprochen, nach dem Durchlesen eine Einschätzung abzugeben. Sie würde jetzt eine Bestandsaufnahme durchführen. Ruth setzte sich an den Küchentisch, trank Kaffee und schrieb als erstes eine Liste der Berichte in chronologischer Reihenfolge mit Datum, Ort und stichwortartigem Vorfall.

Ohne Ungers Starterlebnis kam sie auf 18 Meldungen aus der ganzen Welt, die da auf den Doppelseiten dargestellt wurden. Ruth riss das Blatt vom Block, betrachtete jede einzelne Zeile eingehend und rief sich das jeweilige Geschehen ins Bewusstsein zurück.

Anschließend teilte sie auf einer neuen Seite die Ereignisse in vier Kategorien ein: Unglaubwürdig, Irrtum, Möglich und Glaubhaft. Sie ordnete jeden Fall mit Jahreszahl und Ort einer Spalte zu.

Nach einer Weile besah sie sich kritisch ihr Ergebnis: als unglaubwürdig stufte sie sechs Begebenheiten ein, von La Hague über Goliaths Fuß bis zu den schwedischen Erdbeeren. Die größte Gruppe mit acht Notierungen hatte sich bei Irrtum angesammelt. Hier hatte sie alle optischen Täuschungen aufgeführt, sehr oft nur ein Kopf im Wasser. Drei Vorkommnisse hielt sie für möglich: das nackte Wesen im Fischnetz mit mehreren Zeugen, die wie bei Unger gestrandeten Seemänner in Indonesien und die vier Jugendlichen, die beim Tsunami in Thailand gerettet wurden. Trotz all ihrer Skepsis kam sie tatsächlich auf eine glaubhafte Schilderung: die der

Taucher auf den Malediven. Das ergab immerhin eine Quote von etwas über fünf Prozent.

Nach längerem Abwägen hatte sich Ruth dazu entschlossen, die Beschreibung von Nils Ungers Rettung nirgendwo einzuteilen oder zu kommentieren. Die würde sie einfach als gegeben hinnehmen, um Christel nicht unnötig zu verletzen.

Der würde es schon genug Probleme bereiten, dass sie nur einen einzigen Fall für eventuell wahr hielt. Sie würde garantiert sauer, beleidigt und traurig reagieren. Aber Ruth konnte ihre Bedenken nicht einfach verdrängen und durch Leichtgläubigkeit ersetzen. So war sie nun mal. Und das wusste Christel auch ganz genau. Morgen würde sie bei ihr anrufen und den Samstag für ein Treffen vorschlagen. Sie wartete sicherlich schon ungeduldig.

Ruth legte den Schreibblock und ihre beiden Blätter auf das Album und schob es zur Seite. Sie stand auf und stellte ihre Tasse in die Spüle, damit sie etwas Gesellschaft hatte. Sie holte ihr Notebook und setzte sich wieder an den Küchentisch.

Bei Google suchte sie nach dem Archäologen Clark Foster und fand nur einen einzigen Eintrag. Es handelte sich um einen ausführlichen Nachruf auf ihn aus dem Jahre 2012. Der Verfasser würdigte seine jahrzehntelangen Verdienste um die Archäologie und kam dann auf seinen sensationellen Fund eines riesigen menschlichen Fußes im Jahr 1998 zu sprechen. Fosters Hypothese, dass es sich dabei um den Fuß von Goliath handeln sollte sowie die ablehnende Meinung seiner Kollegen, erläuterte er auffällig neutral. Er kritisierte nur, dass die Fachwelt nicht nur eine Diskussion darüber verweigert, sondern ihn regelrecht verspottet habe.

Dieser Fund, von dem sich Foster bestimmt viel

versprochen hatte, beendete seine Karriere ziemlich rasch. Er fand absolut nichts Interessantes mehr in diesem Areal und musste nach zwei Monaten auf Druck der Geldgeber die Suche einstellen. Nie wieder wurde ihm die Leitung einer Grabung übertragen.

Es gab Fotos von einem stolzen, begeisterten Foster und einem verbittert dreinblickenden. Von dem Riesenfuß fand sie auch zwei Aufnahmen. Eine zeigte eine Ansicht von oben. Dabei fiel Ruth auf, dass der Fuß zwar eine unglaubliche Länge von 51 Zentimetern hatte, aber die einzelnen Zehen die üblichen Proportionen aufwiesen. Wenn es jedoch der Fuß eines Wasserwesens sein sollte, müssten die Zehen viel länger sein, weil sich ja an ihnen die Schwimmhäute großflächig spannen mussten.

Das haben wir also auch geklärt, dachte Ruth. Sie nahm die Brille kurz ab und rieb sich die müden Augen.

Ruth schaute noch mal nach, ob sie E-Mails erhalten hatte. Doch auch hier gab es nur Werbung, die sie ungeöffnet löschte. Dann fuhr sie das Notebook runter und räumte alles weg.

Nach einem abzählenden Blick in das gut gefüllte Spülbecken entschloss sie sich, das schmutzige Geschirr abzuwaschen, damit sie morgen Früh eine saubere Tasse hatte.

5

Mittwochs war immer Suppentag in der Kantine. Rudolf hatte sich für gelbe Erbsensuppe entschieden, Ruth für grüne Bohnensuppe. Rudolf bekam automatisch eine Terrine von den verständnisvollen Küchenhilfen, weil er von einem Teller nicht satt werden würde.

„Ich habe gestern mit meinem Bruder telefoniert", sagte Rudolf. „Nach kurzer Zeit kamen wir wieder auf die Bedrohung der Ozeane. Unter anderem wollte er einfach nicht glauben, dass Fische keineswegs die häufigsten Tiere in den Meeren sind, sondern nur auf einen Anteil von 12 Prozent kommen, hinter den Krustentieren und Weichtieren."

Ruth nickte zustimmend. „Im Mittelmeer sind sogar nur noch drei Prozent der Lebewesen Fische."

„So weit bin ich gar nicht gekommen. Irgendwie kriegen wir uns bei dem Thema Klimaerwärmung und Meeresschutz gleich in die Haare."

„Der ist wohl ein Anhänger von Trump?"

Rudolf verdrehte die Augen. „Ist doch erschreckend, oder? Mein eigener Bruder glaubt den hohlen Sprechblasen dieses Schaumschlägers mehr als mir, einem erfahrenen Meeresbiologen."

„Auf den fallen viele herein." Ruth schob ihren geleerten Teller zur Seite und widmete sich der grünen Götterspeise mit Vanillesoße.

„Hast du das im BioMare-Journal über diese riesigen Röhrenwürmer gelesen?", fragte Rudolf.

„Das wusste ich schon", gab Ruth an, „dass man rätselte, wie die sich ernähren konnten so ohne Maul, Magen und Darm."

Rudolf nickte. „Nur durch die Bakterien in ihrem Inneren."

„Es ist unglaublich, was es alles gibt." Auch Amphibienmenschen?, dachte Ruth.

Das BioMare-Journal war ein Internet-Forum, in dem Meeresbiologen ihre neuesten Entdeckungen und Forschungen in Kurzform vorstellen konnten. Es diente der weltweiten Informationsweitergabe und sollte vermeiden, sich doppelt oder mehrfach mit einem Projekt zu befassen.

Ruth schaute zur Uhr. Es war Zeit Christel anzurufen, bevor sie sich mit dem Abendbrot beschäftigen musste. Sie legte den Roman, in dem sie gelesen hatte, auf den Tisch. Irgendwie konnte sie sich nicht mehr richtig auf das Buch konzentrieren, durch ihre Gedanken spukten andauernd die geheimnisvollen Wasserwesen.

Sie holte das Telefon, füllte bei der Gelegenheit ihr Glas mit Wasser und setzte sich wieder hin. Sie suchte Christel in ihrem kurzen Verzeichnis und wählte sie an.

„Lenz", meldete sich eine gestört wirkende Männerstimme.

„Hallo, Burkhard. Hier ist Ruth. Kann ich deine Frau mal sprechen?"

„Einen Moment."

Burkhard war 56 Jahre alt und arbeitete im Büro einer Spedition. Auch er war für sie eine Bestätigung dafür, dass ein Mann nicht unbedingt eine Bereicherung des Lebens darstellte. Er redete nicht viel und interessierte sich vorwiegend für Sport, natürlich nur in der passiven Form, was man an seinem Bauch leicht erkennen konnte.

„Guten Abend, Ruth."

„Hallo, Christel. Ich hoffe, ich störe nicht."

„Nein, nein. Ich bin gerade mit dem Bügeln fertig

geworden. Und Burkhard guckt Fußball."

„Du, ich habe jetzt die Aufzeichnungen deines Vaters durchgelesen."

„Und? Was hältst du davon?", fragte Christel gespannt.

„Nun ja, es mutet selbstverständlich sehr fantastisch an."

„Du glaubst es also immer noch nicht."

„So einfach habe ich es mir nicht gemacht, sondern jeden einzelnen Fall kritisch geprüft."

„Und?", kam es unterkühlt von Christel.

„Das ist zu umfangreich, um es schnell am Telefon abzuhandeln. Ich schlage vor, dass du am Samstag zu mir kommst und wir es in aller Ruhe bei Kaffee und Kuchen besprechen. Was hältst du von drei Uhr?"

„Einverstanden. Gerne", antwortete Christel nun deutlich freundlicher. Wahrscheinlich würdigte sie doch ihr aufrichtiges Bemühen.

„Prima. - Sag mal, wie alt ist dein Vater eigentlich geworden?"

„81."

„Stolzes Alter. Der hatte ja noch eine hervorragende Handschrift."

„Ja, das stimmt."

„Hast du seine ehemaligen Kollegen, die ihn so fleißig mit Informationen versorgt hatten, denn über seinen Tod unterrichten können?"

Christel räusperte sich. „Mein Vater hat ihre Briefumschläge mit Inhalt aufgehoben. So hatte ich die Adressen von denen und habe ihnen eine Kopie der Todesanzeige geschickt. Die waren ja für ihn wie seine Familie."

Und ihm wohl wichtiger als seine eigene, dachte Ruth. „Das war gut."

„Aus Bergen und von den Malediven kam auch

eine Beileidskarte auf Englisch."

„Das ist aber nett." Plötzlich fiel Ruth etwas ein.

„Fand ich auch. Deshalb hab ich eine Danksagung zurückgeschickt."

„Würdest du mir die Adresse von dem auf den Malediven geben?"

„Ja", kam es zögerlich gedehnt zurück.

„Eine Telefonnummer hast du ja sicherlich nicht."

„Bei dem schon. Der benutzte einen Stempel als Absender, und da war auch eine Telefonnummer angegeben. Willst du da etwa anrufen?", fragte Christel irritiert.

„Ja. Gerade der Bericht von den Tauchern hat mich sehr beeindruckt. Das würde ich gerne noch etwas vertiefen."

„Aha." Christel schien zu überlegen. „Gut. Dann bringe ich diesen Brief mit. Oder am besten alle. Dann hast du die Anschriften für etwaige Rückfragen."

„Das wäre prima."

„Ich muss jetzt aber Schluss machen, Ruth. Wir sehen uns also am Samstag um drei. Tschüss."

„Tschüss, Christel."

Ruth legte das Telefon auf den Tisch. Je mehr sie darüber nachdachte, umso besser fand sie ihre Idee: Sie würde Ungers Informanten auf den Malediven anrufen und sich nach weiteren Einzelheiten und Beweisen erkundigen.

Falls der überhaupt noch in der Lage war, sich daran zu erinnern und klare Antworten zu geben. Womöglich lebte er auch gar nicht mehr. Denn immerhin war der Vorfall 25 Jahre her.

Wie fast jeden Donnerstag, war Ruth gleich von der Arbeit ins Fitnessstudio gefahren, um sich etwas mehr und gezielter zu bewegen.

Jetzt strampelte sie zum Aufwärmen auf dem Ergometer und beobachtete dabei die Leute, die sich hier mehr oder weniger anstrengten. Manche legten an den Geräten nach jeder Trainingseinheit eine längere Pause ein, als hätten sie eine ungeheure Strapaze hinter sich. Durch ihre ausgedehnten Erholungsphasen blockierten sie natürlich die Geräte für die anderen.

Auf einem Laufband rannte ein jüngerer, sportlicher Mann, seine Füße kamen auf eine beachtliche Taktzahl. Ruth betrachtete mit Wohlgefallen seine imposanten breiten Schultern, die muskulösen Oberarme und Beine. Der hatte wirklich kein Gramm Fett am Körper.

Nach dem Aufwärmen arbeitete sie flott ihr Pensum ab, wobei sie die besetzten Geräte übersprang und später nachholte. Bei ihren Übungen musste sie an Axel denken, der damals auch ein athletischer Typ war und sie ständig zu weiteren sportlichen Aktivitäten animieren wollte, bis ihr das zu dumm wurde und sie die Sache beendete. Zum Abschied hatte sie ihm noch zynisch empfohlen, dass er seine Leistungsfähigkeit nicht ausschließlich auf den Sport beschränken sollte. Das war vor 18 Jahren gewesen und hatte ihn schwer getroffen.

Wer weiß, wie Axel heute aussieht, fragte sich Ruth. Immer noch so drahtig oder wie Burkhard?

Am nächsten Morgen wandte sich Ruth an ihre junge Kollegin: „Doris, übernimmst du die Mikrobenanalyse bei den Wasserproben aus der baltischen See?"

„Ist das eine Frage oder ein Befehl?", erwiderte die schnippisch.

„Wie bitte?"

„Ich bin hier nämlich nicht dein Lehrling."

„Hab ich das behauptet?"

„Du behandelst mich aber andauernd so!", empörte sich Doris. „Das kann so nicht weitergehen!"

„Was hast du denn?", erkundigte sich Ruth scheinheilig, obwohl sie genau wusste, was sie meinte. Doris Kunze war Ende Zwanzig, nach ihrer Elternzeit seit zwei Jahren in ihrem Bereich und ziemlich ehrgeizig. Sie erinnerte Ruth an sich selber vor 25 Jahren, als sie sich oft zum Nachteil der Kollegen profilieren konnte.

„Mein einziger Vorgesetzter in dieser Abteilung ist Herr Vogel. Sonst keiner. Du auch nicht. Auch wenn du hier schon zum Inventar gehörst."

„Danke!", betonte Ruth gedehnt und fragte bissig: „Hast du deine Tage oder so?"

„Das geht dich nichts an! Aber dieses Problem hast du ja wohl auch nicht mehr!"

„Was ist denn bloß los mit dir?" Ruth arbeitete lieber mit Männern zusammen, weil da alles einfacher und ruhiger ablief. Frauen waren oft zickig und reagierten auf irgendwelche Kleinigkeiten völlig überzogen. Sie ging noch mehr auf Angriff: „Ist dein Kind krank? Wird dir diese mehrfache Dauerbelastung als berufstätige Mutter nicht doch zu viel?"

„Blödsinn!", fauchte Doris.

„Bist du etwa neidisch, weil du wegen deines Kleinkindes nicht wie ich mit aufs Forschungsschiff kannst?"

„Wie kommst du denn auf so was?"

In ihrer Nähe hatte sich eine Kollegin von ihrem Mikroskop herumgedreht, um ihren Streit besser verfolgen zu können.

„Oder ist es so eine Hormonsache?"

„Hör auf mit dem Mist!" Doris kochte vor Wut. „Es geht hier nur um die Arbeit und um nichts Privates."

„Aber das spielt doch alles ineinander", sagte Ruth übertrieben verständnisvoll.

Plötzlich stand Herr Vogel vor ihnen. „Was ist denn hier los? Warum schreien Sie so herum, Frau Kunze?"

„Weil ...", Doris kämpfte gegen ihre Aufregung an, „weil Frau Naumann ständig über mich bestimmen will und mir die niederen Arbeiten zuteilt."

„Jetzt beruhigen Sie sich erst einmal, Frau Kunze." Herr Vogel war ein grauhaariger, distinguierter Mann, der stets ein Hemd mit Krawatte unter dem weißen Kittel trug. „Was sagen Sie zu den Vorwürfen, Frau Naumann?"

„Wenn Frau Kunze das so empfindet, tut es mir leid. Das war keineswegs meine Absicht. Wir müssen doch hier reibungslos zusammenarbeiten. Im Team, ohne Hierarchiedenken."

„Aber du ...", Doris verstummte und starrte Ruth mit feuchten Augen fassungslos an.

„Ganz richtig. Und im Team wird die anfallende Arbeit gemeinsam aufgeteilt. Oder von mir nach den jeweiligen Fähigkeiten und Spezialgebieten. Haben wir uns verstanden, meine Damen?", Vogel sah die Frauen streng an, bis beide artig nickten.

Beim Mittagessen in der Kantine sagte Rudolf nach einigen Bissen: „Na, was war denn da bei euch heute los?"

„Ach, hat sich das schon überall herumgesprochen?" Auf seinem Hemd entdeckte Ruth einen kleinen Fleck Tomatensoße von gestern.

„Klar. So etwas verbreitet sich doch wie ein Lauffeuer."

„Doris fühlt sich von mir unterdrückt und meint, ich würde sie immer die niederen Arbeiten machen lassen."

„Was natürlich nicht stimmt, oder?", Rudolf warf ihr kauend einen listigen Blick zu.

„Ich sehe das nicht so. Allerdings kann man nach zwei Jahren auch noch nicht erwarten, dass man von allen als Spitzenkraft anerkannt wird. Diesen Platz muss man sich im Laufe der Zeit erst verdienen."

„Tja, immer diese ungeduldigen jungen Leute."

„Beschweren wir Alten uns, nicht wahr?", Ruth rollte mit den Augen und wackelte mit dem Kopf.

„So ist das Leben. Ein langer Weg mit wenig Abzweigungen. Wo die heute sind, waren wir mal."

„Du wirst ja im Alter noch richtig philosophisch." Bestimmt war Rudolf in jungen Jahren auch ehrgeizig und wollte Erfolg, Wohlstand und eine liebe Familie, dachte Ruth. Viel erreicht hat er davon nicht. - Und ich?

„Wart ihr denn so laut, dass Vogel aufmerksam wurde?"

„Fand ich nicht."

„Und er hat dann euren Disput beendet?"

„Ja. Wie immer auf die noble Art."

Rudolf kicherte, sodass ihm das Essen von der Gabel fiel. „Durch seinen engen Krawattenknoten kann Vogel gar nicht laut werden."

„Stimmt", Ruth nickte lächelnd. Aber eigentlich hatte sie keine Lust mehr, über den Vorfall zu sprechen. Sie wendete ihre Scholle, bei der sie auf dieser Seite bis zu den großen Gräten gegessen hatte. Die kleinen ringsum waren zum Glück schon entfernt worden. Als sie nun das erste Stück mit der unversehrten Haut mit dem Messer von den Gräten löste, fand sie es mit einem Mal nicht richtig, so einen faszinierenden Fisch einfach zu töten, zu zerteilen und aufzuessen.

„Ist die Scholle gut?", fragte Rudolf und schaute auf ihren Teller. Er hatte sich heute für Hackbraten entschieden.

„Hm", erwiderte Ruth nur und aß nun langsamer. So eine Scholle war ein Wunder der Natur: Bei der Geburt hatte sie noch keine flache Form, sondern sah wie ein normaler Fisch aus, mit einem Auge auf jeder Kopfseite. 45 Tage dauerte es, bis sie sich in ihre charakteristische platte Gestalt verwandelt hatte und ihre Augen auf die gleiche Seite gewandert waren, sodass sie mit beiden vom sicheren Meeresgrund aus nach oben blicken konnte. Eine perfekte Anpassung zum Überleben.

„Ist wohl doch nicht so lecker?", Rudolf deutete auf ihren Rest Scholle und wischte sich den Mund ab.

„Doch. Aber ich bin schon einigermaßen satt." Ruth legte ihr Besteck auf den Teller, das sie einige Minuten nicht benutzt hatte. Sie sah auf das fehlende Stück, unter dem die Gräten sichtbar waren. Dann riss sie sich aus ihrer Erstarrung und streckte ihren Rücken. Sie bemerkte den Seitenblick von Rudolf und griente. „Du brauchst gar nicht so zu meinem Nachtisch schielen, den schaff ich nämlich noch."

6

Christel kam am Samstag wie gewohnt super pünktlich. Nach der Begrüßung überreichte sie Ruth ein mit gelbem Geschenkband zusammengebundenes Päckchen Briefe. Sie gingen ins Wohnzimmer und setzten sich gegenüber. Dabei spähte Christel neugierig zu den beschriebenen Blättern, die auf Ruths Seite neben dem Buch ihres Vaters lagen.

Ruth goss Kaffee ein und gab Christel das gewählte Stück Kuchen, das sie gequält in Empfang nahm. „Ich hab noch gar keinen Hunger, weil wir erst vor zwei Stunden Mittag gegessen haben."

„Ich schon." Ruth begann gleich mit Appetit zu essen, da es das erste seit dem Frühstück war.

Sie redeten kurz über Kochen, das Wetter und die Planungen für Sonntag, über Burkhard und das Fernsehprogramm am Wochenende.

Nachdem Ruth ihr zweites Stück Kuchen verdrückt und die Tassen wieder gefüllt hatte, zeigte sie auf ihre Notizen und sagte: „Wie du siehst, habe ich mir einiges zu den Aufzeichnungen deines Vaters aufgeschrieben. Soll ich mal anfangen?"

Christel nickte nur etwas furchtsam.

Ruth legte ihre Liste und die Tabelle vor sich hin. „Ohne sein eigenes Erlebnis hat dein Vater 18 Begebenheiten geschildert. Ich habe sie nach meiner Einschätzung in diese vier Kategorien eingeordnet: Unglaubwürdig, Irrtum, Möglich und Glaubhaft. Ich beginne mit der größten Gruppe 'Irrtum'. Hier komme ich auf acht Notierungen, die ich alle für optische Täuschungen oder Fehleinschätzungen halte. Allein dreimal wurden nur kahle Köpfe im Meer gesichtet, die wahrscheinlich wirklich Belugas – wie da in Kanada – oder Schweinswale, Robben oder Delfine waren."

Christels Gesichtsausdruck hatte sich inzwischen zu skeptisch verändert.

„In New York und London wurden ganze Körper nackt gesehen. Die halte ich ganz einfach für FKK-Eisschwimmer. Die nennt man so ab einer Wassertemperatur unterhalb von fünf Grad. Die Jungs im Schlauchboot vor Almeria bekamen ihren Schwung wohl durch extra starke Wellen. Oder die Angst vor Bestrafung beflügelte ihre Fantasie." Ruth sah auf ihre Blätter. „Bei dem Fall, wo vor Island jemand die Harpune aus einem Zwergwal gezogen haben und rittlings auf ihm untergetaucht sein soll, handelte es sich meiner Meinung nach um einen zweiten Wal – bestimmt ein Muttertier –, der sich über den getroffenen schwang, dabei die Harpune entfernte und mit ihm abtauchte."

Christel unterbrach sie jetzt mit gerunzelter Stirn: „Aber auf dem Walfänger haben doch mehrere Leute gesehen, dass es ein Mann gewesen war."

„Ich glaube, es war kein nackter Mensch, sondern ein weiterer Wal. Und der Kapitän wollte von seinem verwerflichen Tun ablenken, bei dem er vielleicht von Walschützern beobachtet und gefilmt wurde."

„Und deshalb soll der sich so eine Geschichte ausgedacht haben?", Christel blickte sie grimmig an.

„Meiner Ansicht nach ja." Ruth schaute kurz auf ihre Liste. „Bei dem letzten Punkt in dieser Spalte folge ich der Ansicht des norwegischen Lachszüchters, dass es sich um einen militanten Tierschützer in einem hellen Neoprenanzug gehandelt hat."

„Du zweifelst das also alles an", stellte Christel fest.

„Ich suche vernünftige Erklärungen dafür."

„Einfach so glauben kannst du es nicht?"

„Nein. Du kennst mich doch." Ruth sah Christel eindringlich an. „Soll ich noch weitermachen?"

„Klar."

„Die nächste Kategorie hat sechs Geschehnisse, die ich als unglaubwürdig eingestuft habe."

„So hast du die letzten acht doch auch abgetan", warf Christel ein.

„Eben nicht. Ich habe nach Möglichkeiten gesucht, wieso man sich da verguckt haben könnte. Ich habe da schon sehr differenziert. Das solltest du anerkennen", sagte Ruth etwas lauter. Allmählich wurde ihr das trotzige Verhalten ihrer Freundin zu blöd. „Kann ich fortfahren?"

Christel nickte gekränkt.

„Bei der Wiederaufbereitungsanlage in La Hague glaube ich auch nicht, dass es Wasserwesen waren, sondern Atomkraftgegner mit Taucherausrüstungen. Den Riesenfuß in Israel fand ich so beeindruckend, dass ich noch mehr darüber im Internet recherchiert habe. Bei einem anderen Foto konnte ich aber feststellen, dass die Zehen die üblichen Proportionen aufwiesen und nicht so extrem lang waren, wie sie es für die Schwimmhäute sein müssten. Der chinesische Geschäftsmann, der in Schanghai im Hafenbecken landete, stand unter Alkohol und Drogen, da hat man schon mal gewisse Halluzinationen." Ruth lächelte zaghaft, doch Christels Miene blieb verschlossen. „In New Orleans haben nur die gefesselten Kerle von Froschextremitäten berichtet. Das Mädchen und die Frau, die ihnen beinahe zum Opfer fielen, sprachen hingegen von einem Mann in heller Badehose."

Christel beugte sich einwendend vor. „Aber warum sollten diese Einbrecher beide das gleiche behaupten? Und dann noch so etwas Kurioses?"

„Vielleicht meinten sie, mit so einer ausgefallenen

Geschichte leichter davonzukommen und alles auf dieses ominöse Wesen schieben zu können. Oder sie haben sich wegen ihrer Überwältigung geschämt. Oder sie waren auch berauscht."

Christel verzog einen Mundwinkel und zuckte mit der Schulter.

„Bei den Bootsflüchtlingen vor Lampedusa nehme ich an, dass die sich die Sache mit dem Kind über Bord einfielen ließen, um ihre Lage dringlicher zu machen. Hilflose, gefährdete Kinder kommen da stets gut an."

Christel schüttelte missbilligend den Kopf. „Wie kannst du nur so zynisch sein?"

Ruth reagierte nicht darauf. „Die Erdbeeren auf der schwedischen Insel wurden ja wohl von einem sportlichen Dieb mit Schwimmflossen geklaut. Möchtest du noch Kaffee? Oder etwas anderes?"

„Im Moment nicht", antwortete Christel eisig.

Ruth ignorierte ihre Verärgerung und blickte auf ihre Tabelle. „In der Spalte 'Möglich' komme ich auf drei Ereignisse: Der in einem Fischernetz gefangene nackte Mann bei Taiwan, der dann von Bord flüchtete. Immerhin wurde seine Erscheinung von der gesamten Besatzung bestätigt."

„Genau wie bei dem Walfänger vor Island", konterte Christel patzig.

„Da sehe ich einen großen Unterschied, weil der harpunierte Zwergwal viel weiter entfernt war als dieser Mensch auf Deck. Je weiter etwas weg ist, um so leichter kann man sich täuschen." Ruth wartete keine Erwiderung ab, sondern fuhr fort: „Der Fall der Schiffbrüchigen in Indonesien ist ja praktisch identisch mit dem Erlebnis deines Vaters, wobei es sich hier sogar um drei Seeleute handelt." Ruth erwartete einen Einwand, doch Christels Mund blieb zusammengepresst. „Da die Jugendlichen bei dem Tsunami von Weihnachten 2005 an zwei voneinander entfernt liegenden Orten gerettet wurden, halte ich ihre im Fernsehen geäußerte Schilderung ebenfalls für möglich." Ruth wartete einen Moment, doch da von Christel nichts kam, erhob sie sich und stellte das Kaffeegeschirr zusammen. „Ich hole jetzt Wasser. Möchtest du lieber Apfelschorle?"

„Ich nehme auch Wasser."

Ruth brachte das Geschirr in die Küche und ließ dort ihren Zorn wie bei einem Überdruckventil zischend entweichen. Mit zwei Gläsern und einer Flasche Wasser kam sie zurück, goss beiden ein und setzte sich wieder. Nach einem Schluck Wasser sagte sie: „Kommen wir nun zu dem einzigen Vorfall, den ich für glaubhaft halte. Weil der Bericht des Taucherpaares von den Malediven für mich einen viel höheren Wahrheitsgehalt hat, da sie darin geübt sind, ganz schnell die Lebewesen unter Wasser einzuschätzen."

„Aha", Christel deutete mit einer Kopfbewegung zu dem Bündel Briefe, holte tief Luft und fragte mit feindseliger Miene: „Willst du deshalb da auf den Malediven anrufen? Damit du für deinen einzigen glaubhaften Fall nicht doch noch eine simple Erklärung findest und ihn anders einordnen kannst? Brauchst du dafür diese Adressen, um das ganze Buch meines Vaters komplett als Lüge hinzustellen?"

„Wie kommst du denn darauf?", Ruth sah sie verblüfft an. Mit solchen hinterhältigen Gedanken anzugreifen, war eigentlich ihre Spezialität, nicht die ihrer lieben Freundin. „Und als Lüge habe ich noch keinen einzigen dieser Berichte bezeichnet."

„Dann eben als Irrtum, Erfindung oder als unglaubwürdig. Das ist für mich dasselbe."

„Aber bei mehreren Artikeln und Aussagen wurden die naheliegenden normalen Erklärungen doch gleich mitgeliefert. Die brauchte ich mir gar nicht auszudenken."

„Na ja, wer rechnet auch schon mit einer völlig unentdeckten Menschenart in den Meeren?"

„Eben." Wie sich das anhört!, dachte Ruth. „Aber dein Vater hat leider alle Meldungen über Schwimmflossenspuren und Glatzköpfe automatisch als seine Wasserwesen identifiziert. Entschuldige, aber da hat er es sich oft zu leicht gemacht."

Christel schwieg grimmig, ihre Augen funkelten wütend.

„Und mit den Malediven will ich telefonieren, um meine Einschätzung zu untermauern, um einfach noch mehr zu erfahren. Vielleicht schreibe ich auch an einige Adressen, um meine Einteilung eventuell zu korrigieren. Du musst mir aber glauben, dass ich die Aufzeichnungen deines Vaters nicht leichtfertig abtue. Aber als Wissenschaftlerin muss ich eben allem auf den Grund gehen und andere Möglichkeiten ausschließen. Ich kann so etwas Utopisches nicht einfach glauben. Deshalb hast du mir doch dieses Buch gegeben, damit ich es als Expertin beurteile. Oder etwa nicht?" Ruth trank einen Schluck Wasser und sah Christel erwartungsvoll an.

Die schien mit sich zu kämpfen und sich zu beruhigen. Schließlich sagte sie kleinlaut: „Du kannst dir also überhaupt nicht vorstellen, dass diese nackten Wasserwesen existieren?"

„Ich kann mir in den Meeren alles vorstellen, weil ich bei ihren Bewohnern schon die ungewöhnlichsten Geschöpfe gesehen oder von ihnen erfahren habe. Da gibt es fliegende Fische oder den riesigen Pottwal, der über 1000 Meter tief und 100 Minuten lang tauchen kann. Oder Tiefseefische, die selber Licht erzeugen, um damit Beute anzulocken. Bei der Fortpflanzung der Seepferdchen legt das Weibchen die Eier in die Bruttasche des Männchens, aus der schließlich die lebenden Jungen herauskommen." Ruth war so richtig in ihrem Element, und Christel hörte interessiert zu. „Es gibt unterseeische, bis zu 300 Grad heiße Quellen aus Schloten, um die sich Bakterien ansiedeln und von den gelösten Mineralstoffen leben, die wiederum locken Garnelen, Würmer und Krebse an. Oder nimm den urzeitlichen Quastenflosser, der seit Millionen Jahren als ausgestorben galt, bis 1938 ein lebendiges Exemplar gefunden wurde, und seither noch weitere." Ruth lächelte mit einer ausholenden Armbewegung. „Da könnte ich dir stundenlang von faszinierenden Lebewesen erzählen."

Christel überlegte und sagte mit linkischer Mimik: „Aber wenn dieser Quastenflosser so lange unbemerkt weiter gelebt hat, dann ist doch eigentlich alles möglich."

„Sag ich doch."

„Auch eine Menschenrasse, die versteckt im Wasser lebt."

„Ruth zog die Augenbrauen hoch und wiegte den Kopf. „Allerdings ist etwas so lange unvorstellbar, bis es bewiesen ist."

„Das ist jetzt deine Aufgabe", Christel griente sie spitzbübisch an.

„Das hab ich befürchtet, dass du das so siehst."

„Du bist schließlich die Fachfrau."

„Aber wenn ich zu fachlich bin, passt es dir auch nicht."

Christel faltete schuldbewusst die Hände. „Ich gelobe Besserung." Dann trank sie einen Schluck

Wasser und schaute kurz auf ihre Uhr. „Ich hab schon mal daran gedacht, ob die Geschichten von den Meerjungfrauen nicht mit den Wasserwesen zusammenhängen können."

Ruth zeigte zur Nixe auf Ungers Buch. „Aber die hatten nur einen Fischschwanz, keine Flossen. Außerdem gab es die nur sehr weiblich, barbusig, langhaarig und betörend schön. Die entstanden vermutlich aus erotischen Wunschvorstellungen der früheren Seeleute, wenn sie sich auf langer, frauenloser Fahrt befanden. Aber alle beschriebenen Wasserwesen waren männlich und haarlos."

„Beziehungsweise ohne Geschlechtsmerkmale."

„Verkümmert hieß es. Und das sind sie bei manchen Männern nun mal. Oder wenn es so kalt ist." Ruth hielt Daumen und Finger zwei Zentimeter auseinander.

Beide prusteten los und machten sich darüber und über Männer allgemein lustig.

Nachdem sie genug gelästert und gelacht hatten, meinte Christel, sie müsse nun mal wieder nach Hause zu ihrem Göttergatten, was wiederum Gekichere auslöste. Zum Abschied bedankte sie sich bei Ruth für ihre Mühe und ihre Geduld, die sie ja wohl reichlich strapaziert habe. Sie gab zu, dass ihr dieses Buch ihres Vaters auch deshalb so wichtig sei, weil sie sonst nicht viel von ihm hatte.

7

Ruth unternahm ihren Sonntagsspaziergang nicht im Düsternbrooker Gehölz, sondern an einem Ort, an dem sie schon über zwei Jahre nicht gewesen war, wo es auch viel Grün und Bäume und Ruhe gab: dem Friedhof. Diese gestrige Schlussbemerkung von Christel über ihren Vater hatte anscheinend ihr schlechtes Gewissen geweckt, jedenfalls war sie unbewusst hier gelandet.

Das fröhliche Gezwitscher der Vögel schien eigentlich nicht zu diesem Platz der Trauer und der Toten zu passen, doch Ruth empfand es genau richtig: oberhalb der Erde jubilierte das Leben mit Nestbau und Paarung, im dunklen Untergrund arbeitete die Natur unbeirrt und gefühllos an der Kompostierung der Körper. Leben und Tod, Werden und Vergehen, Frühling und Herbst, Tag und Nacht. Nur der Wechsel und die Vergänglichkeit waren ewig, sonst nichts. Aber so lange sich jemand an den Verstorbenen erinnerte, lebte er im Geiste noch ein bisschen weiter.

So wie Ruth jetzt am Grab ihrer Eltern an sie dachte. An ihren Vater, mit dem sie immer ein innigeres Verhältnis als mit ihrer Mutter gehabt hatte; der zum Glück ihre Demenz nicht mehr erleben musste, nur die als Schusseligkeit abgetanen Anfänge; der vor neun Jahren an Herzversagen gestorben war. Und ihre Mutter, die erst durch ihre Verwirrtheit ihre körperliche Distanz verlor, die mit ihr als Kind nie so richtig schmusen konnte und recht streng gewesen war. Sie starb vor vier Jahren in einem Altenheim. Ruth war damals erleichtert gewesen. Kein Mensch sollte so leben müssen, wo sich lange vor dem Körper der Geist und die

Persönlichkeit zersetzte und schließlich auflöste.

Ruth betrachtete die Bepflanzung und war zufrieden mit der beauftragten Friedhofsgärtnerei: nicht zu überladen, mit einigen harmonisierenden Farbtupfern. Ihr Blick wanderte hoch zum Grabstein aus Rosengranit und der weiß eingelegten Inschrift. Beide wurden 75 Jahre alt. Also versprach ihr Erbgut nicht gerade ein fideles Greisenende. Aber das machte nichts.

20 Jahre hatte sie demnach noch. Als Todesart würde sie natürlich den plötzlichen Herztod vorziehen. Hauptsache keine Demenz und langes Siechtum. Aber dafür hatte sie ja schließlich ihre Patientenverfügung.

Im Gegensatz zu ihrer Mutter hatte ihr Vater stets Verständnis für ihre Tierliebe und ihr ausgeprägtes Interesse an Wasserlebewesen gehabt. Er hatte ihr fast alles erlaubt: vom Goldfischglas bis zum 300 Liter Aquarium, vor dem sie stundenlang sitzen konnte.

In der Birke neben ihr trällerte ein Vogel sein schönes Frühlingslied. Ruth sah nach oben und suchte ihn, konnte ihn aber nicht entdecken.

Am Montagvormittag schien Paul Jäger nur darauf gewartet zu haben, dass sich Ruth in der abgeschiedenen Ecke mit dem Regal voller Reaktionsflüssigkeiten aufhielt; denn kaum hatte sie mit ihrer Suche begonnen, da stand er auch schon vor ihr und sagte leise: „Kann ich dich mal kurz sprechen?"

„Klar. Um was geht's?"

Er zog ein bekümmertes Gesicht. „Um Doris."

„Aha." Eigentlich mochte Ruth Paul Jäger. Er war 29 Jahre alt, nicht größer als sie, sportlich und galt als der beste Taucher im Institut. Deshalb war er selbstverständlich auch bei der baldigen Expedition dabei.

„Sie leidet darunter, dass du sie gelegentlich wie eine Auszubildende behandelst."

„Ich hab ihr doch schon am Freitag gesagt, dass das nie meine Absicht war. Doris interpretiert da etwas in meinen Ton hinein."

„Etwas Befehlsmäßiges, Autoritäres", fügte Paul hinzu. Er war nicht nur gutaussehend und nett, sondern auch sehr kollegial und stets um Ausgleich im Team bemüht. Deshalb wurde er auch in den Personalrat gewählt.

Ruth zuckte gleichgültig mit der Schulter. „Wenn sie das so sieht."

„Du meinst also, dass sie in dem Punkt zu empfindlich ist?"

„Auf jeden Fall. Außerdem glaube ich, dass sie durch ihre Mehrfachbelastung überfordert ist, aber trotzdem hier so schnell wie möglich Karriere machen will."

„Beruf und Familie sollte kein Widerspruch sein."

„Sicher nicht. Aber Doris sollte hier etwas geduldiger sein und sich auch mal was von älteren, erfahreneren Kollegen sagen lassen."

„Aber da macht ja der Ton bekanntlich die Musik", Paul zwinkerte ihr verschwörerisch zu.

„Nun, jeder hier weiß, dass ich kein Kuscheltyp bin und schleimige Nettigkeiten verteile."

„Aber vielleicht kannst du dich bemühen, etwas mehr Rücksicht auf ihre Empfindsamkeit zu nehmen", er lächelte sie freundlich an.

„Hat Doris verlangt, dass du mit mir darüber reden sollst? Oder gar Vogel? Ist das hier etwa ein offizielles Personalgespräch?"

Paul schüttelte beruhigend den Kopf. „Doris hat

mir nur ihr Herz ausgeschüttet. Sie fühlte sich von dir auch sehr persönlich verletzt. Und ich habe angeboten, zwischen euch zu vermitteln."

„Na, so schlimm war´s ja wohl auch nicht!", Ruth brauste auf und rollte mit den Augen.

„Ich bitte dich nur um etwas mehr Sensibilität."

Ruths Wutausbruch hatte keine Chance gegen Pauls Liebenswürdigkeit. Sie verzog spöttisch einen Mundwinkel und sagte: „Ich werde mir Mühe geben, Herr Personalrat."

Als Ruth am nächsten Tag von der Arbeit zurück war und Kaffee getrunken hatte, rief sie gleich die Nummer auf den Malediven an, weil es dort vier Stunden später war. Es dauerte ziemlich lange, bis jemand ans Telefon ging und sich mit einer unverständlichen Sprache meldete.

Ruth sagte auf Englisch: „Hallo. Mein Name ist Ruth Naumann. Ich rufe aus Deutschland an und habe Ihre Nummer von der Tochter des verstorbenen Nils Unger, der Sie eine Beileidskarte geschickt haben."

„Hallo. Also von Christel Unger?", fragte eine Männerstimme in einwandfreiem Englisch.

„Richtig. Sie ist meine beste Freundin und lebt auch hier in Kiel. Sie hat mir die Aufzeichnungen ihres Vaters zum Lesen gegeben. Von Ihrem Bericht war ich am meisten beeindruckt."

„Den hatte mein Vater geschrieben. Die sind früher mal zusammen zur See gefahren."

„Ach, so. Kann ich denn mit ihm sprechen?"

Es gab eine kurze Pause. „Na ja. Um diese Zeit ist nicht mehr viel mit ihm los. Mein Vater ist schon alt und schwach. Er sieht jetzt noch eine seiner Lieblingssendungen im Fernsehen und geht dann ins

Bett."

„Schade." Was hab ich eigentlich erwartet?, dachte Ruth. Es ist immerhin 25 Jahre her.

„Kann ich Ihnen vielleicht helfen?"

„Nun, es geht um diese deutschen Taucher, die 1995 unter Wasser ein merkwürdiges Wesen gesehen hatten."

„Ja. Das waren Susi und Manfred Tamm."

„Sie kennen also diese Geschichte?"

Der Mann lachte auf. „Die musste ich mir schließlich mein Leben lang anhören. Von meinem Vater und von den Tamms."

„Also kamen die nach diesem Erlebnis noch mal zum Tauchen zu Ihnen?"

„Das sind Stammkunden. Die kommen jedes Jahr. In ungefähr drei Wochen sind die wieder hier."

„Wirklich?", staunte Ruth. „Wie alt sind die denn inzwischen?"

„So Mitte Fünfzig. Die haben schon früh angefangen, hier zu tauchen. Da gab es noch nicht so viel Touristen wie heute. Die klagen auch ständig darüber, wie sich die Unterwasserwelt in der Zeit verschlechtert hat."

„Mit denen würde ich mich gerne mal unterhalten."

„Ich kann Ihnen die Telefonnummer von denen geben. Die leben in Oberhausen."

„Aber ich möchte nicht, dass Sie deswegen Ärger mit denen oder Ihrem Vater kriegen."

„Das ist kein Problem." Er räusperte sich. „Glauben Sie denn an die Existenz dieser unbekannten Wasserwesen?"

„So richtig noch nicht. Aber Christel hat mir das Buch ihres Vaters gegeben, damit ich ein Urteil darüber abgebe. Ich bin Meeresbiologin und tauche auch selber."

„Da wären Sie ja hier auch bestens aufgehoben."

„Stimmt." Für die Malediven hatte ich nur noch nicht das nötige Geld übrig, dachte Ruth. Wie haben die Tamms das in jungen Jahren bloß geschafft? „In dem Buch werden insgesamt 18 solcher Sichtungen beschrieben, aber keiner glaube ich mehr als der von diesem Taucherpaar."

„Gut, Frau Naumann. Es dauert aber einen Moment, bis ich die Telefonnummer herausgesucht habe."

„Klar." Während Ruth wartete, nahm sie sich vor, ihn unbedingt nach seiner Meinung über das Wasserwesen zu befragen.

Ruth und Rudolf aßen in der Kantine. Diesmal hatten sie sich für die gleiche Suppe entschieden: Linseneintopf.

„Hast du gestern den Bericht über Autonomes Fahren gesehen?", erkundigte sich Ruth.

Er sah kurz von seiner Terrine auf und antwortete mit ziemlich vollem Mund: „Nee, ich hab so 'ne Krimiserie geguckt."

„Der Beitrag war sehr interessant. Es ist erstaunlich und gleichzeitig erschreckend, wie viel Geld, Zeit und Arbeitsleistung da reingesteckt wird."

„Das ist bei Neuentwicklungen nun mal so", sagte Rudolf.

„Bisher war es aber so, dass es meistens ein Fortschritt war oder eine deutliche Verbesserung."

„Na ja, bei diesen neuen Medien mit ihren Spielereien bin ich mir da nicht so sicher." Rudolf war bekannt dafür, ein Handy- und Internetmuffel zu sein. „Wenn ich nur an diese dämliche Haushaltsassistentin denke, die sich alles für einen merkt und

daran erinnert. Oder bei uns Singles als Gesprächspartner dient."

Ruth lachte. „Stimmt. Dann können wir uns auch
unterhalten und niemand widerspricht."

„So´n Blödsinn", Rudolf führte den vollen Löffel
zum Mund.

„Aber bei diesem Autonomen Fahren finde ich es
schlimm, dass für so einen überflüssigen Quatsch so
viel Kapital, Uni-Ressourcen und Ingenieurswissen
und so weiter verbraten wird. Als ob die Welt keine
wichtigeren Probleme hätte, als sich beim Auto-
fahren anders zu beschäftigen und dabei Medien zu
konsumieren. Wenn diese ungeheure innovative
Schaffenskraft und das Geld zum Beispiel für
Umwelt- und Klimaschutz, Artenerhaltung, Welter-
nährung, Entwicklungshilfe und emissionsfreie
Koch- und Heizungstechniken eingesetzt würde,
könnte in wenigen Jahren vieles besser sein auf
diesem Planeten."

„Ruth, du hast vollkommen recht, aber vor lauter
Engagement wird deine Suppe kalt."

Als sie nach dem Fitnessstudio geduscht hatte,
nahm sich Ruth das Telefon und ging ins Wohnzimmer, um dieses Taucherpaar anzurufen. Sie
duschte lieber zu Hause, als in so einer großen,
keimbesiedelten Sanitäranlage.

„Ja? Tamm", meldete sich eine dynamische Männerstimme.

„Guten Abend. Mein Name ist Ruth Naumann.
Ich ..."

„Wir kaufen nichts am Telefon."

„Ich auch nicht, Herr Tamm. Es geht um Ihre
Urlaube auf den Malediven. Ich habe Ihre Nummer
von dem, der Sie immer zum Tauchen raus fährt."

„So?"

„Sie haben dort 1995 bei einem Tauchgang ein merkwürdiges, menschenähnliches Lebewesen gesehen und Ihrem damaligen Skipper davon berichtet."

„Stimmt. Und wie haben Sie davon erfahren?"

„Der Bootsverleiher war ein ehemaliger Seekamerad von Nils Unger, der inzwischen verstorben ist. Der sammelte weltweit Hinweise auf diese seltsamen Wasserwesen, weil er als Seemann von einem gerettet wurde. So erhielt Unger von seinem Kumpel auf den Malediven den Bericht über Ihr Erlebnis und übertrug ihn in seine Aufzeichnungen. Und da hab ich ihn gelesen."

„Wie war Ihr Name noch mal?", erkundigte sich Tamm.

„Ruth Naumann. Ich bin Meeresbiologin und lebe in Kiel. Ich bin die Freundin von Ungers Tochter, die mir sein Buch zur Beurteilung übergeben hat."

„Ein richtiges Buch?"

„Nein. Ein Album mit Zeitungsausschnitten und handschriftlichen Eintragungen über die einzelnen Vorfälle, die von 1962 bis 2018 reichen."

„Stimmt. Davon hat uns John damals erzählt, dass sein ehemaliger Kollege in Deutschland solche Meldungen sammeln würde. Wir hatten nichts dagegen, dass er unsere Geschichte weitergab. Wie viele solcher Fälle hat dieser Unger denn aufgeführt?"

„Mit seinem eigenen insgesamt 19 weltweit."

„Und da wurden überall diese Wassermenschen gesehen?", fragte Tamm.

„Na ja. Oft nur ein kahler Kopf oder Schwimmflossenabdrücke. Ihr Bericht ist für mich der glaubwürdigste. Deshalb bin ich daran so interessiert. Würden Sie mir Ihr Erlebnis noch mal schildern?"

„Klar. Das werden wir niemals vergessen. Es war

zum Ende eines Tauchgangs, als wir ihn entdeckten. Zuerst hielten wir ihn für einen Einheimischen ohne Ausrüstung, aber seine Haut war sehr weiß. Dann hat er uns auch gesehen und ..."

Ruth unterbrach ihn: „Entschuldigung. Konnten Sie ihn eindeutig als männlich identifizieren?"

„Das nicht direkt. Aber er hatte keine weiblichen Brüste und war sehr muskulös. Er schwamm ungeheuer schnell mit seinen großflächigen Händen und schwimmflossenartigen Füßen. Schnell und leicht und anmutig. Man sah sofort, dass Wasser sein Element war. Dann war er uns auch schon entkommen. Er hatte keine Haare und keine Ohrmuscheln. Ein Geschlechtsteil konnten wir nicht sehen."

„Sind Sie jemals wieder so einem Wesen begegnet, Herr Tamm?"

„Leider nicht. Danach haben wir uns sofort eine gute Unterwasserkamera gekauft, um Beweisfotos machen zu können. Die ersten Jahre haben wir vor und nach jedem Tauchgang dort über ihn geredet. Aber inzwischen sind es 25 Jahre her. Vielleicht war es auch nur ein einzelnes mutiertes Individuum. Oder eine entflohene geheime Genzüchtung der Amis zur Unterwasserkriegsführung. Bei denen ist ja alles möglich."

„Faszinierender Einfall", sagte Ruth. „Aber dafür waren sie zu gutmütig und hilfsbereit." So utopisch hatte sie noch gar nicht gedacht.

„Allerdings hat ja dieser Unger zahlreiche Berichte aufgeschrieben. Wenn da nur ein Viertel so wahr ist wie bei uns, können es keine Einzelfälle sein. Und dann noch weltweit, nicht auf eine Region beschränkt. Irgendwas muss da schon dran sein. Was glauben Sie denn als Expertin, Frau Naumann?"

„Als Wissenschaftlerin muss ich selbstverständlich

skeptisch sein und auf nachprüfbare Fakten Wert legen. Deshalb hatte ich bis jetzt große Vorbehalte über den Wahrheitsgehalt der meisten Sichtungen. Aber wenn Sie mir nun versichern, dass Sie tatsächlich so ein Wesen beobachtet haben, muss ich meine ablehnende Haltung wohl revidieren."

„Ich garantiere Ihnen, dass wir dieses menschenartige Wasserwesen gesehen haben. Ob es nur eine Laune der Natur war oder eine unbekannte Menschenart oder künstlich hergestellt wurde, können wir natürlich nicht sagen."

„Auf jeden Fall haben Sie mir sehr geholfen, Herr Tamm. Ich will Sie dann auch nicht länger aufhalten."

„Meine Frau und ich finden dieses Thema seit damals sehr spannend."

„Das ist es auch. Ich werde mich weiter damit befassen."

„Bitte rufen Sie wieder an, wenn Sie etwas Spektakuläres herausfinden."

„Mach ich, Herr Tamm. Also, vielen Dank und einen schönen Abend noch. Tschüss. Grüßen Sie Ihre Frau. Und einen tollen baldigen Urlaub auf den Malediven."

„Ach, das wissen Sie auch?"

„Ja."

„Danke. Tschüss, Frau Naumann."

8

Am nächsten Tag bei der Arbeit geisterte Ruth ständig die von Tamm genannte geheime Genzüchtung eines Wesens zur Unterwasserkriegsführung durch den Kopf. Wenn man diese fantasiereiche Idee weitersponn und dabei an gewisse Sciencefiction-Filme dachte, könnte es auch ein Android gewesen sein, ein menschenähnlicher Roboter für militärische Zwecke.

Aber wie sie bereits Tamm gesagt hatte: dafür waren die Wasserwesen einfach zu nett und hilfsbereit.

Ruth wunderte sich selber über ihre abwegigen utopischen Gedanken. Das war absolut nicht ihre Art. Gut, dass keiner ihrer Kollegen bemerken konnte, was in ihrem Kopf vorging.

Auf der Fahrt nach Hause fiel ihr ein, dass sie Christel anrufen sollte, um sie über den neuesten Stand zu informieren. Die wartete bestimmt schon gespannt darauf, dass sie sich meldete.

Mit einem Pott Kaffee und dem Telefon setzte sie sich in den Sessel und rief sie an.

„Lenz.“

„Hallo, Burkhard. Hier ist Ruth. Kann ich Christel sprechen?“

„Die ist nicht da.“

„Einkaufen?“

„Nee. Die ist schon wieder auf dem Friedhof. Seitdem ihr Vater tot ist, sucht sie andauernd seine Nähe. Als er noch lebte, wollte sie nichts von ihm wissen.“

„Ach, so. Das ist wohl die Trauer.“

„Tja.“

„Richtest du ihr bitte aus, dass ich angerufen habe

und sie am Wochenende mal zurückrufen soll?"
„Mach ich."
„Gut. Danke. Tschüss, Burkhard."
„Tschüss."

Sie taucht über herrliche Korallenbänke. Sie braucht keine Sauerstoffflasche, denn sie kann unheimlich lange die Luft anhalten. Sie bestaunt die unterschiedlichsten Korallen, zwischen denen sich farbenprächtige Fische unzähliger Arten tummeln.

Rechts überholt sie jetzt ein anderer Taucher. Zuerst sieht sie seine großflächigen Hände mit den Schwimmhäuten. Dann sein freundliches Gesicht. Er lächelt und nickt ihr zu. Er hat keine Haare, keine Ohrmuscheln und eine ganz platte Nase. Er könnte viel schneller schwimmen als sie, aber er will ihr hier sein Reich zeigen.

Sie betrachten verschiedene bunte Drücker- und Falterfische. Sie wirken wie akkurat angemalt. Auf dem Meeresgrund bewegen sich Krebse und Krabben, und im Zeitlupentempo Muscheln und mehrere rote Seesterne. Er deutet nach links oben zu einem Rotfeuerfisch und dann runter auf einen gewaltigen blauen Napoleon-Lippfisch, der bestimmt eineinhalb Meter lang ist.

Es ist wunderbar, so eine intakte, vielfarbige Korallenwelt voller Leben zu sehen. Er dreht nun nach rechts ab zu einem Hang aus löchrigem Lavagestein. Vielleicht will er ihr einen Kraken zeigen. Plötzlich schnellt aus einer Höhle eine Riesenmuräne auf sie zu und schnappt mit offenem Maul nach ihr.

Ruth schreckte zurück. Davon wachte sie auf. Es war noch dunkel. Sie sah sich um. Ihr Digitalwecker zeigte 04:12 an.

Sie schob sich stöhnend höher und pustete die Luft aus. Zum Glück war heute Samstag. Sie musste nicht in zwei Stunden aufstehen, sondern konnte sich ausschlafen.

Jetzt träume ich schon von so einem Wasserwesen, dachte Ruth verdrossen. Das wird ja immer verrückter. Aber er war sehr nett. Oder es. Sie schnaufte verächtlich, verdrehte die Augen und ärgerte sich über sich selber.

Und die verdammte Muräne musste natürlich auch wieder auftauchen.

Sie drehte sich auf ihre Einschlafseite, kuschelte sich ein und versuchte, an nichts zu denken. Vier Stunden sollte sie auf jeden Fall noch schlafen.

Am Nachmittag blätterte Ruth mal wieder in Ungers Hinterlassenschaft und blieb bei dem Bericht des taiwanesischen Kapitäns über den im Netz voller Fische gefangenen Menschen hängen. Sie las ihn erneut sehr aufmerksam durch und überdachte alles. Den Fall hatte sie zu Recht als möglich eingestuft.

Seltsam fand sie, dass der Besatzung zwar die verkümmerten Ohren und Geschlechtsteile auffielen, aber nicht die großen Flossenfüße. Nur anhand der nassen Abdrücke auf Deck nahmen sie an, dass die Person Schwimmflossen getragen hatte. Bei den Händen konnten sie keine Häute erkennen, weil der Nackte sie zu Fäusten geballt hatte.

Außerdem konnte sie nicht bei ihrer ersten Annahme bleiben, dass es sich um einen durchtrainierten Freitaucher gehandelt haben könnte. Denn so ein mutiger Extremsportler wäre nicht in Panik von Bord geflüchtet, ohne ein einziges Wort zu sagen. Das war schwer vorstellbar.

Also war es tatsächlich so ein Wasserwesen?

Ruth fiel etwas ein. Sie holte die gesammelten Briefe von Nils Unger, die Christel ihr mitgebracht hatte. Sie suchte den von Taiwan, der auch einen lesbaren Absender trug. Wenn sie mit dem Kontakt aufnehmen würde, könnte sie vielleicht mehr erfahren. Womöglich könnte sie dann diesen Fall auch als glaubhaft höherstufen, wie bei den Malediven und dem Ehepaar Tamm.

Ihr ungewohnter Enthusiasmus wurde allerdings jäh gestoppt, als ihr Blick auf das Datum des Berichts fiel. Das war 1969 gewesen. Das war über 50 Jahre her. Die gesamte Besatzung von damals musste entweder tot oder so hinfällig sein wie der Senior-Bootsverleiher auf den Malediven. Das war doppelt so lange her wie bei dem und garantiert sinnlos.

Ruth legte den verschlissenen Briefumschlag zurück auf den Stapel und blätterte etwas enttäuscht weiter. Bei der Zeichnung von Almeria blieb sie wieder haften und betrachtete lange diese kindliche Darstellung, die wie ein Schneemann ohne Unterleib aussah: mit schaufelartigen Händen, freundlichem Mund, Punktaugen, ohne Ohren und nur zwei Nasen-löchern.

Sofort fiel ihr wieder der Taucher in ihrem Traum ein, der auch eine ganz platte Nase gehabt hatte. Ruth seufzte, schob das Album und die Briefe zur Seite und ging in die Küche.

Das Sonntagswetter sah aus, als würde es gar nicht mehr aufhören zu regnen. Deshalb nahm sich Ruth nach dem Frühstück abermals das Buch von Unger vor. Es war noch bei der naiven Abbildung aus Spanien aufgeschlagen, und dieses komische halbe Männchen brachte sie auf eine Idee: Falls es wirklich diese Wasserwesen gab, existierten sie bestimmt bereits viel länger. Wenn es schon keine Fotos von ihnen gab, dann vielleicht auch so primitive Darstellungen aus früheren Zeiten. So wie Höhlenmalereien und Felszeichnungen aus der Steinzeit, die Hirsche, Pferde oder Wisente zeigten.

Gab es eventuell auch irgendwo ein Strichmännchen mit flossenartigen Händen und Füßen?

Es war zumindest einen Versuch wert. Für so etwas gab es ja das Internet. Außerdem hatte sie sowieso nichts Besseres vor. Ruth ließ alles so liegen, nahm ihr Notebook und setzte sich damit an den Küchentisch. Sie gab den Begriff 'Felszeichnungen' ein und startete die Suche. Es gab jede Menge Einträge.

An erster Stelle standen die Felsbilder von Alta in Nordnorwegen. Der Fachausdruck hieß 'Petroglyphen'. Dabei handelte es sich um in Felsgestein gehauene, gemeißelte oder geritzte Figuren oder Gegenstände. In Alta gab es die größten zusammenhängenden Felsbilder in Nord-Europa, die vor circa 6200 bis 2500 Jahren ausgeführt wurden. Zur besseren Sichtbarkeit hatte man hier die Vertiefungen rotbraun eingefärbt. Ruth erkannte langbeinige Elche, jagende Männer, einen Skifahrer und unzählige Rentiere.

Dann störte das Klingeln des Telefons ihre staunende Betrachtung. Sie erhob sich unwillig und ging zum Telefon. Das Display zeigte Christel an.

„Hallo.“

„Tag, Ruth.“ Christels Tonfall verhieß nichts Gutes. „Ich hab eigentlich angenommen, du würdest dich mal melden, um mir eventuelle Neuigkeiten mitzuteilen. Immerhin haben wir ja eine Woche nicht miteinander gesprochen. Bist du sauer oder so?“

„Ich nicht. Aber du hörst dich so an. Außerdem habe ich am Freitag bei euch angerufen und ...“

„Echt?“

Ruth presste die Lippen zusammen und rollte mit den Augen. Sie hasste es, unterbrochen zu werden.

„Und Burkhard sollte dir ausrichten, am Wochenende mal zurückzurufen.“

„Wann war das denn?“, fragte Christel deutlich besänftigter.

„Am späten Nachmittag. Du warst auf dem Friedhof.“

„Ja“, kam es kleinlaut zurück. „Burkhard hat ganz vergessen, es mir zu sagen. Entschuldige.“

„Schon gut. Ich wollte dir nämlich von meinem Anruf auf den Malediven erzählen.“

„Toll!“, freute sich Christel. „Ich höre.“

Ruth berichtete ihr, dass sie mit dem Sohn des Bootsverleihers geredet habe, der nun das Geschäft führe, weil sein Vater schon altersschwach sei. Von ihm habe sie die Telefonnummer des Taucherpaares von 1995 erfahren, die immer noch Stammkunden seien. Am Donnerstag habe sie mit Manfred Tamm in Oberhausen telefoniert, der ihr alle Einzelheiten des Taucherlebnisses erneut geschildert und hundertprozentig bestätigt habe. Die Tamms seien im Laufe der Zeit auf die Idee gekommen, dass es sich bei dem Wasserwesen um eine einmalige Mutation oder eine geheime US-Genzüchtung zur Unterwasserkriegsführung gehandelt haben könne. Leider hätten sie nie wieder eines gesehen.

„Das hört sich doch hervorragend an“, sagte Christel, nachdem sie ihr ohne Unterbrechung zugehört hatte. „Also hat dich dieser Herr Tamm auch endlich von der Existenz der Wasserwesen überzeugt?“

Ruth überraschte es, dass sie die Frage beinahe bejaht hätte. Aber sie durfte bei ihr nicht zu hohe Erwartungen wecken. „Na ja, zumindest in diesem Fall."

Christel ließ sich den Dämpfer nicht anmerken. „Du könntest dich ja bei deinen drei Möglichkeiten ebenfalls mit den Absendern in Verbindung setzen. Vielleicht würden die dich auch überzeugen."

„Bei dem Bericht von Taiwan mit dem im Netz Gefangenen habe ich es ernsthaft erwogen. Aber das ist 50 Jahre her. Da sind die meisten Augenzeugen doch schon gestorben oder nicht mehr auskunftsfähig." Sofort fielen Ruth die unpassenden Antworten ihrer dementen Mutter ein.

„Dann nimm doch die beim Tsunami Geretteten, die im Fernsehen aufgetreten sind", sagte Christel. „Das ist erst 15 Jahre her."

„Ich kann´s ja versuchen. Obwohl ich nicht glaube, dass der Sender ihre Namen rausrückt."

„Du hast ja noch genug andere Fälle mit Anschriften. Womöglich könntest du einige durch weitere Informationen höher bewerten."

Sie ist wohl erst zufrieden, wenn ich alles glaube, dachte Ruth. „Mal sehen."

„Also bleibst du noch da dran?"

„Klar. Ich finde das ja selber sehr spannend. Im Internet habe ich auch schon mehrmals recherchiert."

„Ich bin dir jedenfalls sehr dankbar für deine Bemühungen, Ruth. Aber jetzt muss ich Schluss machen. Bitte melde dich, wenn du etwas Interessantes erfährst."

„Mach ich."

„Dann tschüss. Und schönen Sonntag noch."

„Gleichfalls. Tschüss, Christel."

Ruth steckte das Telefon in die Ladestation und schaute aus dem Fenster. Es war heller geworden und hatte doch aufgehört zu regnen. Deshalb entschloss sie sich zu einem Spaziergang. Sie fuhr das Notebook runter und klappte es zu, ließ es aber auf dem Küchentisch. Gegebenenfalls würde sie später noch nach weiteren Felszeichnungen suchen.

Erst am Montagabend befasste sich Ruth wieder mit den Felsbildern, weil sie sich gestern wegen Christel noch mit dem Tsunami-Fall im Fernsehen beschäftigt hatte. Der ehemalige Schiffskoch hatte in seinem Brief an Unger sogar den thailändischen Fernsehsender genannt. Den hatte sie dann im Internet gesucht. Mit dem Ergebnis, dass es ihn seit sieben Jahren nicht mehr gab. Die kommerziellen TV-Anstalten in Bangkok waren wohl erheblich kurzlebiger als hier.

Es war leider nicht möglich, auch nur einen Namen der vier jungen Geretteten ausfindig zu machen. Also gab sie nach zwei Stunden auf. Immerhin konnte sie Christel versichern, dass sie es ausgiebig versucht hatte.

Nun saß Ruth wieder vor ihrem Notebook und kam von den Felsbildern von Alta zu welchen auf Bornholm. Der Eintrag berichtete, dass im Norden der Insel und in Meeresnähe auf den durch die Eiszeit glatt geschliffenen Felsen viele Figuren und Gegenstände eingeritzt seien. Zum besseren Erkennen habe man auch sie rot eingefärbt. Die Zeichnungen seien in der Bronzezeit von 1800 bis 500 v. Chr. entstanden.

Also nicht so alt wie die in Norwegen, dachte Ruth und sah sich die Abbildungen an. Neben Jagdszenen und allerlei Tieren gab es einige Schiffe und zahlreiche merkwürdige Radkreuze.

Ruth scrollte durch die einfachen Zeichnungen und entdeckte plötzlich etwas Anderes, Aufsehen-erregendes auf einem länglichen Findling.

Das sah doch aus wie ...

Bedauerlicherweise konnte sie die Stelle nicht ver-größern, deshalb beugte sie sich dicht vor den Monitor und betrachtete aufmerksam dieses unge-wöhnliche Strichmännchen, dessen Linien nicht rot, sondern schwarz waren.

Nach anfänglichen Bedenken kam sie schließlich zu der Überzeugung, eine altertümliche Darstellung eines Wasserwesens vor sich zu haben. Der Stein-metz aus der Bronzezeit hatte viel Sorgfalt darauf verwendet, die übergroßen fächerartigen Hände ein-zuritzen. Ganz deutlich sah man die fünf Finger mit den Schwimmhäuten dazwischen. Die Gestalt hatte einen Kugelkopf und ragte mit dem Oberkörper aus einer Welle heraus. Es wirkte so, als ob diese Gestalt kraulen würde.

Es war unglaublich, aber alle erkennbaren Merk-male und der Bezug zum Meer deuteten auf ein Wasserwesen hin. Sie starrte fasziniert auf die Abbil-dung und musste lächeln. Für Ruth war sie genauso viel wert wie ein Beweisfoto, obwohl sie schon mindestens zweieinhalb Jahrtausende alt war.

Sie scrollte weiter, fand aber keine vergleichbare Zeichnung mehr. Sie kehrte zu ihr zurück und druckte die Seite zweimal aus. Dann fuhr sie das Notebook runter und räumte es weg. Ruth nahm einen Ausdruck, setzte sich damit in den Sessel, studierte ihn konzentriert und grübelte darüber nach.

9

Auch auf dem Heimweg war Ruth noch geladen, weil sie sich mal wieder über ihre junge Kollegin Doris geärgert hatte. Am meisten hatte sie aber gestört, dass sie aus Rücksicht auf den anwesenden lieben Paul alles schlucken musste und ihr keine Breitseite verpassen konnte. So brodelte ihre gedeckelte Wut vor sich hin und konnte nicht entweichen.

Ein Ventil fand sie erst im Einkaufszentrum, als sie mit ihrem leeren Wasserkasten zu den Leergutautomaten kam. Alle drei waren besetzt: Links stand ein Rentner, der ganz konzentriert und langsam eine nach der anderen seiner kleinen Plastikflaschen hineinschob, sein Einkaufswagen war halb voll davon. In der Mitte fütterte eine jüngere Frau den Automaten aus ihren beiden prall gefüllten Gelben Säcken mit großen Plastikflaschen. Rechts holte ein schmuddeliger Mann Plastik-Bierpullen aus seiner verdreckten Einkaufstüte und warf sie ein.

Ruth stellte sich ungern hinter ihn, aber er hatte am wenigsten Leergut. Der Typ kam ihr wie ein Trinker vor. Nachdem sie einen Moment dieses dämliche Einwerfen der Einwegflaschen bei den dreien beobachtet hatte, konnte sie sich nicht mehr zurückhalten und sagte laut: „Haben Sie noch nichts davon gehört, dass man Plastikmüll möglichst vermeiden soll? So eine Pulle braucht nämlich 450 Jahre für ihre Zersetzung."

Der Kerl vor ihr, dem unbedingt mal der Nacken ausrasiert werden müsste, reagierte nur mit schnellerem Bestücken. Der Rentner hatte sie anscheinend nicht verstanden.

Die Frau erwiderte, ohne sie anzusehen: „Das

kann ja wohl jeder halten, wie er will."

„Eben nicht!", konterte Ruth. „Diese unnötigen Massen an Kunststoffabfällen belasten die Umwelt und landen sogar irgendwann in den Ozeanen. Schon mal davon gehört?"

Die Frau zuckte gleichgültig mit der Schulter. „Na und? Das ist weit weg und mir egal."

„Was ist das denn für eine bescheuerte Einstellung?", empörte sich Ruth noch lauter.

Der Rentner warf ihr kurz einen überraschten Blick zu. Der Typ vor ihr war fertig, drückte auf den Bonknopf, nahm ihn und suchte hastig das Weite.

„Kümmern Sie sich doch um Ihren Kram!" Die Frau hatte jetzt einen Gelben Sack geleert.

Ruth stellte ihren Kasten aufs Band, das ihn sofort abtransportierte. „Ihr Kunststoffmüll ist auch mein Kram. Unser aller Problem. Überall auf der Welt." Sie drückte auf den grünen Knopf.

Die Frau schaute sie verächtlich an. „Sie sind wohl so ´ne grüne Ökotante, die alle bekehren will?"

Plötzlich musste Ruth lachen und fühlte sich wie befreit. „Ja, genau so eine bin ich." Sie nahm ihren Bon und hielt ihn triumphierend hoch. „Sehen Sie, Mehrweg ist nicht nur umweltfreundlicher, sondern geht auch viel schneller. Denken Sie mal darüber nach." Ruth hörte im Weggehen die Frau noch irgendetwas grummeln und griente vor sich hin.

Sie löffelten beide die Gemüsesuppe mit Hackbällchen. In Ruths Gesäßtasche steckte ein zusammengefalteter Ausdruck dieser Felszeichnung, sie hatte sich aber noch nicht getraut, ihn Rudolf zu zeigen. Einerseits war sie sehr gespannt auf eine andere fachliche Einschätzung dieser Figur, andererseits wollte sie unbedingt vermeiden, sich im

Institut lächerlich zu machen.

Schließlich gab sie sich einen Ruck und sagte möglichst beiläufig: „Du warst doch schon ein paarmal in Schweden, nicht wahr?"

„Bis jetzt dreimal."

„Auch auf Bornholm?"

Rudolf zog die Augenbrauen hoch und antwortete: „Bornholm gehört zu Dänemark. Da war ich noch nicht."

Ruth befürchtete, rot anzulaufen. „Oh, das ist mir aber peinlich. Ich dachte, die Insel gehört zu Schweden."

„Liegt ja auch dicht davor. Was ist damit?"

„Da gibt es viele Felsbilder aus der Bronzezeit."

„Petroglyphen."

„Du kennst diesen Ausdruck?", staunte Ruth.

Rudolf nickte mit vollem Mund.

„Ich habe mir die Felszeichnungen zufällig im Internet angeguckt und bin auf eine ungewöhnliche Darstellung gestoßen. Da wollte ich dich um deine Meinung fragen."

„Hast du sie dabei?"

„Ja." Sie zog das Papier hervor, faltete es auseinander, glättete es und schob ihm das Blatt rüber. „Hier", sie tippte darauf, „diese Figur mit dem Kugelkopf und den überproportionalen Händen."

Rudolf ließ seinen Löffel in der Terrine und betrachtete das Bild eingehend. „Wirklich unkonventionell."

„Wofür hältst du diese großflächigen Hände?", fragte Ruth.

„Tja. Könnten Fellhandschuhe sein. Oder frühzeitliche Fächer."

Ruth sah ihn perplex an. Darauf wäre sie nie gekommen. „Aha. Sehr interessant."

„Und was ist deine Deutung?"

Sie musste sich zwingen, es auszusprechen: „Ich dachte an Schwimmhäuten zwischen den Fingern."

„Bei Menschen?", wunderte sich Rudolf und schmunzelte dann. „Vielleicht sind es die Prototypen von diesen Handdingern zum schnelleren Kraulen. Wie Kraulen sieht´s jedenfalls aus. Oder einer steht bis zum Bauch im Meer und winkt oder gibt Zeichen."

„Möglicherweise." Ruth kam sich blöd vor. Sie musste rasch zurückrudern und aus dieser riskanten Situation raus. „Tolle Spekulationen." Als sie das Blatt zusammenfaltete, bemerkte sie seinen argwöhnischen Blick. Rudolf war keinesfalls geistig so schwerfällig wie er äußerlich wirkte. Sie steckte das Papier weg, schob ihren Teller zur Seite und widmete sich ihrem Nachtisch.

Rudolf ergriff seinen Löffel und aß weiter.

Ruth erkundigte sich, woher er den Ausdruck 'Petroglyphen' kannte. Rudolf erzählte von seiner Kreuzworträtsel-Zeit, wo er unzählige Begriffe ähnlicher Art ständig abrufbereit gehabt habe.

Ruth hörte ihm nur halb zu und ärgerte sich über sich selber. Sie war ja schon genau wie Nils Unger, der stets nur auf Kahlköpfe und Schwimmflossenabdrücke fixiert gewesen war. Sie hatte jetzt auch schon seine Scheuklappen-Sicht und seinen beschränkten Horizont des Wunschdenkens.

Während der Arbeit und später im Fitnessstudio analysierte Ruth den Fall der Wasserwesen ausschließlich realistisch. Das gestrige Gespräch mit Rudolf und ihre bereits veränderte Denkweise hatten sie alarmiert. Sie war kurz davor, ihren fest zentrierten wissenschaftlichen Standpunkt zu verlieren. Sie durfte nur überprüfbare Fakten anerkennen. Alles andere wie fantasiereiche Hypothesen, optische oder eingebildete Verfälschungen und ganz besonders Träume musste sie als Beweis ablehnen und waren tabu. Gestern hätte sie sich fast vor einem Kollegen blamiert.

So faszinierend die ganze Geschichte auch war, sie musste aufhören, sich damit zu beschäftigen. Die für sie völlig eindeutige Erklärung der Felszeichnung und die absolut andersartige Auslegung von Rudolf hatten ihr die eigene absurde Verklärung deutlich gemacht. Als Biologin durfte sie nur bewiesene Tatsachen glauben, aber keinen Sciencefiction-Utopien.

Kurz bevor sie Christel anrufen wollte, um ihr das Ende ihrer Nachforschungen mitzuteilen, entschloss sie sich, sie lieber am Wochenende einzuladen, um es unter vier Augen zu besprechen. So würde es Christel hoffentlich besser verkraften und akzeptieren, als mit einer telefonischen Absage.

Ruth wählte ihre Nummer an und spürte, dass sie sich vor ihrer Reaktion fürchtete.

„Lenz.“

„Hallo, Burkhard. Hier ist Ruth. Kann ich Christel mal sprechen?“

„Einen Moment.“

Ob nur Burkhard als Hausherr das Recht hatte, Telefonate anzunehmen?

„Guten Abend, Ruth. Gibt es Neuigkeiten?“, fragte Christel neugierig.

„Hallo. Nur ein paar. Doch nichts Spektakuläres.“ Sie musste ihre Erwartungen gleich dämpfen. „Aber das könnten wir besser bei mir besprechen. Hast du am Samstag Zeit?“

„Klar“, antwortete Christel etwas enttäuscht. „Um

vier?"

„Gut. Ich hole Kuchen."

„Ja. Bis dann. Tschüss."

„Tschüss, Christel." Ruth legte das Telefon weg und fühlte sich jetzt schon mies.

Ruth kam als letzte in die Teeküche, um sich einen Kaffee zu holen. Drei Männer standen da konspirativ zusammen mit ihren kleinen Espressotassen: ihr direkter Vorgesetzter Herr Vogel, Paul Jäger und Dr. Falk, der wissenschaftliche Leiter der Expedition.

„Darf ich diese Männerrunde stören?", fragte sie mit spöttischem Grienen.

„Aber gerne, Frau Naumann", erwiderte Dr. Falk. „Wir reden über nichts, was nicht auch für weibliche Ohren bestimmt wäre."

„Wer´s glaubt", mit einem Schulterzucken ging sie zum Kaffeeautomaten.

„Außerdem ist es gut für die Frauenquote", fügte Paul hinzu.

„Frau Naumann ist immer betont herzlich", bemerkte Vogel.

„Das werde ich ja bald auf dem Schiff feststellen", sagte Falk. „Da kann man sich ja schlecht aus dem Weg gehen."

„Sie meint das doch nicht so", Paul lächelte. „Sie hat nur eine harte Schale, aber einen weichen Kern."

Ruth stellte sich mit ihrem Kaffeepott zu ihnen. „Wenn du meinst." Manchmal ging ihr Pauls Freundlichkeit und sein Harmoniebedürfnis mächtig auf den Geist.

„Freuen Sie sich schon auf unsere Expedition, Frau Naumann?", Dr. Falk nippte an seinem Espresso. „In zwei Wochen haben wir schon den letzten Arbeitstag hier."

„Ich freue mich sehr auf die Zeit auf dem Schiff. Und das meine ich aufrichtig und herzlich", Ruth warf Vogel einen ironischen Blick zu.

Der rückte seinen Krawattenknoten zurecht und leerte sein Tässchen.

Falk tat es ihm nach. „Wir müssen dann wieder los. Bis dann, Sie beide. Und schönen Tag noch."

Als die zwei Oberen weg waren, fragte Ruth: „Ging es mal wieder um Personalprobleme?"

„Um nichts Besonderes", antwortete Paul.

„Hoffentlich war ich nicht wieder der Stein des Anstoßes."

„Nein, nein", er schüttelte den Kopf. „Außerdem hast du doch letztens sehr souverän auf die Provokationen von Doris reagiert."

Ruth verzog ihr Gesicht. „Das hat mich auch allerhand Überwindung gekostet."

„Wir besprachen nur die angespannte Personalsituation durch die dann fehlenden Teilnehmer der Expedition", Paul schaute auf seine Uhr. „Ich muss auch wieder zurück."

„Ich nehm meinen Kaffee mit."

Sie gingen ein Stück gemeinsam, bis sie sich an der Abzweigung zu ihren Arbeitsplätzen trennten.

Nachdem sie unterschiedlich viel Kuchen gegessen hatten, berichtete Ruth von ihren zeitaufwändigen Recherchen über die Jugendlichen des Tsunami-Falls. Da es den TV-Sender in Bangkok seit sieben Jahren nicht mehr gab und auch im Internet nichts Näheres zu erfahren war, hatte sie aufgegeben.

Christel erkundigte sich natürlich nach weiteren Kontaktbemühungen durch die Briefadressen und brauchte ziemlich lange, bis es ihr dämmerte, dass Ruth keine weiteren Versuche unternehmen wollte.

Von den so verschieden interpretierten Felsbildern hatte ihr Ruth kein Wort verraten

„Heißt das etwa, du willst nicht mehr weiter forschen?", fragte Christel mit gerunzelter Stirn. „Willst du jetzt einfach aufhören?"

„Einfach wohl nicht. Immerhin habe ich mich fast drei Wochen lang intensiv mit diesen Wasserwesen beschäftigt."

„Und?"

„Ich bin zu dem Entschluss gekommen, mich nicht weiter damit zu befassen."

„Aber warum?", Christel sah sie grimmig an. „Dein Gespräch mit diesem Taucher hatte dich doch quasi überzeugt, dass es diese unbekannten Wassermenschen tatsächlich gibt. Das es wahr ist."

„Aber auch Herr Tamm hatte erwogen, dass es einzigartig gewesen sein könnte, eine einmalige Mutation oder geheime Züchtung."

„Das ist Quatsch!"

„Für mich nicht. Es ist eine Möglichkeit." Ruth dachte an die beeindruckende Figur aus der Bronzezeit, sagte aber trotzdem: „Ich glaube nicht an die Existenz dieser angeblich seit 57 Jahren vorkommenden, weit verbreiteten, aber sich nur ganz selten zeigenden und niemals offiziell bemerkten Wasserwesen."

Christel funkelte sie zornig an. „Also glaubst du auch nicht dem Bericht meines Vaters, sondern bezichtigst ihn der Lüge."

„Nicht der Lüge, sondern des Irrtums."

„Du hältst sein ganzes Vermächtnis also für unwahr", Christel presste die Lippen zusammen und bekam feuchte Augen.

Ruth musste trocken schlucken. „Ich hab´s wirklich versucht, aber ich kann das nicht akzeptieren.

Erst recht nicht als Biologin. Ich kann meine Reputation als Wissenschaftlerin nicht riskieren."

„Das ist wohl das einzige, was dir wichtig ist."

„Keineswegs. Aber es deckt sich vollkommen mit meinem Charakter, mit meiner Sicht der Dinge."

Christel hatte sich wieder gefangen und erwiderte angriffslustig: „Ab und zu einen Blick über deinen akademischen Tellerrand zu werfen, würde dir bestimmt gut tun."

„Trotzdem sind eindeutige Fakten unabdingbar. Nur das ist wahr, was auch bewiesen ist."

„Du hast doch selbst gesagt, dass du dir in den Ozeanen alles vorstellen kannst und dort noch vieles unerforscht ist."

„Das stimmt auch, aber ..."

Christel unterbrach sie: „Was ist mit diesem urzeitlichen Quastenflosser, der seit Millionen Jahren als ausgestorben galt, bis man um 1940 ein erstes lebendes Exemplar entdeckte. Bis dahin hatte er unbemerkt von der Fachwelt weiter existiert."

„Das hast du dir aber gut gemerkt", Ruth bemühte sich, ruhig zu bleiben.

„Man sollte nicht nur das glauben, was man sehen und anfassen kann. Es gibt doch unendlich mehr jenseits dieser Laborgrenze, bis zu der man alles schwarz auf weiß beweisen kann."

„An diese Grenze muss ich mich aber halten. Die ist für mich verbindlich."

Christel legte den Kopf schräg und sagte bekümmert: „Ich bin sehr von dir enttäuscht, Ruth."

„Tut mir leid."

„Weißt du, ich hatte gehofft, dass du die Aufzeichnungen meines Vaters vielleicht weiterführen und später als Fachbuch veröffentlichen würdest."

„Echt?", Ruth sah sie zweifelnd an. „Damit hast du

gerechnet?"

Christel nickte nur verbittert.

„Das könnte ich nicht. Für so etwas müsste ich hundertprozentig von einer Sache überzeugt sein. Und das geht nur mit einwandfreien Beweisen."

„Ich weiß: deine Reputation", entgegnete Christel bissig und stand plötzlich auf.

„Was ist denn?", fragte Ruth verstört und erhob sich ebenfalls.

„Ich ..."

„Lass uns doch nicht so im Streit auseinandergehen", Ruth machte einen Schritt auf sie zu.

Christel wich zurück. „Ich muss jetzt weg. Und die Unterlagen meines Vaters nehme ich gleich mit. Ich will dich damit nicht noch länger belästigen." Sie nahm das Buch und den Stapel Briefe vom Tisch, presste beides an ihre Brust und verließ das Zimmer. Ruths Notizen hatte sie liegengelassen.

„Warte doch bitte! Christel!"

Aber schon knallte hinter ihr die Wohnungstür zu.

10

Zehn Tage waren vergangen. Von Christel hatte sie seit ihrem grußlosen Abgang nichts mehr gehört. Die ersten Tage hatte sie noch Schuldgefühle gehabt und war oft davor sie anzurufen, verschob es dann aber auf morgen, um einen Vorwand zu haben und Christel schöne Ostern zu wünschen.

Doch je näher der Tag kam, umso mehr sperrte sich etwas in ihr vor diesem ersten Schritt, vor diesem Nachgeben. Schließlich kam Ruth zu der Überzeugung, dass sie sich absolut nichts vorwerfen musste. Christel hatte sich wie ein gekränktes, trotziges Kind verhalten und ihr dreiwöchiges Bemühen einfach ignoriert. Das hatte sie nicht verdient. Und dann noch diese absurde Buch-Idee! Als ob sie ihren guten Namen dafür hergeben würde!

Außerdem war sie ja ohne ein Wort abgehauen und für diese Funkstille verantwortlich. Deshalb würde sie sich keinesfalls als erste melden und sich auch nicht am Wochenende zur sechswöchigen Expedition verabschieden. Christel sollte ruhig spüren, dass sie da durch ihr Verhalten und ihr übertriebenes Vater-Trauma ihre Freundschaft gefährdet oder womöglich sogar beendet hatte.

In diesen zehn Tagen tauchte nur gelegentlich ein Wasserwesen in Ruths Gedanken auf und wurde stets sogleich von ihr verdrängt. Bis heute, wo sie im BioMare-Journal einen interessanten Bericht gefunden und schon zweimal gelesen hatte: An der australischen Westküste lief ein Forschungsprojekt, bei dem der Mageninhalt von Haien anhand der DNA der Beutetiere untersucht wurde, um mehr über ihre Nahrungszusammensetzung zu erfahren. In einem angeschwemmten toten Weißen Hai hatte man organisches Material gefunden, bei dem es sich nicht um die Reste von Tieren handelte, sondern um humanoides Gewebe mit einer menschlichen Übereinstimmung von 96,3 %. Also stammte es entweder von einem ins Meer gefallenen Primaten oder um einen bedauernswerten Wassersportler.

Oder um ein Wasserwesen, dachte Ruth und nickte vor sich hin. Sofort war ihr Eifer wieder geweckt. Sie schaute zur Uhr, sie zeigte 14:15 an. Also war es jetzt da in Australien schon mindestens 20 Uhr. Eindeutig viel zu spät für eine telefonische Nachfrage. Aber das würde sie morgen Früh erledigen. Sie schrieb sich die Kontaktdaten der Forschungsgruppe auf und dachte an den Todeskampf zwischen einem Wasserwesen und einem Weißen Hai.

Aber wieso glaubte sie sofort wieder an so einen Flossenmenschen? Hatte sie dieses Thema nicht endgültig abgehakt? Ihr war wirklich nicht zu helfen. Anscheinend war sie genauso verrückt wie Christel.

Ruth schüttelte den Kopf und ärgerte sich über sich. Sie schob den Notizzettel achtlos zur Seite und verließ BioMare.

Trotz all ihrer Bedenken, siegte ihre Biologenneugier. Am nächsten Morgen rief sie gleich im australischen Perth an und ließ sich mit der zuständigen Abteilung verbinden. Dank ihrer guten Englischkenntnisse war das kein Problem für sie. Schließlich meldete sich eine redselige Rose Gillen, die sich über den Anruf aus dem fernen Deutschland und dem Interesse an ihrem Forschungsprojekt wunderte, sich nach dem Wetter, ihrem beruflichen Werdegang und ihren Tätigkeiten erkundigte. Endlich fragte sie, wie sie ihr helfen könne.

„Frau Gillen, mich ...“

„Nennen Sie mich bitte Rose."

„Gerne. Ich bin Ruth. Können Sie mir sagen, ob man bei dieser genetischen Übereinstimmung von 96,3 % absolut sicher sein kann, dass es sich um menschliche Überreste handelt?"

„Natürlich nicht. Sie könnten auch von einem wasserbegeisterten Menschenaffen stammen."

Ruth zog verblüfft die Augenbrauen hoch. „Also das ist nicht einwandfrei zu bestimmen?"

„Nein. Als Biologin wissen Sie doch auch, dass das Erbgut von Mensch und Schimpanse zu 93,5 – 99,4 % identisch ist, je nach der angewandten Analysemethode. Im Durchschnitt gibt es einen Unterschied von 1,5 %."

Ruth hatte diese Genetik-Daten zwar nicht mehr parat, ließ sich aber nichts anmerken. „Das ist wirklich sehr wenig."

„Dabei muss man noch berücksichtigen, dass die Differenz im Erbgut von Männern und Frauen zwei bis vier Prozent betragen kann. Es gibt Paare, bei denen der Mann einem Schimpansenmännchen ähnlicher ist als seiner Frau."

Ruth sagte amüsiert: „Ich war schon immer der Ansicht, dass Männer mehr Affen gleichen als uns."

Rose lachte auf. „Ganz meiner Meinung. Besonders wenn sie diese Augenwülste und einen behaarten Rücken haben. Und dann mit diesem o-beinigen, schaukelnden Gang daher stolzieren, als wären sie ein Sheriff mit dicken Eiern."

Ruth kicherte. Hatte sie da in Australien eine Wesensverwandte gefunden? „Hervorragend beschrieben. Also gibt es diese Typen auch am anderen Ende der Welt?"

„Leider ja. Die kommen überall vor."

„Und wie schätzen Sie die inneren Werte der

Männer ein?"

„Welche inneren Werte?", fragte Rose befremdet.

„Sind sie intelligenter als Affen?"

„Manche sind etwas sprachbegabter, aber sonst ..."

Ruth prustete los. Diese Rose war ja klasse. Mit der würde sie gerne mal ausgehen. „An unsere geistigen und kommunikativen Fähigkeiten kommen sie selbstverständlich nie ran."

„Keine Chance. Oh!", Rose sprach plötzlich leiser: „Ich darf nicht so vergnügt klingen. Ich hab hier nämlich auch so ein Exemplar als Chef. Der guckt schon strafend rüber."

„Affe oder Mann?"

„Er zählt sich selber zu letzteren. Völlige Fehleinschätzung."

Ruth griente. „Kenn ich. So einen hab ich hier auch. Trägt als Prestigeobjekt ´ne Krawatte."

„Pures Imponiergehabe."

„Genau." Entgegen ihrer frechen Bemerkungen überprüfte Ruth mit einem Rundumblick die Umgebung, ob Vogel eventuell in der Nähe war. Wenn der wüsste, dass sie hier ein langes, nicht genehmigtes, lustiges Ferngespräch mit Australien führte, würde er ihr eine ordentliche Standpauke halten.

„Trotzdem möchte ich meinen Silberrücken hier nicht vollkommen verärgern", sagte Rose, bei der sich wohl die gleichen Bedenken gemeldet hatten. „Sie wollten also wissen, ob der Weiße Hai einen Menschen oder einen Primaten gefressen hat? Eine andere Möglichkeit gibt es ja nicht."

Vielleicht doch, dachte Ruth. „Richtig."

„Das kann man anhand der DNA nicht beweisen. Aber wir gehen davon aus, dass es sich bei dem Opfer um einen Menschen gehandelt hat. Wahrscheinlich um einen Schwimmer, denn wir konnten keinerlei Neoprenreste entdecken."

„Wurden irgendwelche Knochen gefunden?", fragte Ruth und dachte: Womöglich von Flossenfüßen mit extrem langen Zehen?

„Da konnten wir nichts eindeutig identifizieren. Alles schon zu sehr angedaut."

„Also sind Sie auf nichts Ungewöhnliches gestoßen?"

„Nein. An was dachten Sie denn, Ruth?"

Die Frage erschreckte sie richtig. Ihr wurde heiß. Sie bemühte sich, irgendeine unverdächtige Antwort zu geben: „An große Säugetiere wie Delfine zum Beispiel."

„Da konnten wir nichts ausfindig machen. Die einzige DNA eines Säugetiers stammt von einem Humanoiden."

„Gut, Rose. Dann will ich Sie auch nicht noch länger von Ihrer Arbeit abhalten, sonst kriegen Sie doch noch Ärger mit Ihrem Silberrücken. Obwohl ich mit Ihnen stundenlang weiter plaudern könnte."

„Geht mir ebenso, Ruth. Ich glaube, wir sind auf einer Wellenlänge."

Sie tauschten noch einige Nettigkeiten und männerfeindliche Sprüche aus und verabschiedeten sich dann voneinander.

Rudolf aß Schweinebraten mit Leipziger Allerlei, Ruth Hackbraten mit Blumenkohl.

„Was macht dein Bruder?", erkundigte sie sich.

„Hab schon länger nicht mit ihm telefoniert. Das gibt meistens nur Ärger."

„Besser als gar nichts."

Rudolf zog die Augenbrauen hoch und schien kauend darüber nachzudenken.

„Streitgespräche sind doch interessanter als Totenstille. So tauscht ihr euch wenigstens aus."

„So kann man´s auch sehen."

„Sollte man", erwiderte Ruth und dachte an Christel.

Nach einigen schweigsamen Minuten sagte Rudolf: „Dann essen wir also heute vorerst zum letzten Mal zusammen."

„In sieben Wochen sitze ich doch wieder hier. Hoffentlich mit besserem Essen."

Rudolf sprach ausnahmsweise erst mit leerem Mund: „Das ist eine lange Zeit. Das werden einsame Mittagspausen ohne dich."

„Vielleicht findet sich ja jemand, der dir hier Gesellschaft leistet."

„Glaub ich nicht", einige Erbsen fielen von seiner übervollen Gabel.

Bei seinem Anblick kamen Ruth auch Zweifel daran. Rudolf hatte wieder Essensflecke auf seinem Hemd, aus seinen Nasenlöchern lugten borstige Haare, und er roch nach altem Schweiß. Wenn er sich allzu sehr vernachlässigte, hatte sie ihm ab und zu diskrete Hinweise gegeben, die er auch stets befolgte. Ohne ihre heiteren Ermahnungen würde er wahrscheinlich wochenlang ungepflegt und miefend herumlaufen. „Selbstverständlich würde dir keiner so großzügig seinen Nachtisch überlassen wie ich."

„Stimmt", Rudolf nickte lächelnd.

„Wenn es dir hier zu einsam wird, könntest du dich ja mal zu anderen an den Tisch setzen."

„Auch auf die Gefahr hin, dass die sich sofort erheben und abhauen?"

„Du musst natürlich nett sein und auf dein Äußeres achten", Ruth zwinkerte ihm zu.

„Ach, du wirst mir fehlen."

„Das hat mir schon lange keiner mehr gesagt."

„Mir auch nicht!", klagte Rudolf übertrieben traurig.

Sie sahen sich an und brachen in Gelächter aus, sodass der ganze Tisch bebte und mehrere Leute zu ihnen herüberschauten.

Beim Aufwärmen auf dem Ergometer dachte Ruth über ihr morgendliches Telefonat mit Rose Gillen nach und musste immer noch über ihre Lästereien schmunzeln. Aber auch diese großartige, humorvolle Frau hätte kein Verständnis dafür gehabt, wenn sie noch weiter nach Anzeichen für eine unbekannte Menschenspezies gefragt hätte.

Sie ärgerte sich mal wieder über ihren Rückfall in Sachen Wasserwesen. Wieso konnte sie mit diesem Thema nicht endgültig abschließen? Durch die viele Beschäftigung damit hatte sie sich anscheinend mit dieser fantastischen Vorstellung infiziert. Sie war wirklich schon wie Nils Unger und biss beim kleinsten Hinweis an und hing zappelnd am Haken dieser Utopie. Damit musste jetzt Schluss sein.

Ruth trat noch mehr in die Pedale und beschleunigte ihr Tempo. Sie musste sich noch mal richtig auspowern, immerhin war heute ihr letzter Aufenthalt im Fitnessstudio für die nächsten zwei Monate. Vielleicht konnte sie diese dämlichen Gedanken über Flossenmenschen einfach ausschwitzen und so los werden.

Warum es sie ausgerechnet an ihrem letzten Tag wieder auf den Friedhof gezogen hatte, konnte Ruth sich auch nicht erklären. Wo sie doch erst vor einem Monat hier war – nach zweijähriger Abwesenheit. Aber anscheinend hatte sie nun das ungewohnte

Bedürfnis, ihren Eltern nahe zu sein. Oder drängte sie ihr Unterbewusstsein, sich für längere Zeit von ihnen zu verabschieden? Obwohl das alles absolut nicht ihre Art war.

Ruth betrachtete den Grabstein aus Rosengranit. Für die Ewigkeit gemacht. Die weiße Inschrift zeigte unter ihren Namen die nüchternen Lebensdaten ihrer Eltern. Anfang und Ende. Aber was war dazwischen? Was hatten sie in diesen 75 Jahren alles erlebt? War es mehr Leid als Glück gewesen? Mehr trübe als sonnige Tage? Sie glaubte schon.

Obwohl sie es nicht wusste. Dafür hatte sie mit ihren Eltern viel zu wenig über ihr Leben, über ihre Träume, Sorgen und Ansichten gesprochen. Nun war es zu spät für ihre vielen Fragen, die sie sich als Erwachsene immer verkniffen hatte: War es eine Liebesheirat gewesen? Hatte ihre Mutter sie überhaupt gewollt oder war sie das Ergebnis mangelhafter Verhütung? War sie deshalb zu ihr stets so unnahbar gewesen? Sie hatte jedenfalls das Gefühl, von ihr als Kind niemals innig umarmt worden zu sein. Nur immer kurz und auf Abstand.

Warum kamen nach ihr keine Kinder mehr? Als Mädchen hätte sie gerne Geschwister gehabt. Wie hatte besonders ihre Mutter ihre Zicken und Gehässigkeiten während der Pubertät ertragen? Hatte sie ihren Ehemann aufgefordert, sie mal so richtig zu versohlen? Von ihrer Mutter hatte sie ein paar Ohrfeigen bekommen, von ihrem Vater nicht eine.

Hatten ihre Eltern eigentlich mehr von ihr erwartet? Waren sie enttäuscht darüber, dass sie nicht geheiratet hatte und ihnen Enkelkinder bescherte? Hatte sie ihre vielen Hoffnungen nicht erfüllt?

An ihrem 33. Geburtstag hatte ihre Mutter ihr allen Ernstes vorgeschlagen, den Männern etwas vorzuspielen, ihnen absichtlich ihre geistige Überlegenheit zu verheimlichen. Sie sollte das Dummchen spielen, um so eventuell einen Ehemann zu ergattern.

Ruth seufzte und massierte ihre Stirn. In der Birke neben ihr zwitscherten Vögel, was sie lästig fand. Sie erinnerte sich daran, wie sauer sie jedes Mal im Altenheim auftrat, wenn die angerufen und ihren dringenden Besuch verlangt hatten, weil ihre demente Mutter mal wieder irgendwelchen Mist gemacht hatte. Wie sie dann wütend und gleichzeitig hilflos auf sie eingeredet hatte, aber nichts ihre verständnislose Miene aufklären konnte. Wie sie sich später davor gedrückt hatte, bei der Sterbenden am Bett zu sitzen und ihre Hand zu halten. Und wie erleichtert sie war, als endlich der Anruf mit der Todesnachricht kam.

Dafür schämte sich Ruth noch immer. Sie drehte sich abrupt um und ging mit zusammengepressten Lippen weg. Am Friedhofstor hatte sie sich dazu entschlossen, sich morgen vom Flughafen aus bei Christel per WhatsApp zu verabschieden und ihren Streit zu bedauern.

11

Ruth stand allein draußen auf dem Hauptdeck, sah nach Osten zum kommenden Tag und atmete die erfrischende Luft tief ein. Die schwüle Hitze bei manchen Wetterlagen machte ihr doch etwas zu schaffen, auch wenn sie das nie zugeben würde.

Nun war sie schon eine Woche an Bord des Forschungsschiffs 'Sonne', in einer anderen Welt. Ihre jetzige Position lag im Pazifischen Ozean, 70 Seemeilen vor der ungefähr mittigen Ostküste der Philippinen. Hier konnte man einerseits die seichten Gewässer landwärts durch Taucher und andererseits die tieferen mit dem Tauchroboter untersuchen. Jeden Tag kamen so enorme Mengen von Proben an Bord, die dann auf die Labors mit ihren unterschiedlichen Analysemethoden verteilt wurden.

Um die teuren Kapazitäten dieses modernen Schiffes und die Expeditionszeit optimal auszunutzen, wurde hier im wechselnden Schichtdienst rund um die Uhr gearbeitet, auch an den Wochenenden. Diese nächtliche Tätigkeit war für alle natürlich am Anfang gewöhnungsbedürftig, aber Ruth hatte sie inzwischen schätzen gelernt, weil es dann deutlich ruhiger und kühler war als am Tag. Nachts hatte man eben auch solche Momente hier, wo man in der Pause mal für sich war und aufs Meer oder zum Sternenhimmel schauen konnte.

Für Ruth war die ständige Anwesenheit von anderen Leuten sowieso etwas Ungewohntes, genau wie das dauernde leichte Schwanken. Manchmal fehlte ihr sogar die Einsamkeit in ihrem heimischen Kosmos der absoluten Freiheit und Stille. In dieser Woche hatte sie garantiert schon mehr geredet als im letzten halben Jahr. Hier war man nie allein, nur auf dem Klo, unter der Dusche oder in solchen Augenblicken. Auch ihre Kabine musste sie sich mit Linda teilen, die zum Glück das untere Etagenbett genommen hatte, sodass sie etwas Freiraum über sich hatte.

Linda war 42 Jahre alt, auch nicht gerade schlank und arbeitete in Hamburg. Sie war zwar keine Quasselstrippe, erzählte aber verständlicherweise oft von ihrer Familie und ihrem Haus.

Aber trotz dieser kleinen Einschränkungen genoss Ruth diese Zeit der Geselligkeit, des Forschens und Austausches. Unter dem Mikroskop und bei den Analysen hatte sie bereits einiges Neue entdeckt und sehr viel Interessantes weiter untersucht.

Ruth blickte zur Uhr. Sie musste langsam wieder runter. Christel hatte erst vorgestern auf ihre WhatsApp geantwortet, sich nur für ihre Nachricht bedankt und ihr eine schöne Zeit gewünscht. Kein Wort der Entschuldigung oder Versöhnung. Immerhin hatte sie den ersten Schritt getan und brauchte sich nichts mehr vorwerfen.

Ruth nahm die Brille ab und rieb mit zwei Fingern an ihrer Nasenwurzel. Dann reckte sie sich und sah noch ein Mal hinaus. Mittlerweile hatte sich am Meereshorizont vor ihr ein orangener Streifen gebildet, über dem sich ein türkisfarbener und ein hellblauer befanden. Diese drei Farben schoben unaufhaltsam den dunklen Nachthimmel nach oben und vergrößerten sich dabei, machten so Platz für die Sonne und den neuen Tag.

Sie saßen am Abend in kleiner Runde in der Lounge zusammen und diskutierten über die Müllstrudel aus Plastikabfällen, die sich auf den Ozeanen zu immer größeren Teppichen sammelten.

„Schlimm sind aber auch die Mikroteilchen, die man mit bloßem Auge gar nicht erkennt", sagte Jochen Baum, ein blonder Hamburger so Mitte Dreißig. „An erster Stelle steht da der Abrieb von Autoreifen. In Deutschland kommen da pro Person 1,2 Kilo zusammen."

„Kann man sich gar nicht vorstellen", meinte Ruth.

„Noch unglaublicher finde ich, dass in Norwegen jährlich circa 3000 Tonnen Gummigranulat aus Kunstrasenbelägen von Fußballplätzen in die Fjorde gelangen. Und in Deutschland haben wir etwa dreimal mehr Kunstrasenplätze als in Norwegen", erklärte Paul Jäger.

„Ist ja erschreckend", Linda schüttelte betroffen den Kopf.

„Also kommt das bei Mikroplastik gleich hinter dem Reifenabrieb", stellte Ruth fest.

„Aber die sichtbaren Massen dieser Plastikstrudel bestehen natürlich vorwiegend aus Verpackungsmüll und Fischernetzen", sagte Jochen.

Ruth beugte sich vor. „Ich habe da letztens an solchen Leergutautomaten – die von drei Personen ewig lange mit Plastikflaschen gefüttert wurden – versucht, diese Leute von der Schädlichkeit von Einweg zu überzeugen."

„Und wie haben die reagiert?", erkundigte sich Linda.

„Von gar nicht bis ablehnend. Eine Frau hat mich als grüne Ökotante betitelt."

Jochen grinste. „Das ist doch schon eher eine Auszeichnung."

Paul wiegte den Kopf und erwiderte: „Ruth, du musst aber auch bedenken, dass es bei uns viele Einkommensschwache gibt, die sich dieses erheblich billigere Wasser in großen Einwegträgern kaufen. Außerdem besitzen die auch kein Auto, um schwere Pfandkisten zu transportieren. Es gibt da eine soziale Komponente, die man berücksichtigen muss."

Paul Jäger, der Gutmensch und Fürsprecher aller Benachteiligten, dachte Ruth verärgert und sagte: „Ich glaube, dass sich bei uns fast jeder günstige Mehrweggetränke leisten kann und bin für ein Verbot von Einwegflaschen."

„Ich auch", stimmte ihr Linda zu.

„Ich bin auch für ein Einweg-Verbot, aber es muss sozial abgefedert sein, damit die Armen sich noch Mineralwasser kaufen können."

„Die werden in Deutschland schon nicht verdursten, Paul!", entgegnete Ruth etwas lauter. „Zur Not bleibt ihnen ja noch unser hochwertiges Trinkwasser aus der Leitung."

Durch Ruths schroffe Reaktion gab es eine kurze betretene Pause, in der stumme Blicke gewechselt wurden.

Schließlich sagte Jochen Baum nach einem Schluck Bier: „Man müsste diese ganzen Kunststoffmassen irgendwie von der Wasseroberfläche absaugen können. Und dann am besten nach Deutschland bringen, um sie fachgerecht zu entsorgen. Mit riesigen Schiffen, die durch Schläuche mit gewaltigen Müllsaugern verbunden sind."

„Da gibt's doch diesen jungen Niederländer mit seinem Projekt zur Weltrettung." Paul schielte kurz zu Ruth. „Durch aufgeblasene Schwimmringe soll der Plastikmüll eingesammelt werden. Da gab es schon mehrere Versuche, die aber bis jetzt – hauptsächlich wegen des Wellengangs – gescheitert sind."

„Da hab ich auch schon Filmausschnitte von gesehen", bestätigte Jochen.

Linda gähnte hinter vorgehaltener Hand und schaute auf ihre Uhr. „So, Leute. Ich verabschiede mich für heute." Sie erhob sich.

„Ich komme gleich mit", Ruth stand ebenfalls auf. „Morgen muss ich wieder früh raus."

„Ich eigentlich nicht", Linda zog eine schuldbewusste Miene. „Aber ich bin müde."

„Tja, wir können ausschlafen, nicht wahr, Paul?", Jochen zwinkerte ihm zu.

„Ihr Männer habt´s ja immer besser", sagte Ruth und ging mit Linda.

Nach dem vierten Klingeln entschloss sie sich, doch ans Bordtelefon zu gehen. „Labor 1. Ruth Naumann."

„Hier ist Kapitän Lutter. Ist Dr. Falk bei Ihnen?"

„Nein."

„Wissen Sie, wo er sich aufhält?"

„Nein. Tut mir leid."

„Ich kann ihn sogar auf seinem Handy nicht erreichen."

„Womöglich hatte er mal eine Nachtschicht und schläft noch. Hat deshalb alle Geräte leise oder aus gestellt."

„Aha. Tja ..." Der Kapitän wirkte ratlos.

„Kann ich Ihnen vielleicht helfen?"

„Weiß ich nicht, Frau Naumann."

„Um was geht es denn?"

„Uns hat der Funkspruch eines Trawlers in unserer Nähe erreicht. Der Käptn hat berichtet, dass sie ein lebendiges merkwürdiges Lebewesen im halbvollen Fischnetz hätten. So eins hätten sie noch nie gesehen."

Was? Das kommt mir aber bekannt vor, durchzuckte es Ruth und weckte alle Lebensgeister. „Wirklich?"

„Und da wir ja Meeresforscher sind, könnten wir eventuell daran interessiert sein, meinte der."

„Auf jeden Fall." Sie kämpfte gegen ihre hektische Atmung an und bemühte sich harmlos zu fragen: „Wie groß ist denn dieses gefangene Wesen?"

„Ungefähr so wie ein Mensch und angeblich auch irgendwie ähnlich. Er sprach von einer komischen weißen Seekuh oder einem haarlosen Affen."

Ruth hätte beinahe das Telefon fallengelassen. „Sehr ungewöhnlich." Das kann doch nicht wahr sein!, dachte sie.

„Ich tippe ja auf einen riesigen Kraken."

„Hört sich sehr spannend an." Vor Aufregung nagte Ruth an ihrer Oberlippe und versuchte sich zu beruhigen. War sie sofort wieder von Wasserwesen überzeugt?

„Deshalb wollte ich mit Dr. Falk abklären, ob wir mit dem Beiboot da hinfahren sollen, um es uns anzusehen und möglicherweise mitzunehmen."

„Das sollten wir unbedingt. Wegen ungewöhnlicher biologischer Funde sind wir schließlich hier."

„Sie sind also dafür?"

„Hundertprozentig."

„Sind Sie denn auch ...?", Lutter beendete den Satz nicht.

„Befugt, meinen Sie?"

Er räusperte sich. „Ja."

„Nun, wenn Dr. Falk als wissenschaftlicher Leiter der Expedition nicht erreichbar ist, bin ich hier wohl als dienstälteste Wissenschaftlerin in der Rangfolge auf Platz 2."

„Das reicht mir, Frau Naumann. Ich werde umgehend das Beiboot zu Wasser lassen. Meine Crew erwartet dann Ihre."

„Ich komme natürlich selber mit."

„Sehr gut."

„Wenn Sie wieder mit diesem Kapitän sprechen, ermahnen Sie ihn bitte, keinesfalls das Netz zu öffnen, damit dieses Wesen nicht entwischen kann." Sie zwickte sich am Handrücken, um sicher zu sein, dass sie nicht träumte. Das wäre ja unfassbar!

„Mach ich. Aber wenn es sich um einen Kraken handelt, wird der bald tot sein."

Ruth wurde ganz heiß. „Stimmt natürlich." Sie durfte jetzt nicht mit einem Lungenatmer anfangen. „Dann soll man das Netz so geschlossen wieder halb ins Wasser lassen. So sind wir auf der sicheren Seite."

„Gute Idee. Alles klar. Dann viel Erfolg, Frau Naumann."

„Danke, Herr Lutter." Sie drückte das Gespräch weg und wählte sofort die nächste Nummer, um herauszufinden, welche Kollegen verfügbar waren. Sie überprüfte den Sitz ihrer Hörgeräte und wartete ungeduldig. Dabei schwirrten viele Fragen durch ihren Kopf: War das möglich? Wieso glaubte sie gleich wieder an Ungers Wesen? Worauf ließ sie sich da ein? Dann meldete sich jemand.

Schließlich entschied sie sich für Jochen Baum und Jens Förster, die beide im besten Alter waren und zupacken konnten. Paul befand sich gerade auf einem Tauchgang, worüber Ruth ganz froh war, denn sie hatten keine Zeit für Bedenken und endlose Diskussionen. Sie informierte die beiden Männer über die Lautsprecherfunktion und beauftragte sie, den kleinen Hai-Käfig aufs Beiboot schaffen zu lassen. Und um keinen Verdacht zu erwecken, auch das Bassin in der Größe einer hohen Badewanne.

Als sie aufgelegt hatte, schüttelte sie ihre rechte

Hand, als ob sie sich da verbrannt hätte. Sie war so aufgeregt wie als Kind an Heiligabend, kurz vor der Bescherung.

Das Beiboot war größer, als es sich Ruth vorgestellt hatte. Daher blieb das befürchtete Schaukeln aus, was allerdings auch an der ruhigen See lag. Das Boot hatte vorne eine kleine Steuerkabine, die nach hinten offen war, der Rest hatte keine Überdachung. Die Mannschaft bestand aus einem Offizier, dem Steuermann und zwei Matrosen. Auf der Ladefläche hinten stand der Käfig und das längliche Becken. Es sah aus, als ob sie ein gefährliches Tier fangen wollten.

Jochen und Jens waren natürlich neugierig und stellten unzählige Fragen zu dieser spontanen Mission. Besonders der Hai-Käfig beflügelte ihre Fantasie, weil er ja entweder für sie selber oder für ein größeres Säugetier sein konnte, die sich eigentlich nie so weit aufs Meer hinaus wagten. Auch die Vermutung eines haarlosen Affen beruhigte sie nicht, sondern spornte ihre Spekulationen noch weiter an. Ruth gab nur ausweichende Antworten und blieb wortkarg.

Als sie sich zu bedrängt fühlte, wollte sie das Thema wechseln und fragte den Offizier nach irgendwelchen seemännischen Sachen. Er gab bereitwillig Auskunft und fühlte sich dadurch gleich ermuntert, das angesteuerte Schiff zu erklären, das nach einstündiger Fahrt in Sicht kam. Er nahm das Fernglas runter und erzählte, dass es sich um einen Seitentrawler handele, der viel kleiner sei als die großen Fangschiffe und sein Netz nicht am Heck, sondern seitlich einhole.

Ruth hörte gar nicht richtig zu. Sie dachte an die

Wasserwesen, die ihr wie alte Bekannte vorkamen. Sie wunderte sich über sich selbst, aber sie war davon überzeugt, dass es sich hier um eine Wiederholung des Vorfalls auf dem taiwanesischen Schiff von 1969 handelte. Und sie konnte es kaum erwarten, endlich ein Exemplar leibhaftig zu sehen.

Der Offizier nahm per Funk Kontakt mit dem Schiff auf und erkundigte sich auf Englisch unter anderem, an welcher Seite sie anlegen sollten. Anschließend gab er dem Steuermann die entsprechenden Kommandos.

Inzwischen waren sie nur noch wenige hundert Meter vom Schiff entfernt. Sie hielten Kurs auf die freie Backbordseite. Der Schwenkkran mit dem Netz daran befand sich auf der anderen Seite. Von dort sah man viele kreischende Möwen aufsteigen, herum flattern und wieder niedergehen.

„Hallo?", rief Ruth und winkte den Offizier näher heran. „Können wir vor dem Anlegen nicht mal kurz auf die Steuerbordseite fahren?"

Er schüttelte den Kopf. „Ich habe Anweisung, dass wir gleich an Backbord längsseits festmachen sollen. Ich glaube, die sind etwas sauer wegen der verlorenen Wartezeit."

„Können wir keinen kleinen Schwenk machen?", Ruth setzte ihren liebsten Gesichtsausdruck ein.

„Nein. Tut mir leid." Der Offizier begab sich wieder zu seinen Männern und gab letzte Befehle.

Jochen klopfte ihr auf die Schulter. „Der muss die Instruktionen des Kapitäns befolgen. Wir können es uns doch bald angucken."

„Ja", Ruth nickte gleichmütig, aber innerlich war sie aufgewühlt und konnte es fast nicht mehr aushalten. Die Gedanken schossen wie Brandpfeile durch ihren Kopf: Würde sie gleich ein lebendiges

Wasserwesen sehen? Was machte sie bloß so sicher? Gab es solche absurden, unvorstellbaren Wiederholungen? War die ganze Geschichte von Nils Unger tatsächlich wahr? Wie sollte sie sich verhalten? Sie durfte sich auf keinen Fall etwas anmerken lassen.

Mit einem leichten Ruck legte das Beiboot an. Vorne und hinten wurden Leinen hoch geworfen, geschnappt und oben fest gebunden. Der Offizier kletterte als erster die ausgerollte Leiter mit den abgenutzten Holztritten hoch. Ihm sollte Ruth folgen. Sie nahm all ihren Mut zusammen, umklammerte das dicke Seil und zog sich Stufe um Stufe hoch. Oben half ihr der Offizier über die Reling. Nach ihr kamen Jens und Jochen. Ruth schaute sich um, das Deck sah ziemlich heruntergekommen aus. Richtung Bug standen drei Seemänner mit verschränkten Armen vor der Brust und warfen ihnen finstere Blicke zu, auch ohne Augenklappen wirkten sie wie Piraten.

Ruth drängte es, sofort zur Steuerbordseite zu stürmen, um endlich ein wahrhaftiges Wasserwesen zu bestaunen. Aber der Kapitän wollte unbedingt jeden einzelnen per Handschlag an Bord begrüßen und schenkte ihnen dabei das übliche asiatische Lächeln.

12

Ruth stockte der Atem, als sie dann den weißen, kahlen Kopf sah, der innerhalb des Netzes aus dem Wasser ragte und direkt zu ihr blickte. Sie bekam einen trockenen Hals und kaute an ihrer Oberlippe, um sicher zu sein, dass sie sich nicht in einem Traum befand.

„Sieht ja aus wie ein Mensch!", sagte Jochen neben ihr.

„Tatsächlich!", staunte Jens Förster.

Ruth wusste es besser, denn sie hatte sofort die ganz platte Nase und die fehlenden Ohrmuscheln registriert.

„Warum haben die den nicht gleich freigelassen?", wunderte sich der Offizier. „Da scheint denen ja ein Taucher ins Netz gegangen zu sein."

„Die hatten ein merkwürdiges, unbekanntes Lebewesen in der Größe eines Menschen gemeldet", erklärte Ruth. Ihr tat dieses Geschöpf leid, wie es da bis zum Hals im Wasser hing, wie ein Tier im Netz gefangen mit vielen Fischen, laut umflattert und angegriffen von gierigen Möwen.

„Sollen wir es einholen?", fragte der Kapitän auf Englisch.

Ruth übernahm automatisch das Kommando: „Natürlich. Raus aus dem Wasser damit!"

Der Kapitän gab seinen Männern fremdsprachliche Befehle. Der Kran zog das Netz langsam aus dem Meer. Die klagenden Möwen zogen sich etwas zurück. Dieses hellhäutige Wesen sackte immer tiefer, je höher das Netz kam. Jetzt sahen sie auch die zappelnden Fische um ihn herum. Dann war der tropfende Fang aus dem Wasser und schwankte leicht. Der vermeintliche Mensch stand bis zu den

Oberschenkeln in den Fischen, hielt sich vorne am Netz fest und starrte die Leute auf dem Schiff an.

Ruth empfand den Blick als strafend. Noch fielen die Häute zwischen seinen Fingern nicht auf, seine Schwimmflossenfüße konnte sie nicht erkennen.

„Der ist ja nackt!", rief der Offizier.

„Wieso der?", Jochen kratzte sich am Kopf.

Allerdings hielt ihn Ruth auch für männlich.

„Na, er hat eindeutig keine Brüste."

„Aber auch keinen Penis", gab Jochen zurück.

Das Netz wurde noch höher gezogen und erreichte das Deck. Eine besonders freche Möwe versuchte vergeblich, einen Fisch aus den Maschen zu ziehen.

„Wirklich seltsam", sagte Jens. „Er hat auch fast keine Nase und keine richtigen Ohren."

„Deshalb sind wir ja hier", erwiderte Ruth in Gedanken versunken. Ihr kam es vor, als befände sie sich in Ungers Beschreibung von 1969, und sobald man den Fang herausließ, würde der Nackte über Bord springen.

Das Netz hing jetzt pendelnd über der Mitte des Decks. Einer der Fischer ergriff schon die Reißleine und wartete auf das Zeichen, um es zu öffnen.

Ich muss sofort handeln, dachte Ruth und gab dem Kapitän auf Englisch entsprechende Anweisungen, um eine Flucht des Wasserwesens unbedingt zu verhindern. Der reagierte erst ablehnend und musste von ihr mit einigen schwerfallenden Schmeicheleien überredet werden, bis er schließlich mürrisch einwilligte.

Der Offizier, Jochen und Jens hatten gespannt zugehört und bewunderten insgeheim Ruths Weitblick und Organisationsgeschick.

Dann übersetzte der Kapitän die Kommandos für seine Männer, klatschte mehrmals in die Hände und es ging los: Zuerst wurde eine handbetriebene Galgenwinde auf der Backbordseite über ihrem Boot ausgeschwenkt und der Hai-Käfig eingehängt. Zwei Asiaten kurbelten ihn quietschend hoch. Inzwischen bewegte man den Fang mit dem Kran wieder zur Reling hin. Auf der so frei gewordenen Fläche in der Mitte wurde der Käfig gestellt und die obere Klappe aufgesperrt. Da hinein manövrierte man das gefüllte Netz, bis der Nackte sich darin befand. Der Käfig wurde dann noch einen Meter höher gedreht und das Netz vorsichtig geöffnet. Eine Flut von Fischen ergoss sich durch die Gitterzwischenräume aufs Deck und breitete sich aus. Schließlich stand nur noch der Gefangene in dem Käfig und umklammerte die Stangen.

„Der hat ja Schwimmhäute an den Händen und Füßen!", Jochen zeigte verblüfft darauf.

„Unglaublich", Jens schüttelte fassungslos den Kopf. „Das ist eine unbekannte Menschenart."

Wenn du es sagst, dachte Ruth seltsam zufrieden.

„Ein Amphibienmensch", ergänzte Jochen.

Die zappelnden Fische wurden mit großen Holzschiebern zur Seite geschoben, um den Käfig dort abzustellen. Die Möwen versuchten gleich wieder ihr Glück.

„Das war eine sehr gute Idee, Frau Naumann", sagte der Offizier. „Der oder das wäre sonst womöglich abgehauen."

Sie nickte ihm zu und gab die Würdigung im Geiste an Nils Unger weiter, dem sie soviel Unrecht getan hatte. „Das wollte ich auf jeden Fall vermeiden."

Auf Ruths Aufforderung schloss Jochen die obere Klappe, nachdem das entleerte, schlaffe Netz herausgezogen war. Anschließend wurde der Käfig wieder hoch gekurbelt und auf dem Beiboot abgesetzt.

Ruth bedankte sich bei dem Kapitän im Namen der Wissenschaft für die hervorragende Arbeit und lobte seine tatkräftige Mannschaft. Sie zückte ihr Portmonee und überreichte ihm als kleine Anerkennung zwei 50-Euro-Scheine für die Kaffeekasse oder andere Getränke. Sie verabschiedeten sich vom Kapitän mit Händeschütteln und winkten den drei Fischern zu, dann kletterten sie von Bord und legten ab.

Jochen und Jens hatten nur Augen für die eingesperrte Kreatur, studierten alle offensichtlichen Besonderheiten und überhäuften sich gegenseitig mit Fragen und Mutmaßungen.

Jochen wollte gleich seine Intelligenz und Sprachfähigkeit testen, sagte „Hallo!", schwenkte dabei die offene Hand vor ihm und wiederholte es in mehreren Sprachen. Er bekam aber keinerlei Reaktion, nicht mal die Andeutung eines Tons oder einer Mimik.

Ruth fühlte sich trotz des Erfolgs mies dabei, ausgerechnet hinter Gittern endlich ein leibhaftiges Wasserwesen vor sich zu sehen. Aber es war vorerst die einzige Möglichkeit, ihn nicht gleich wieder zu verlieren. Bei jedem Blickkontakt mit ihm wurde ihr ganz anders, sie empfand da etwas schwer Erklärbares.

„Wie konnten Sie bloß so eine wichtige, weitreichende Aktion eigenmächtig bestimmen?", Dr. Falk funkelte sie zornig an.

„Es musste rasch eine Entscheidung getroffen werden. Und die sind meistens eigenmächtig, weil nur die wenigsten freiwillig Verantwortung übernehmen wollen."

„Sie waren und sind überhaupt nicht dazu bevollmächtigt, mich bei Abwesenheit zu vertreten. Ich habe hier keine Stellvertretung."

„Ich bin die dienstälteste Wissenschaftlerin an Bord und fühlte mich dazu ermächtigt, weil Kapitän Lutter Sie nicht erreichen konnte."

„Dann hätte er an meine Kabinentür hämmern sollen! Oder Sie, Frau Naumann!"

Wo ist bloß der charmante Dr. Falk geblieben?, fragte sich Ruth. „Es eilte. Der philippinische Kapitän wartete auf eine Antwort. Und es mussten Vorbereitungen getroffen werden."

„Trotzdem hätten Sie das nicht alleine beschließen dürfen!"

„Nach Absprache mit Kapitän Lutter."

Ruth schaltete ihre Ohren auf Durchzug und ließ Falks wütenden Wortschwall regungslos über sich ergehen. Auf dem Hauptdeck umringten jetzt alle entbehrlichen Leute den Käfig mit dem Wasserwesen und begafften ihn wie eine Jahrmarktsattraktion früher. Und sie musste hier wie ein Lehrling strammstehen und sich vor diesem wichtigtuerischen Kerl rechtfertigen, der sich nur übergangen und möglicherweise überflüssig fühlte. Durchweg alle waren begeistert von diesem spektakulären Exemplar einer unbekannten humanoiden Spezies, bestaunten und fotografierten ihn mit ihren Handys, hatten sie gelobt und ihr voller Anerkennung auf die Schulter geklopft. Nur dieser Dr. Falk nicht. So langsam reichte es ihr. Sie stemmte trotzig die Fäuste in die Hüften und konterte: „Wozu hätten Sie sich denn entschlossen?"

„Nach Abwägung aller Eventualitäten wahrscheinlich ebenso wie Sie."

„Aber für genau diese langwierigen Beratungen hatten wir keine Zeit. Fragen Sie doch Kapitän

Lutter."

„Als Leiter einer Expedition darf man nicht nur an seine Interessen und Vorteile denken, sondern auch an rechtliche, staatspolitische und finanzielle Vorschriften und Rahmenbedingungen."

Ihre Stimme nahm einen drohenden Unterton an: „Unterstellen Sie mir etwa egoistische Beweggründe für mein Vorgehen?"

„So weit will ich nicht gehen."

„Ihr Glück. Mir ging und geht es nur um die Forschung. Und ich habe hier eine Weltsensation an Bord bringen lassen, um die ich mich jetzt gerne wieder kümmern würde, wenn ich darf." Ruth presste alle Geringschätzung in ihren Blick.

„Ob es wirklich so sensationell ist, wird sich erst bei den Untersuchungen herausstellen. Wahrscheinlich ist es eine krankhafte Veränderung, eine Mutation, die nur dieser arme Mensch hat."

„Glaub ich nicht." Sie fand es amüsant, dass er die gleichen Argumente anführte, wie sie selbst vor einigen Wochen.

„Und warum nicht?"

Weil solch ein Wesen in den letzten 57 Jahren fast überall auf der Welt mal gesehen und bereits in der Bronzezeit in den Fels einer Ostseeinsel geritzt wurde, hätte Ruth gerne geantwortet, aber sie sagte: „Dafür sind diese Flossenextremitäten zu identisch, zu wohlproportioniert. Dieses Geschöpf ist hervorragend an seinen Lebensraum angepasst: dem Wasser."

„Und diese Geschlechtslosigkeit?"

„Werde ich untersuchen."

Dr. Falk runzelte die Stirn. „Sie glauben tatsächlich, dass es sich um eine unbekannte Menschenart handelt, die im Meer lebt und bis heute noch nie offiziell gesichtet wurde?"

„Ja. Davon bin ich überzeugt. Und ich möchte dieses Wesen hier an Bord erforschen."

„Aber ...", er verdrehte genervt die Augen. „Wir haben schon so zu viel Arbeit. Und wir sind gar nicht auf eine große lebendige Kreatur vorbereitet."

„Das werde ich schon alles organisieren. Wir sind doch hier, um möglichst auch unbekannte Arten zu entdecken. Und jetzt sind wir in der außergewöhnlichen Lage, keinen Tiefseefisch oder ein Krebstierchen zu haben, sondern ein phänomenales Exemplar in der Größe eines Menschen. Das ist doch fantastisch!"

Er überlegte skeptisch. „Ich weiß nicht."

„Es ist doch quasi mein ... Fund." Beinahe hätte sie 'Fang' gesagt. „Ich will mich darum kümmern. Auch in meiner Freizeit."

Ihre Begeisterung schien ihn zu beeindrucken. „Also meinetwegen. Sie haben den Job. Vorausgesetzt, das Ministerium ist am Montag damit einverstanden. Aber Sie können gleich anfangen."

„Danke, Dr. Falk!", Ruth strahlte ihn an und hätte ihn küssen können.

„Aber keine weiteren Alleingänge! Und ich will kontinuierlich informiert werden."

„Natürlich. Als erstes werde ich dieses große Aquarium mit Meerwasser füllen lassen. Die Haut dieses Wesens darf bestimmt nicht so lange der Trockenheit ausgesetzt sein. So wie bei einem Delfin."

„Tun Sie das, Frau Naumann." Er sah sie etwas befremdet an und schielte auf seine Uhr.

Drei Stunden später hatte sich Ruth im Reservelabor provisorisch eingerichtet. Das Wasserwesen stand bis zur Brust in dem gefüllten, nach oben offenem Aquarium, einem Glaswürfel von zwei Metern Seitenlänge.

Paul Jäger hatte es gerade mit seinem Handy fotografiert und kam wieder zu ihnen. „Einfach unglaublich!"

„Das hat doch Dr. Falk vorhin ausdrücklich verboten", rügte ihn Linda. „Kein Foto und kein Wort von dieser Kreatur darf das Schiff verlassen."

„Das ist nur für den Privatgebrauch", rechtfertigte sich Paul.

„Wieder mal Sonderrechte für den Personalrat, wie?", mäkelte Ruth, die selber schon unbemerkt einige Fotos gemacht hatte.

„Man muss sich doch auch öfter durch ein Bild vergewissern, dass dieses Geschöpf wirklich existiert", sagte Jens Förster. „Es ist doch echt unfassbar."

„Ach, du also auch", Linda schubste ihn.

„Bitte nicht verraten!", bettelte Jens.

Ruth schaute zum Wasserwesen und flüsterte: „Er beobachtet uns ganz genau."

„Das mit dem Er muss erst noch bewiesen werden", sagte Linda.

„Warum flüsterst du denn?", Paul sah Ruth belustigt an. „Glaubst du, es versteht uns?"

„Wenn ich ihn mir so ansehe, habe ich das Gefühl, dass er irgendwie mitkriegt, worüber wir sprechen."

„Du meinst über einen sechsten Sinn wie die Tiere?", fragte Jens.

„Oder über Telepathie?", Paul grinste vergnügt.

Ruth rollte mit den Augen. „Tiere spüren doch auch jede Veränderung und was wir mit ihnen vorhaben. Oder Gefahren und Naturkatastrophen."

Linda schüttelte den Kopf. „Mit einem Tier hat es

aber absolut nichts gemeinsam. Ich bin auch froh, dass es endlich aus diesem furchtbaren Käfig raus ist. Das hier ist auf jeden Fall etwas humaner."

„Um Gottes Willen, nein!", entgegnete Ruth. „So meinte ich das nicht. Für mich ist er eindeutig ein Mensch."

„Na ja, vielleicht nicht hundertprozentig", warf Paul ironisch ein.

„Das seid ihr Männer ja auch nicht", lästerte Ruth und zwinkerte Linda zu.

Nach einigen Sprüchen und Gelächter erkundigte sich Jens, wie Ruth dieses Wesen denn körperlich untersuchen wolle?

Sie stellte sich extra mit dem Rücken zum Aquarium und sagte: „Ich werde ihn mit einer Spritze narkotisieren müssen. Ich hoffe, er lässt sich das gefallen."

„Hauptsache, er greift dich nicht an und haut ab", warnte Linda.

Ruth zog die Schultern hoch und lächelte gequält.

„Ist dieses Labor denn ausbruchssicher?", wollte Paul wissen.

„Es gibt nur diese eine Sicherheitstür, die ab jetzt stets abgeschlossen ist. Ich habe einen Schlüssel an mir", antwortete Ruth. „Und die Bullaugen sind alle nicht zum Öffnen."

„Auf jeden Fall hast du jetzt das spannendste Forschungsobjekt an Bord", sagte Jens. „Wenn du mal männliche Kraft benötigst, ich bin gerne behilflich."

„Angeber!", spottete Linda.

„Ich komme bestimmt darauf zurück. Aber ich hoffe, dass er bei dem meisten freiwillig mitmacht."

„Nun, Gewalt anzuwenden, ständig betäuben oder eine dauerhafte Fixierung kommt ja wohl nicht in

Frage", betonte Paul mit ernst gewordener Miene.

„Natürlich, Herr Personalrat!", Ruth verzog ihr Gesicht zu einem unechten Lächeln.

„Das Wesen muss doch auch bald mal etwas trinken und essen", fiel Jens ein.

„Er müsste eigentlich auch Salzwasser vertragen wie die Fische", erwiderte Ruth. „Wie soll er auch mitten im Meer an Süßwasser gelangen?"

„Stimmt", Jens rümpfte die Nase. „Und Essen? Soll ich in der Kombüse mal nach ganzen Fischen fragen? Die müssen ja auch erst noch aufgetaut werden."

Ruth nickte anerkennend. „Sehr gute Idee. Mach das mal gleich."

„Jawoll!", Jens salutierte schelmisch und wollte gehen, die abgeschlossene Tür stoppte ihn aber. „Ich will hier raus!", er rüttelte an der Klinke.

„Tja", Ruth griente, „ich hab hier die Schlüsselgewalt. Aber ich lass dich raus."

In diesem Moment tauchte das Wasserwesen plätschernd unter, vollführte eine Rückwärtsdrehung und paddelte im oberen Bereich mit den Flossenfüßen.

Alle betrachteten fasziniert die geschmeidigen Bewegungen.

Paul blickte auf seine Uhr. „Mal sehen, wie lange es die Luft anhalten kann."

„Wie lange er es will", verbesserte ihn Ruth.

Das Wesen schien einige Lockerungsübungen in dem beengten Glaskasten zu machen und tauchte bald wieder auf.

„Das waren nur sechs Minuten", stellte Paul fest.

„Er könnte aber garantiert viel länger", sagte Ruth und schloss die Tür auf.

„Das glaub ich auch", Jens trat in den Gang. „Also

bis gleich.“

„Ja.“ Ruth sah Paul und Linda so auffordernd an, dass sie auch das Labor verließen. Sie schloss hinter ihnen sofort wieder ab und ging zum Aquarium.

Das Wasserwesen hatte jetzt lässig seine schwimmhäutigen Hände über die Oberkante gelegt und starrte sie an.

Durch seinen vorwurfsvollen Blick fühlte sie sich zu einer Entschuldigung verpflichtet: „Das ist nur zu deiner Sicherheit.“ Sie zog ihr Halsband mit dem Kabinenschlüssel heraus und befestigte den vom Labor auch daran.

Dann fixierten sie sich gegenseitig. Ruth erinnerte sich daran, dass sie es als Kinder 'ausgucken' genannt hatten. Wer als erster wegsah, hatte verloren.

Sie gab nach wenigen Minuten auf, weil sie das Empfinden hatte, dass dieser Flossenmensch immer mehr in ihren Kopf eindringen würde.

Ruth erschien erst eine Viertelstunde vor dem Ende der Abendessenszeit in der fast leeren Messe, so spät wie noch nie. Sie entschied sich für Spaghetti Bolognese und einen hastig zusammengestellten Salat, damit setzte sie sich an einen freien Tisch und begann zu essen.

Aber eigentlich hatte sie keinen Hunger, genauso wie das Wasserwesen. Stundenlang hatte sie versucht, ihn mit den aufgetauten Fischen und Garnelen zu füttern, die ihr Jens gebracht hatte. Das war auch der Grund für ihre Verspätung.

Ruth hatte sich auf eine Trittleiter gestellt und ihm immer wieder verschiedene Stückchen vor den Mund gehalten und sogar damit seine zusammengepressten Lippen berührt. Ohne Erfolg. Sein Mund öffnete sich nicht einen Millimeter. Dafür hatte er aber unübersehbar den Kopf geschüttelt, was eindeutig ein Beweis für seine Intelligenz war. Wenn es ihm zu viel wurde, lächelte er kurz und tauchte für einige Minuten unter. Dann stieg sie von der Leiter, stellte sich vor die Glasscheibe und zeigte ihren Unmut ebenfalls durch Kopfschütteln, was ihn aber nur zu erheitern schien.

Ruth hatte das Wasserwesen so als Menschen verinnerlicht, dass sie sogar den absurden Einfall hatte, dass er vielleicht keinen rohen Fisch mochte und erwogen, in der Kombüse nach gegartem zu fragen. Bis sie wie bei einer Witzpointe kapierte, dass er im Meer ja wohl keine Kochgelegenheit dabei hatte. Sie musste über sich selbst lachen und hielt sich für bescheuert.

Ruth schob den Teller mit den Nudeln etwas beiseite und widmete sich ihrem Salat. Dabei kam ihr plötzlich eine Idee. Sie stand abrupt auf, brachte das Tablett zum Abstelltresen und ging zur Essensausgabe, wo eine Küchenhilfe schon mit Aufräumen und Säubern beschäftigt war.

„Ich vertrage jetzt kein warmes Essen mehr", sagte Ruth mit Leidensmiene. „Kann ich mir vielleicht etwas Obst und Rohkost mit auf die Kabine nehmen?"

„Aber sicher."

„Vielen Dank. Tschüss."

„Tschüss."

Die jüngere Frau war sicherlich froh, dass sie ihr Betätigungsfeld räumte. Ruth marschierte zum Salatbüfett, neben dem auch ein großer Obstkorb stand. Sie füllte einen Teller mit Gurken- und Tomatenscheiben, Paprikastreifen und Salatblättern, einen zweiten mit Apfel, Birne, Kiwi und Banane. Dann eilte sie so beladen zurück zum Labor, ohne jemandem zu begegnen.

Als sie mit den Tellern jonglierend abgeschlossen hatte und sich umdrehte, bekam sie einen Schreck, weil das Wasserwesen mitten im Raum stand und sie auch verängstigt anstarrte. Überall sah sie seine nassen Fußspuren, anscheinend hatte er sich hier alles angeschaut.

Ruth bemühte sich sogleich um beiderseitige Beruhigung. Sie lächelte freundlich und zeigte die gefüllten Teller. Das Wasserwesen sah sie einen Moment argwöhnisch an, dann hellte sich sein Gesichtsausdruck auf. Er legte seine rechte großflächige Hand auf seine Brust und deutete dann damit aufs Aquarium.

Ruth verstand ihn sofort, schüttelte den Kopf und bedeutete ihm, dass er ruhig hier bleiben könne. Sie musste sich vom Anblick seiner riesigen Flossenfüße losreißen, hielt ihm beide Teller hin und nickte auffordernd.

Obwohl seine Hände durch die Schwimmhäute grobschlächtig und ungelenk wirkten, ergriff er mit zwei Fingern und erstaunlicher Feinmotorik eine Gurkenscheibe, schob sie sich in den Mund, kaute vorsichtig und schluckte es herunter. Anschließend aß er genüsslich ein Salatblatt, einen grünen Paprikastreifen und eine Tomatenscheibe.

Er ist Vegetarier!, begriff Ruth verwundert.

Gurke und Tomate schmeckten ihm wohl am besten, weil er sich davon noch etwas nahm.

Sie stellte beide Teller auf die Arbeitsplatte, holte ein kleines Messer aus der Schublade darunter und viertelte den Apfel und die Birne. Dann präsentierte sie einladend den Obstteller und beobachtete erfreut, wie er jeweils ein Stück davon aß.

Als er fertig war, rieb sich Ruth über ihren Bauch, streckte ihren Daumen hoch und runter und zeigte als erstes auf das Salatblatt.

Das Wasserwesen begriff ihre Gesten sofort und schwenkte den Daumen nach unten, dabei spannte sich die Schwimmhaut. Gurke, Tomate und Birne beurteilte er als gut, bei Paprika und Apfel legte er sogar den Daumen mittig quer, um sie als einigermaßen einzustufen.

Diese selbständige Erweiterung ihrer Befragung begeisterte Ruth.

Der Flossenmensch zeigte nun mit dem Mittelfinger auf sie und erkundigte sich nach ihren Vorlieben. Sie strahlte ihn an und deutete auf Tomate, Paprika und Apfel.

Ruth machte es vor und forderte ihn auf, den Mund weit zu öffnen, was er auch bereitwillig tat. Das Innere sah genauso aus wie bei ihr.

Sie legte die Hände zusammen und bedankte sich verneigend.

Er lächelte sie an und wiederholte ihre Gebärden. Bei der Interpretation seines schlauen Blicks war sich Ruth keineswegs sicher, wer hier wen erforschte.

Als nächstes goss sie ihm Wasser in einen Becher und vollführte die Hand- und Kopfbewegung des Trinkens. Er kostete erst etwas und leerte dann den Becher.

Ruth gähnte verstohlen hinter vorgehaltener Hand und schielte auf ihre Uhr. Bevor sie eine Schlafgeste machen konnte, nickte er verständnisvoll, ging platschend zum Aquarium, stieg die Leiter hoch und schwang sich ins Wasser. Dann winkte er ihr freundlich zum Abschied.

13

Der nächste Tag war ein Sonntag. Obwohl Ruth schlecht geschlafen und eigentlich Spätdienst hatte, war sie nur eine Stunde nach Linda aufgestanden, die zum Frühdienst eingeteilt war. Deshalb saß sie beim Frühstück wiederum allein am Tisch, weil die einen schon arbeiteten und die anderen noch schliefen. Es war ihr aber ganz recht. So musste sie nicht haufenweise Fragen beantworten und alles vom Flossenmenschen erzählen. Es war schon schwierig genug, es nur für sich zu rekapitulieren und zu verstehen.

Bevor sie die Messe verließ, nahm sie noch zwei Birnen und eine Flasche Wasser mit, damit schlenderte sie zum Labor. Sie schloss auf und gleich wieder zu. Das Wasserwesen befand sich im Aquarium und paddelte in gekrümmter Haltung auf der Stelle. Sie konnte keine Fußspuren erkennen.

Ruth winkte ihm zu, es stellte sich hin und erwiderte ihren Gruß. Sie ging zur Arbeitsplatte und wollte die Flasche abstellen und die Birnen zu dem anderen Obst legen. Entsetzt erblickte sie das kleine Messer, das sie gestern liegengelassen haben musste. Sie wunderte und ärgerte sich über ihre Nachlässigkeit.

Von der Banane und der Kiwi lagen nur noch die Schalen auf dem Teller. Sie untersuchte die Bananenschalen nach Zahnabdrücken, fand aber keine. Das konnte nur bedeuten, dass er Bananen kannte und sie genauso pellte wie die meisten Leute. Sonst hätte er ja ihre Essbarkeit außen testen müssen.

Sofort fielen ihr die geklauten Erdbeeren auf dieser schwedischen Insel ein, dem letzten Eintrag in Nils Ungers Buch.

Ruth legte das Messer in die Schublade, dabei hätte sie schwören können, es gestern Abend auch so getan zu haben. Sollte er etwa?

Nachdenklich ging sie zum Aquarium. Auf dem Grund schwammen zwei feste Kotstücke, was ihr irgendwie peinlich war. Sie holte den Kescher und fischte den Stuhlgang heraus. Ein Teil entsorgte sie im Mülleimer, das andere verschloss sie in einer Probendose.

Es klopfte an der Tür. „Hallo? Frau Naumann?"

„Moment." Ruth ging hin und schloss auf.

„Guten Morgen", Dr. Falk betrat gut gelaunt das Labor, er hielt einen Camcorder in der Hand.

„Morgen." Der hatte ihr gerade noch gefehlt! Sie schloss gleich wieder ab.

„Ich bin doch zu neugierig und wollte mal hören, was Sie schon herausgefunden haben." Er spähte zum Aquarium, blieb aber bei ihr stehen. „Ich möchte mich auch ausdrücklich für Ihren Einsatz bedanken, denn Sie haben ja eigentlich noch gar keinen Dienst."

Ruth beäugte ihn misstrauisch. Wollte der sich jetzt einschleimen? „Ich glaube, ich konnte bereits ein Vertrauensverhältnis zu ihm aufbauen. Auf jeden Fall kann ich problemlos mit ihm nonverbal kommunizieren."

„Echt?" Dr. Falk sah kurz zum Wasserwesen, das sie aus dem Glaskasten aufmerksam beobachtete. „Ist es denn nun männlich?"

„Das konnte ich selbstverständlich noch nicht untersuchen. Ich hoffe, dass es das freiwillig über sich ergehen lässt."

„Mit einer Betäubung wäre es bestimmt einfacher."

„Ich will es erst mal so versuchen."

„Was ist mit Nahrungs- und Flüssigkeitsaufnahme?"

„Er ist eindeutig Vegetarier und ..." Plötzlich piepten ihre Hörgeräte ungewöhnlich hoch. Sie wusste nicht warum, aber sie drehte sich sofort zum Wasserwesen um, als hätte es sie gerufen. Sein Blick bestätigte auch genau das.

„Was ist denn?", erkundigte sich Dr. Falk.

„Keine Ahnung. Meine Hörgeräte haben laut gepiept."

„Ist es jetzt wieder besser?"

Ruth nickte irritiert und wandte sich wieder zu ihm.

Falk hielt den Camcorder hoch. „Ich möchte ein paar Aufnahmen von ihm machen. Wenn ich morgen das Ministerium informiere, wollen die garantiert Beweisfotos sehen. Und da ist ein Film natürlich viel eindrucksvoller."

„Ja. Klar." Ruth grübelte noch über diese schrillen Hörgerätetöne nach. Sollte der Flossenmensch das etwa gewesen sein?

Falk stellte sich vor das Aquarium und filmte das unbeweglich da drin stehende Wasserwesen, zoomte seine einzigartigen Füße und Hände heran. Dann senkte er die Kamera und rief: „Ob es vielleicht mal aus dem Wasser kommt?"

„Ich kann´s probieren." Mit ausholender Geste winkte sie es heraus. Es schwang sich aus dem Glaskasten und kam über die Leiter nach unten.

„Alle Achtung! Das haben Sie aber schon gut dressiert."

„Es ist doch kein Tier, Dr. Falk!", empörte sich Ruth.

„Natürlich nicht. Ich meine, es reagiert sehr positiv auf Sie." Er filmte das Wesen langsam von oben bis unten, wobei er im Genitalbereich länger verweilte. „Kann es mal die Hände heben und schwenken?"

Ruth verdrehte genervt die Augen. Bevor sie vormachen konnte, führte es die Bewegungen schon aus. Sie sah es geschockt an. Konnte es etwa Gedanken lesen?

„Prima!", freute sich Falk. „Und jetzt noch ein paar Schritte gehen?"

„Dann reicht es aber." Ruth wartete absichtlich, ob es auch das schon verstanden hatte. Aber es rührte sich nicht. Wahrscheinlich hatte sie sich da wieder nur was eingebildet. Mit angewinkeltem Arm und zwei Fingern zeigte sie die Gangart an, die es widerwillig ausführte.

Falk ging etwas zurück und nahm sein staksiges Gehen auf, die nassen Flossenabdrücke zoomte er heran.

Dann blieb das Wasserwesen stehen, schüttelte energisch den Kopf und starrte Falk so feindselig an, dass der den Camcorder herunternahm und bedauernd feststellte: „Es mag mich anscheinend nicht."

„Das müssen Sie nicht persönlich nehmen", Ruth verbarg ihre Schadenfreude. „Womöglich mag es lieber Frauen."

„Kann sein."

Das Wasserwesen drehte sich um, stieg die Leiter zum Aquarium hoch, schwang sich rein und tauchte unter.

„Ende der Vorstellung", sagte Ruth.

„Scheint so." Falk schaltete den Camcorder aus. „Aber immerhin hab ich genug für einen eindrucksvollen Trailer."

„Genau." Dann kannst du ja wieder verschwinden,

dachte sie.

„Es wäre schön, wenn Sie als nächstes das Geschlecht bestimmen können. Und fotografieren Sie alles. Mit vergrößerten Details. Wir müssen die ganze Untersuchung ausführlich dokumentieren. Haben Sie hier eine gute Digitalkamera?"

„Ja."

„Wenn Sie Hilfe brauchen, melden Sie sich."

Ruth nickte nur.

Dr. Falk schaute noch mal zum immer noch abgetauchten Wasserwesen und schritt zur Tür. „Dann können Sie mich wieder rauslassen, Frau Naumann."

Nichts lieber als das, verkniff sie sich und schloss auf.

Das Wasserwesen lag ausgestreckt in Rückenlage auf dem stabilen Metalltisch, den Ruth zuvor leer geräumt und gesäubert hatte. Es hätte auch eine noch unberührte Leiche auf einem Seziertisch sein können, wenn sein interessierter Blick nicht jeden ihrer Handgriffe verfolgt hätte.

Ruth hatte alle Besonderheiten seines Körpers in normaler und vergrößerter Ansicht fotografiert. Die Ohröffnungen schienen wie beim Menschen zu sein, wenn man sich die komplette Muschel weg dachte. Ohne ärztliche Instrumente konnte sie aber nicht tiefer hineinsehen. Das gleiche galt für die Nasenlöcher. Die Nase selbst hatte keinen Knochen, bestand nur aus einer beweglichen kleinen Erhebung. Die von keinen Wimpern umgebenen Augen wurden wie bei Fischen und Amphibien von gallertigen Membranen geschützt, vermutlich wie bei Krokodilen, wo die zusätzlichen durchsichtigen Augenlider nur unter Wasser zum Einsatz kamen.

Der Bauchnabel sah aus wie bei uns. Einen Hodensack gab es nicht. Bei der Geschlechtsöffnung hatte sie zuerst Hemmungen, doch da es ihr aufmunternd zunickte, drückte sie dort oben und unten, bis eine Penisspitze erschien wie bei einem Delfin. Ohne Druck oder Erregung verschwand sie allerdings sofort wieder. Deshalb benötigte sie dabei Unterstützung, um es zu knipsen. Auf jeden Fall war seine Männlichkeit damit bewiesen.

Nachdem sie die schwimmhäutigen Hände und Füße ausgiebig fotografiert hatte, legte sie die Kamera weg und holte die Sachen für die Blutproben. Ruth tippte auf die ausgeprägten Adern auf ihrem Handrücken und vollführte einen Kreis um ihren Oberkörper. Sie hielt die noch eingepackte Spritze an ihre Armbeuge und machte eine wegziehende Bewegung. Dabei sagte sie überflüssigerweise: „Ich brauche dein Blut" und zeigte ihm die noch leeren Probenröhrchen in der Nierenschale.

Es nickte ihr gleich wohlwollend zu. Ruth legte den Spanngurt um seinen muskulösen Oberarm und staute die Vene. Seine vollkommen unbehaarte Haut fühlte sich fest und etwas rauer an.

Sie setzte die Kanüle auf die Spritze, desinfizierte die Stelle und stach vorsichtig in seine deutliche Vene. Sein Blut kam hell und dünnflüssig. Sie klickte das erste Röhrchen ein und ließ es fast volllaufen. Dann wechselte sie es rasch gegen ein leeres aus und füllte so nach und nach alle Probenröhrchen. Zum Schluss zog sie die Kanüle heraus, drückte einen Tupfer auf die Einstichstelle und fixierte ihn mit einem Pflasterstreifen. Anschließend lächelte sie es an und streckte ihren Daumen anerkennend hoch.

Das Wasserwesen erwiderte grinsend ihre Geste

und setzte sich aufrecht hin, seine Vorderfüße bogen sich auf dem Fußboden wie Schwimmflossen. Es zeigte zum Glaskasten und dann auf den Tupfer.

Ruth nickte und sagte: „Ja, du kannst wieder ins Wasser." Sie zog beide Hände nach außen, um das Ende der Untersuchung zu verdeutlichen.

Es ging mit Taucherschritten zum Aquarium, stieg die Leiter hoch und schwang sich hinein.

Sie holte das Messer wieder aus der Schublade, viertelte die Birnen und stellte einen Becher Wasser daneben. Dann schloss sie das Messer in den Schrank mit Reaktionsflüssigkeiten ein, zog den Schlüssel ab und steckte ihn ein.

Ruth nahm die Stuhlprobe und die Nierenschale mit den Blutproben und zeigte ihm an, dass sie das jetzt wegbringen musste.

Es winkte zum Abschied und tauchte unter. Sie verließ das Labor.

Beim Mittagessen saßen Jens, Linda und Ruth an einem Ecktisch zusammen.

„Hat der Amphibienmensch denn von den Fischen und Garnelen gegessen?", erkundigte sich Jens.

Ruth schüttelte den Kopf. „Nicht mal probiert. Er ist nämlich Vegetarier."

„Was?"

„Echt?"

Linda und Jens waren gleichermaßen erstaunt. Ruth berichtete von ihren Erfolgen mit Rohkost und Obst, seinen Lieblingsfrüchten und der geschälten Banane.

„Wenn er Bananen kennt, muss er in den betreffenden Ländern ja ausgedehnte Landgänge unternommen haben", sagte Linda.

„Davon gehe ich aus", stimmte Ruth zu. „Er ist

zwar lieber im Wasser und wahrscheinlich bekommt das seiner Haut auch besser, aber trotzdem könnte er kilometerweit durch Felder, Wälder und Plantagen gehen, uns versteckt beobachten und unsere Lebensmittel probieren."

„Und im Meer soll er nur von Seetang und Algen leben?", wunderte sich Jens.

„Sieht so aus", antwortete Ruth. „Ich habe vorhin eine Stuhlprobe von ihm zur Analyse gebracht. Morgen wissen wir, woraus sich seine Nahrung zusammensetzt."

„Ist dieses Wesen denn nun männlich?", fragte Jens.

„Ja. Wenn man bei der Geschlechtsöffnung drückt, erscheint eine Penisspitze, wie bei einem Delfin. Zum Fotografieren benötige ich da deine Hilfe", Ruth sah Linda an, „weil er ohne Druck sofort wieder verschwindet."

„Kein Problem. Ich komme gleich nach meiner Schicht in dein Labor."

„Ich kann dir auch helfen", bot Jens an.

Ruth nickte dankbar. „Ich weiß. Aber er reagiert besser auf weibliche Nähe."

„Typisch Mann", Linda zwinkerte ihr zu.

„Dr. Falk gegenüber wirkte er jedenfalls sehr ablehnend."

„Das könnte auch an ihm persönlich liegen", lästerte Jens, „nicht unbedingt an seinem Geschlecht."

Die drei lachten laut, wobei Ruth sich umdrehte und die Anwesenden in der Messe überprüfte.

Sie hatte dem Wasserwesen einen Teller mit Rohkost und zwei gekochten Kartoffeln mitgebracht. Bei der Radieschenhälfte zog es seine winzige Nasenerhebung hoch, die geraspelten Möhren benotete es mit quer gelegtem Daumen, der bei der ersten Kartoffel gleich hochgestreckt wurde. Es wählte sich noch Tomaten- und Gurkenscheiben aus und aß alles genüsslich. Wenn sie Blickkontakt mit ihm hielt, wurde ihr wieder ganz komisch, so als sei ihr Kopf aus Glas und es könnte jeden ihrer Gedanken deutlich erkennen.

Ruth musste an Christel denken. Was würde sie wohl dazu sagen, wenn sie wüsste, dass sie jetzt so einem lebendigen Wesen – wie ihr Vater sie in seinen Aufzeichnungen beschrieben hatte – beim Essen zusah, es sogar im Intimbereich berühren durfte und sich mit ihm auch ohne Worte problemlos verständigen konnte?

Als es fertig war, schob es den Teller etwas zurück und leerte das von ihr gefüllte Glas Wasser in einem Zug. Da es diesmal Kohlensäure enthielt, musste es laut rülpsen. Es wirkte fast erschrocken, bis es ihre belustigte Reaktion wahrnahm. Mit ihren Fingern wollte sie irgendwie das Sprudeln darstellen, doch es nickte ihr bereits verständnisvoll zu. Dann kicherten beide, bis es ihr wieder tief in die Augen schaute.

Du weißt von uns. Diesen Satz hatte sie plötzlich in ihrem Kopf. Sie starrte den Flossenmensch verblüfft an. Er lächelte und nickte ihr wohlwollend zu.

Ruth wurde ganz heiß. Fassungslos wich ihr Blick ihm aus und irrte durch den Raum, um irgendwo sicheren Halt zu finden. War das möglich?

„Du kannst Gedanken lesen und auch welche formuliert übermitteln?"

Ja.

„Das kann ich nicht glauben." Sie musste das testen. „An welche Farbe denke ich gerade?"

Rot.

„Stimmt. Und an welche Zahl jetzt?"

Drei.

„Richtig. Das ist unfassbar."

Woher weißt du von uns?

Sie schwenkte verwundert den Kopf hin und her und begann einfach zu sprechen: „Von dem Vater meiner Freundin. Er war Seemann und wurde vor fast 60 Jahren nach einem Schiffsuntergang von euch gerettet. Und dann hat er sein Leben lang nach euch gesucht und alle in Frage kommenden Berichte gesammelt." Sie hatte es automatisch gesagt, obwohl es bestimmt nicht nötig war.

Er nickte und schien zu überlegen.

Dann klopfte es an der Tür. „Hallo? Hier ist Linda."

Es dauerte einige Sekunden, bis Ruth wieder in der Realität angekommen war. Sie ärgerte sich zwar über die Störung, ging aber hin, schloss auf und öffnete die Tür.

Linda trat stürmisch ein. „Da bin ich."

„Schön", erwiderte Ruth reserviert und schloss ab.

„Ist was?", fragte Linda. „Ich komme direkt von der Arbeit."

Ich muss mich auf das Hier und Jetzt konzentrieren, dachte Ruth und sagte: „Nein. Alles klar. Komm."

„Was macht dein feuchter Freund?"

„Dem geht's gut. Er hat gegessen und getrunken und nun befassen wir uns mit seinem Unterleib."

„Wie du das sagst!", Linda rümpfte die Nase und griente.

Ruth zeigte auf sie und wollte den skeptisch dreinblickenden Flossenmensch beruhigen: „Keine Angst. Das ist Linda. Sie ist nett und wird mir helfen."

„Versteht er das?"

„Der versteht auch ohne Worte alles."

„Echt?"

Ruth klatschte mit der flachen Hand auf den Metalltisch. „Würdest du dich bitte hier noch mal hinlegen?"

Er verneigte sich mit wieder freundlicher Miene und erfüllte ihren Wunsch.

„Bei dir parieren die Männer immer", staunte Linda.

„Tja. Die brauchen klare Ansagen." Ruth deutete auf seine Genitalöffnung. „Darf ich da wieder drücken?"

Er nickte und presste seine Arme seitlich an den Körper.

„Hoffentlich wird sein Ding nicht so lang wie bei einem Delfin", sagte Linda.

Ruth lachte auf. „Wir brauchen nur Beweisfotos, dass er männlich ist. Wenn du die Spitze geknipst hast, sind wir fertig."

„Und wenn ihn dein Fummeln erregt?"

„Dann kippe ich Wasser rüber."

Linda grinste kopfschüttelnd. „Das wird bei einem Wasserwesen wohl nichts bewirken."

„Hier", Ruth überreichte ihr die Digitalkamera. „Einige in normaler Ansicht und einige ran zoomen." Sie zwinkerte ihm zu und widmete sich seinem Unterleib. Bei der Geschlechtsöffnung drückte sie oben und unten so lange, bis der Penis ungefähr vier Zentimeter herausragte. „Jetzt knipsen!"

Linda beugte sich vor und fotografierte.

Ruth betrachtete sein Glied. Es hatte vorne keine Sinneshaare wie beim Delfin, um es zur Scheide zu lenken. Delfine paarten sich natürlich unter Wasser. Bei sexueller Erregung kam der über zwei Meter lange Penis wie ein Gartenschlauch aus dem Bauchraum hervor und musste den Weg zum weiblichen Geschlechtsteil finden.

„Sieht aus wie bei einem Mann", sagte Linda. „Die Eichel ist nur länglicher."

„Du musst es ja wissen. Ich hab da nicht so viel Erfahrung."

„Na ja, ein paar von den Dingern hab ich schon gesehen. Aber du doch bestimmt auch?"

„Nicht viele."

„Reicht das?", fragte Linda. „Ich hab jetzt 10 Aufnahmen gemacht."

„Prima. Dann sind wir fertig damit." Ruth nahm ihre Hände weg, und sofort verschwand der Penis wieder in der Versenkung.

14

Nachdem sie Dr. Falk alle Fotos geschickt hatte, stellte sich Ruth vors Aquarium und blickte zum Wassermann hoch, der auf der anderen Seite des Glases ebenfalls stand. Ganz bewusst dachte sie: Du kannst also meine Gedanken lesen.

Ja.

Seine Antwort hatte sie so klar im Kopf, als hätte er es ausgesprochen. „Geht das bei allen Menschen?" Für sie war es einfacher, mit ihm zu reden.

Nicht so gut wie bei dir.

„Ich wusste gar nicht, dass ich so voll innerer Gespräche bin."

Er schmunzelte. *Doch. Wusstest du.*

„Könnt ihr das alle?"

Ja. Aber die betreffende Person muss mit der Stirnseite zu uns stehen.

„Aha." Ruth fiel das laute Piepen ihrer Hörgeräte ein, als sie sich mit Falk unterhalten und dem Wesen den Rücken zugekehrt hatte. „Hast du mich also letztens angepiept, damit ich mich wieder zu dir umdrehe?"

Angepiept? Er zog unwissend die Schultern hoch.

Sie tippte auf ihre Ohren. „Ich brauche Hörgeräte. Und die haben da ganz laut gepiept."

Er überlegte kurz. *Kann sein, dass die durch mich so reagiert haben. War aber keine Absicht.*

„Seid ihr eigentlich viele?"

Nein. Er zog eine Leidensmiene und wackelte mit dem Kopf.

„Verstehe. Aber in den Ozeanen habt ihr doch mehr Platz als wir auf dem Land. Die Welt besteht ja hauptsächlich aus Wasser."

Aber ihr seid überall und kriegt nie genug.

„Das stimmt", Ruth presste die Lippen zusammen. „Wart ihr früher mal mehr?"

Ja. Wir werden immer weniger.

„Warum?"

Ihr verdrängt uns. Ihr vergiftet uns langsam. Wir werden immer schwächer und kriegen weniger Nachwuchs.

„Das machen wir leider mit allen anderen Lebewesen und der Natur so. Wir können irgendwie nicht anders. Wir müssen alles beherrschen und nach unseren Vorstellungen verändern. Aber die Menschheit weiß bis jetzt nicht, dass es euch gibt."

Weil wir uns immer verstecken. Das ist auch gut so. Sonst wären wir schon ausgestorben.

Ruth nickte bedrückt. Sie wussten genau Bescheid. „Wie lange gibt es euch schon?"

So lange wie euch.

„Tatsächlich?", staunte sie.

Vor sehr langer Zeit haben wir mal nebeneinander gelebt. Wir waren ein friedliches Küstenvolk. Dann habt ihr uns gejagt und getötet und den Rest ins Meer getrieben. Da sind wir schließlich geblieben und haben uns angepasst.

Wir haben sie verdrängt wie die Neandertaler, dachte Ruth. Der Homo sapiens duldet keine ebenbürtige Spezies neben sich. Nur einer kann über die Welt herrschen, und das waren und sind immer nur wir.

Wer sind die Neandertaler?

Sie fühlte sich ertappt. Es war ihr unangenehm. „Das war auch eine andere Menschenart, mit denen wir ein paar Jahrtausende nebeneinander gelebt haben. Sie sind schon lange ausgestorben."

Von denen haben uns unsere Vorfahren erzählt. Das waren so stämmige, behaarte Menschen in

Fellen, nicht wahr?

„Ja", Ruth sah ihn verblüfft an.

Und die sollen so stark und unbesiegbar gewirkt haben.

„Tja, wir müssen eben immer gewinnen. Das liegt wohl in unseren Genen."

Was ist das?

„Unser Erbmaterial. Der Bauplan des Lebens, der bei jedem Lebewesen etwas unterschiedlich ist. Er zeigt an, von wem wir abstammen."

Dann müssten wir ja auch so sein wie ihr.

„Stimmt eigentlich", Ruth schob ihre Brille hoch. „Aber wahrscheinlich habt ihr euch nicht nur äußerlich, sondern auch innerlich verändert."

Wenn man im Meer immer gewinnen will, ist man bald tot. Die meisten Tiere sind ungefährlich, mit vielen kann man kämpfen, aber einigen sollte man besser aus dem Wege schwimmen.

„Früher haben wir sogar große Wale mit Ruderbooten und Harpunen gejagt."

Sind das die riesigen Fische, die Luft atmen?

„Ja."

Davon weiß ich. Und manche von euch haben es nicht überlebt.

„Stimmt."

Du hattest gesagt, dieser Seemann wurde vor 60 Jahren von uns gerettet. Wie lang ist so ein Jahr?

Woher soll er auch unsere Zeitrechnung kennen?, fiel Ruth ein. Wie kann ich ihm das erklären? „Der Mond, diese weiße Kugel in der Nacht, dreht sich in einem Monat um die Erde, auf der wir leben. Von einem vollen Mond bis zum nächsten. Unser Jahr besteht aus 12", sie zeigte es mit ihren Fingern an, „Monaten. Dieses Wort stammt auch von 'Mond' ab. Gleichzeitig braucht unsere Erde ein Jahr für einen

Umlauf um die Sonne. Das ist die gelbe, heiße, strahlende Kugel am Tag, die morgens aufgeht und abends wieder untergeht. Ohne die Sonne gäbe es hier kein Licht und kein Leben."

Du bist sehr schlau.

„Na ja", sie verzog den Mund, „geht so."

Es klopfte an der Tür. „Hallo? Bist du da, Ruth?"

Sie verdrehte genervt die Augen, ging hin und fragte durch die geschlossene Tür: „Was ist denn?"

„Ich bin´s, Paul. Würdest du bitte mal aufmachen?"

„Wozu?"

„Ich möchte kurz mit dir reden."

Ruth stöhnte, schloss auf und öffnete die Tür halb. Doch da stand nicht nur Paul Jäger, sondern auch Jochen Baum und dahinter noch drei Personen, die sie nur vom Sehen kannte. Sie grüßten sie freundlich, einige reckten ihre Köpfe, um etwas zu sehen.

Ruth blieb in der Türöffnung stehen. „Was wollt ihr denn alle hier?"

„Kannst du dir das nicht denken?", Paul lächelte nachsichtig. „Wir sind furchtbar neugierig und möchten uns den Amphibienmenschen näher ansehen und deine bisherigen Erkenntnisse erfahren."

„Kommt gar nicht infrage. Er ist keine Jahrmarktsensation. Ihr verängstigt ihn nur und bringt ihn durcheinander. Das gefährdet das von mir aufgebaute Vertrauensverhältnis."

„Du willst uns also nicht mal kurz reinlassen?", alles Nette war aus Pauls Miene verschwunden.

„Nein." Ruth stemmte ihre Hände in die Hüften und blockierte so eindrucksvoll den Eingang.

„Aber diese Kreatur gehört dir nicht alleine, wir haben ein Recht auf Information", sagte Paul.

„Diese Kreatur ist ein menschliches Wesen und sehr sensibel. In meinem Labor-Tagebuch könnt ihr meine abgesicherten Forschungsberichte und meine Hypothesen lesen und euch Fotos von ihm anschauen. Da könnt ihr euch über den aktuellen Stand informieren."

„Das ist echt nicht kollegial und wird ein Nachspiel haben", drohte Paul.

„Beschwerden sind an Dr. Falk zu richten. Und nun muss ich weiterarbeiten. Tschüss." Bevor sie die Tür schloss, registrierte sie noch das verschwörerische Zwinkern von Jochen.

Ruth stand auf der Schattenseite des Schiffes in der offenen Nische, wo ein Rettungsboot untergebracht war. Sie brauchte unbedingt frische Luft und das Alleinsein, um einen klaren Kopf zu bekommen. Hier konnte sie aufs unendliche Meer sehen, wo sich am Horizont Wasser und Himmel milchigblau vereinigten. Direkt über ihr hing das Boot. Vom Außendeck hörte sie Krangeräusche, Stimmen und das Aufsetzen von Containern oder schwerem Gerät.

Sie atmete tief ein, leider war die Luft zu warm. Ihr Blick verlor sich in der blauen Weite. Sie war auch hier, weil sie im Beisein des Wasserwesens nicht unbemerkt überlegen konnte. Aber das musste sie.

In einem Punkt hatte Paul vollkommen recht: diese Kreatur, wie er sie etwas abfällig bezeichnet hatte, gehörte ihr nicht allein. Das war viel zu groß für sie. Die ganze Welt würde sich dafür interessieren und musste es auch wissen. Sie durfte es auf Dauer nicht für sich behalten, dass dieses unbekannte Wesen durch seine telepathischen Fähigkeiten Gedanken lesen und übermitteln konnte, dass diese Menschengattung vor ewigen Zeiten neben uns lebte und von uns ins Meer getrieben wurde, dass sie nicht nur von den Neandertalern wussten, sondern wahrscheinlich alles aus unserer gemeinsamen Geschichte, auch wenn sie durch Wasser und Erde getrennt war. Aber das glaubte ihr doch kein Mensch! Wie sollte sie das auch beweisen?

Ruth inhalierte gemächlich die tropische Luft und wischte sich über die feuchte Stirn. Sollte sie in diesem Zusammenhang auch beichten, was sie in Nils Ungers Buch über die Existenz dieser Wasserwesen gelesen hatte? Dass es gestern genauso gefangen wurde, wie es ihm vor 50 Jahren berichtet worden war? Und nur nicht entwischen konnte, weil sie Bescheid wusste?

Das war ja noch abstruser. Alle würden sie für verrückt halten, zumindest für krankhaft geltungssüchtig, weil sie angeblich dieses Geheimnis kannte. Sie selber hatte ja Ungers Aufzeichnungen angezweifelt und Christel dadurch verletzt.

Nein. Das, was sie vor dem Schiff gewusst hatte, musste sie verschweigen. Was sie hier an Bord erfahren hatte, war schon fantastisch genug und kaum zu begreifen.

Der Wassermann saß auf dem Metalltisch, Ruth etwas tiefer auf dem Stuhl gegenüber. Sie unterhielten sich, wobei eigentlich kein Wort gesprochen werden müsste. Aber für sie war es so leichter.

„Lebt ihr auch als Paare ein Leben lang zusammen?"

Ja. Wenn es geht.

„Haben eure ... Frauen auch zwei Brüste?" Ruth umfasste ihre eigenen. Beinahe hätte sie 'Weibchen' gesagt wie bei Tieren.

Ja. Er schmunzelte schelmisch.

„Bei uns nennt man es Familie, also Mann, Frau und Kinder. Und die leben dann in kleinen oder größeren Gruppen zusammen. Kleine sind Dörfer, große sind Städte."

Wo diese durchsichtigen hohen Türme stehen?

Ruth nickte erstaunt. „Das sind Hochhäuser oder Wolkenkratzer. Die gibt's aber nur in ganz großen Städten."

Wolkenkratzer ist eine gute Beschreibung.

„Lebt ihr auch in Gemeinschaften beieinander oder jede Familie für sich?"

Wir sind nicht mehr so viele. Und Kinder gibt es nur noch wenige. Da ist jede Familie so wie bei euch ein Dorf. Aber wir treffen uns oft und tauschen uns aus.

„Hast du ein Kind?"

Sein Blick wurde schlagartig traurig. *Wir hatten einen Sohn. Er wurde schwer krank und ist in seinem zweiten Winter gestorben.*

Ruth spürte einen Kloß im Hals, der sich schlecht weg schlucken ließ. „Das tut mir furchtbar leid."

Er starrte verbittert vor sich hin, ohne etwas zu senden.

„Das ist ein schrecklicher Verlust." Ruth wusste nicht, was sie sagen sollte. Kein Wort konnte so einen Schmerz angemessen ausdrücken. Sie fühlte sich unwohl und irgendwie schuldig.

Das Klingeln des Labortelefons empfand sie fast als Erlösung. Sie stand auf und ging zum Schreibtisch. Ob sich Paul schon über sie beschwert hatte? Sie meldete sich betont freundlich.

„Hallo, Frau Naumann. Hier ist Falk noch mal."

„Ja?" Sie machte sich auf einen Anschiss gefasst.

„Ich wollte mich für die hervorragenden Fotos bedanken. Nun gibt es ja keinen Zweifel mehr an seinem Geschlecht."

„Nein."

„Haben Sie noch wichtige Informationen, die ich morgen ans Ministerium weitergeben sollte?"

Soll ich oder lieber nicht?, überlegte Ruth. Sie wandte dem Wasserwesen den Rücken zu und antwortete leiser: „Ja, die gibt es."

„Und was?"

Plötzlich piepte ihr linkes Hörgerät laut und dann das rechte. Jedes nur ein Mal. Sie drehte sich erschrocken um. Das Wasserwesen fixierte sie mit düsterer Miene. Trotzdem machte sie eine Kehrtwendung. „Das kann ich hier am Telefon schlecht sagen."

„Warum?"

„Weil er es nicht will."

„Wie bitte?"

„Kann ich Sie persönlich sprechen?"

„Wenn es sein muss", wunderte sich Dr. Falk. „Dann kommen Sie vor dem Abendessen noch in mein Büro. Am besten in einer Viertelstunde."

„Gut. Bis gleich." Ruth steckte das Telefon wieder in die Station, drehte sich vorsichtig um und bemühte sich, an nichts zu denken.

15

„Und Sie empfangen seine Gedanken ganz klar Wort für Wort?", er sah sie argwöhnisch an.

„Genau. So, als hätte er es ausgesprochen."

„Unglaublich."

„Das ist es."

Dr. Falk hatte ihr bis jetzt aufmerksam zugehört, ohne sie zu unterbrechen. An seiner Mimik konnte sie am Anfang gut den jeweiligen Stand seiner Akzeptanz ablesen, das reichte von abwegig über utopisch bis fassungslos. Später lauschte er nur noch begierig und konzentriert ihren Ausführungen.

„Ob das mit Ihren Hörgeräten zusammenhängt?"

„Zumindest kann er sie gezielt zum Piepen bringen. Das passierte bisher immer, wenn ich ihm den Rücken zugekehrt und mit anderen gesprochen habe. Wie bei unserem Telefonat vorhin."

„Vielleicht wandeln diese empfindlichen Geräte seine Impulse irgendwie in Sprache um. Womöglich reicht auch schon diese Verstärkung."

„Aber er meinte, dass jedes Wasserwesen diese Fähigkeiten beherrscht. Die betreffende Person muss nur mit ihrer Stirnseite zu ihm stehen. Allerdings würde es bei mir besonders gut funktionieren."

„Eben, Frau Naumann. Bestimmt wegen Ihrer Hörgeräte."

Sie zuckte mit der Schulter. „Kann sein."

„Das mit den Neandertalern ist auch absolut sensationell. Das bedeutet, dass im kollektiven Gedächtnis dieses Volkes alles Wichtige der Vergangenheit überliefert wurde."

„Sie haben ja wohl keine Schrift oder ähnliches. Es wird so sein wie bei uns früher, als alles noch mündlich durch Geschichtenerzähler oder am Lagerfeuer weitergegeben wurde. Von Generation zu Generation."

„Haben Sie eigentlich etwas über ihre Kultur erfahren?", fragte Falk. „Wo und wie sie leben? Haben sie Gebäude, Werkzeuge, Gebrauchs- und Kunstgegenstände? Bauen sie Wasserpflanzen an? Haben sie eine Hierarchie, einen Herrscher oder eine Demokratie?"

„So weit sind wir noch nicht gekommen. Aber ich nehme an, dass sie wie bei ihrer Nacktheit wenig Wert auf Äußerlichkeiten und Besitztümer legen. Ihre Stärke ist ihre telepathische Kraft. Wer weiß, was sie durch ihren Geist alles beeinflussen können?"

„Aber wo und wie schlafen sie mitten im Ozean? Sie brauchen doch Sauerstoff."

„Ihre Schlafphasen müssen so sein wie bei Delfinen oder kleineren Walen. In Küstennähe übernachten sie möglicherweise auch an Land, in Grotten oder Höhlen."

„Faszinierend!", begeisterte sich Falk. „Und sie wurden niemals entdeckt."

„Zumindest nicht offiziell." Ruth dachte an Ungers weltweite Berichte. „Aber sie müssen natürlich mal von Einheimischen gesehen worden sein. Wahrscheinlich wurden sie auch Inhalt von Mythen und Legenden. Wie von Nessi, Yeti, Sirenen, Meeresungeheuern, Nixen und Mischwesen. Aber für wahr gehalten hat es wohl niemand."

„Meerjungfrauen würden genau passen", er schmunzelte.

„Nur ohne wallende Haarpracht, wenn die Frauen auch so kahlköpfig sind wie die Männer."

„Sie müssen aber auch stets alle Wunschvorstellungen zunichtemachen, Frau Naumann."

„Tja, so bin ich. Ich lass Seifenblasen gerne platzen."

„Auf jeden Fall haben wir jetzt den Beweis für eine andere Menschengattung an Bord und können dieses Wesen wissenschaftlich untersuchen. Die Welt wird sich darum reißen."

„Ich bitte Sie nur um Diskretion und keinen Sensationsrummel."

„Selbstverständlich!", entrüstete sich Falk. „Ich gebe die Informationen und Bilder nur ans Ministerium weiter. Und alle Mitarbeiter hier unterliegen der Schweigepflicht und müssen sich an die von mir verhängte Nachrichtensperre halten."

„Ja", erwiderte Ruth beschwichtigend. „Ich weiß."

Falk schielte auf seine Armbanduhr. „Was schätzen Sie eigentlich, wie lange die schon im Wasser leben?"

„Nun, mindestens 30.000 Jahre, weil die Neandertaler ungefähr so lange ausgestorben sind, und höchstens 100.000 Jahre, als sich der Homo sapiens auf der Erde ausbreitete. Also irgendwas dazwischen."

„Die Neandertaler könnten sie aber auch noch aus der gemeinsamen Zeit mit uns kennen."

Sie nickte anerkennend. „Stimmt auch wieder."

„Können in so einer evolutionsmäßig geringen Zeit überhaupt solche Flossenumformungen an Händen und Füßen entstehen?"

„Keine Ahnung. Da bin ich überfragt."

„Ich auch. Wobei sich Bakterien und einige Tiere sehr schnell an eine veränderte Umwelt anpassen können. Denken Sie nur an Pflanzenschädlinge und Ratten, die nach wenigen Generationen resistent gegen die eingesetzten Gifte sind."

„Richtig."

Dr. Falk stemmte sich von seinem Schreibtisch hoch. „So, Frau Naumann, dann wollen wir mal nicht das Abendessen verpassen. Und versorgen Sie Ihren Schützling gut."

Ruth erhob sich ebenfalls. „Mach ich."

„Es ist also bei rein vegetarischer Kost geblieben?"

„Ja. Ich probiere nach und nach alle Obst- und Gemüsesorten aus."

Er blickte sie forschend an. „Was meinen Sie, ob ich seine Gedanken auch so klar empfangen könnte wie Sie?"

„Weiß ich nicht. Wenn er das möchte, dann ganz bestimmt. Vielleicht nicht so wörtlich, aber geistig intuitiv hundertprozentig. Wenn er es will. Aber er war ja Ihnen gegenüber etwas … reserviert."

„Wohl eher ablehnend, fast feindselig." Falk zog eine Leidensmiene. „Aber wer mag schon Vorgesetzte?"

„Mir kommen die Tränen."

„Sie haben wirklich die Gabe, Ihre Aussagen genau entgegengesetzt klingen zu lassen."

„Sie sind ja ebenso schlimm wie Herr Vogel, der bildet sich so etwas auch ständig ein", Ruth griente und verließ sein Büro.

Sie war extra wieder spät zum Abendessen gegangen, um möglichst alleine zu sitzen und keine lästigen Fragen beantworten zu müssen. Besonders eine Begegnung mit Paul wollte sie unbedingt vermeiden. Ihre Absicht ging auch auf, selbst Falk war nicht mehr da. Zum Schluss hatte sie dem Wassermann wieder einen abwechslungsreichen Teller zusammengestellt und zwei Flaschen stilles Wasser mitgenommen.

Zurück im Labor ließ sie ihn zum ersten Mal

Brokkoli und Spargel probieren, beides benotete er als mittelmäßig. Er aß hauptsächlich Kartoffeln, Tomaten- und Gurkenscheiben. Sie holte das weggesperrte Messer, entkernte und zerteilte ihm Obst, nach dem Abspülen schloss sie es gleich wieder weg.

Bevor er trank, sah er das Glas Wasser skeptisch an. *Macht das wieder Luft im Bauch?*

Ruth lachte auf. „Nein, das ist ohne Kohlensäure."

Das ist besser. Er leerte das Glas in einem Zug.

Sie überlegte, wie sie eine Urinprobe von ihm kriegen könnte.

Was ist Urin?

Ruth fühlte sich ertappt und rollte mit den Augen. „Kann man hier nicht ein Mal unbemerkt denken?", beschwerte sie sich gespielt.

Nein. Also, was ist das?

„Urin ist die flüssige Ausscheidung. Das, was aus dem Körper wieder rauskommt. Stuhlgang ist die feste Ausscheidung."

Gib mir einen Behälter, dann erledige ich das später.

Sie bückte sich, holte einen durchsichtigen Plastikbecher mit Deckel aus dem Unterschrank und knallte ihn auf die Arbeitsplatte. „Hier, für deine Urinprobe."

Reicht das? Er knabberte an einem Apfelstück.

„Auf jeden Fall."

Wie lange wollt ihr mich noch gefangenhalten?

Ruth war peinlich berührt. „Ich weiß es nicht."

Komm ich hier überhaupt jemals wieder raus?

„Bestimmt. Aber das entscheiden andere. Da hab ich nichts zu sagen."

Wer denn?

„Zuerst meine Vorgesetzten. Das sind die, die alles bestimmen. Aber die haben auch wieder Vorgesetzte und die ebenfalls welche und immer so weiter. Wie bei einer Treppe geht es Stufe um Stufe immer höher."

Und wer ist ganz oben?

„Bei uns ist es eine Frau. Das ist die Bundeskanzlerin. Die hat einen Haufen Minister, für jedes Fachgebiet einen. Für uns ist wiederum eine Frau zuständig. Die führt das Bundesministerium für Bildung und Forschung. Dieses Schiff gehört ihm."

Dann haben Frauen bei euch also viel zu bestimmen?

„In Wahrheit weniger als die Männer. Aber wir streben eine Gleichberechtigung an. Und wie ist das bei euch?"

Auch ähnlich.

„Wer ist denn bei euch an der Spitze? Habt ihr einen Häuptling oder so?" Sie bedauerte sofort diese Bezeichnung.

Bei uns bestimmt der Ältestenrat, weil die am meisten wissen und die Ruhe zum überlegten Handeln haben. Da sind Frauen und Männer dabei, die weisesten unseres Volkes. Die regeln unsere Angelegenheiten in einem bestimmten Gebiet.

„Gibt es auch einen übergeordneten Rat, der für die ganze Welt zuständig ist?"

Ja. Das ist der Oberrat. Der regelt das, was uns alle betrifft. Und in allen Meeren müssen wir uns daran halten. So etwas habt ihr doch bestimmt auch?

„Ja. Bei uns sind das die Vereinten Nationen."

Was ist eine Nation?

„Ein Land. Ein Staat, in dem ein Volk lebt. Wir sind Deutsche und kommen aus Deutschland. Jedes Land schickt einen Vertreter zu den Vereinten Nationen nach New York. Das ist wohl die Stadt mit den meisten Wolkenkratzern. Die liegt an der Küste eines großen Landes im Westen. In der Richtung, wo die Sonne untergeht."

Von dieser großen Stadt mit vielen durchsichtigen Türmen wurde uns berichtet. Da gibt es auch einen Fluss, nicht wahr?

Ruth starrte ihn verblüfft an. „Ja, stimmt." Ihr fiel sogleich die Schilderung bei Nils Unger ein.

Was für eine Schilderung?

Sie seufzte. Man konnte ihm echt nichts verheimlichen. „Die steht in diesem Buch von diesem Seemann, durch das ich von euch erfahren habe. Der hieß Nils Unger. Da wird von einer Frau erzählt, die in der Abenddämmerung in New York am East River saß. Das ist dieser Fluss. Da hat sie einen von euch beobachtet, wie er aus dem Wasser kam und sich die beleuchteten Wolkenkratzer anschaute. Das hat sie dann gemeldet, und Unger wurde davon unterrichtet."

Erstaunlich.

„Find ich auch."

Haltet ihr euch dann auch daran, was diese Vereinten Nationen beschließen?

„Leider werden die sich meistens nicht einig."

Stimmen die nicht ab?

„Doch, schon. Aber einige wenige mit der größten Macht können einfach dagegen stimmen, wenn es ihnen nicht passt. So werden viele gute Absichten nicht verwirklicht."

Das ist aber keine Gleichberechtigung.

„Da hast du vollkommen recht. Leider passiert das auch oft bei Kriegen, die von der Mehrheit beendet werden wollen, was von den Mächtigen aber abgelehnt wird, weil sie an diesen Kriegen verdienen. So geht das Sterben und Leiden unzähliger Menschen einfach weiter."

Sind Kriege eure großen Kämpfe, bei denen ihr euch gegenseitig alles zerstört?

Ruth nickte betrübt. „Bis jetzt gab es zwei", sie zeigte es mit den Fingern an, „Weltkriege, bei denen viele Länder beteiligt waren und es Millionen Opfer gab. Das sind unendlich viele. Der letzte ist jetzt 75 Jahre her und spielte sich auch hier im Pazifik ab. So nennen wir diesen Ozean. Dieses riesige Meer."

Ich weiß. Davon wurde uns berichtet. Wie Luftmaschinen vom Himmel ins Meer stürzten und brennende Schiffe untergingen. Unsere Vorfahren konnten auch einige retten. Ich selbst bin auch schon durch mehrere versunkene Kampfschiffe geschwommen, die inzwischen von unzähligen Pflanzen und Tieren bewohnt werden. Auch zwei Knochenmenschen in einer Luftmaschine hab ich gesehen.

„Die nennen wir Flugzeuge und die versunkenen Schiffe Wracks."

In solchen Wracks haben wir als Kinder gespielt. Sogar mit den Knochen, die wir dabei fanden. Er zog eine schuldbewusste Miene.

„So sind Kinder nun mal. Die spielen auch mit Waffen und Granaten."

Was sind das?

„Geräte zum Töten. Furchtbar. Viele verkaufen sie und verdienen daran, obwohl sie nur Leid bringen. Auch unser Land."

Zum Ende dieses großen Krieges gab es in kurzer Zeit zwei gewaltige Feuerwellen mit Wolkenpilzen, die alles Leben vernichteten.

„Diese gigantischen Explosionen waren die beiden Atombomben auf Japan. Das ist ein Inselstaat oberhalb von hier."

Und seitdem gab es keinen Weltkrieg mehr?

„Gott sei Dank nicht. Aber dafür gibt es ständig irgendwo kleinere Kriege, die für die Betroffenen aber genauso schrecklich sind."

Und wer ist Gott?

Ruth prustete überfordert. „Tja. Das ist schwierig zu erklären. Ein Teil der Menschen glaubt daran, dass Gott unsere Welt erschaffen hat."

Also uns auch?

„Natürlich. Ihr gehört ja dazu. Sie glauben an ein höheres Wesen, das über allem steht."

Auch über eurer Bundeskanzlerin?

Sie musste lachen. „Aber sicher. Im Verhältnis zu dem ist sie nur ein kleines Licht."

Glaubst du auch an diesen Gott?

Ruth schüttelte den Kopf. „Nein. Ich bin Wissenschaftlerin. Das sind Leute, die alles untersuchen und erforschen."

So wie mich.

„Genau. Da weiß man schon, wie die Erde und das Leben entstanden sind. Das kann kein noch so hohes Wesen erschaffen haben. Allerdings gibt es viele Rätsel und auch für uns Unerklärliches. Einiges, was man nicht sehen und anfassen kann, aber trotzdem da ist. Zum Beispiel alles Geistige. Ganz besonders so eine Gabe, wie du sie besitzt. Dass du Gedanken lesen und übermitteln kannst."

Das können wir alle. Vielleicht habt ihr das nur verlernt.

Ruth stutzte. „Du meinst, wir konnten das auch mal so wie ihr?"

Ja.

„Das glaub ich nicht. Ihr seid da schon eine besondere Rasse. Wir halten uns zwar für die Krone der Schöpfung und geistig allen anderen Lebewesen weit überlegen, aber dazu reicht unser Verstand dann doch nicht."

Also doch Schöpfung?

„Nein, nein. Das ist nur so eine Redensart. Alles Leben hat sich entwickelt. Wir stammen ursprünglich von den Menschenaffen ab: Schimpansen, Orang-Utans, Gorillas. Das sind große behaarte Tiere, die viel in den Bäumen sind, eine Gemeinschaft bilden und auch Werkzeuge benutzen."

Also sollen wir auch von denen abstammen?

Sie nickte. „Klar."

Das glaub ich nun wieder nicht.

„Tja", Ruth lächelte, „ihr seid natürlich völlig haarlos. Aber bei uns gibt es Männer, die sogar am Rücken behaart sind und durchaus Ähnlichkeit mit einem Gorilla haben. Besonders beim Imponiergehabe."

Was ist das?

„Wenn man angibt. Wenn man mehr scheinen will, als man wirklich ist." Sie unterdrückte ein Gähnen und blickte auf ihre Uhr.

Bist du müde?

„Ja. Das war ein langer Tag. Du nicht?

Nein.

„Wir machen dann für heute Feierabend."

Was ist das?

Ruth verzog das Gesicht. „Wenn man mit der Arbeit fertig ist und sich ausruhen kann."

Und den Abend feiert.

„Genau. Wir sehen uns morgen Früh wieder. Schläfst du im Becken oder hier auf dem Boden?"

Auf dem Boden.

„Soll ich dir noch eine Decke besorgen?"

Nein. Nicht nötig.

„Wie schlaft ihr überhaupt im Meer?"

In Rückenlage auf dem Wasser treibend.

„So", Ruth füllte noch mal sein Glas mit Wasser und sah sich prüfend um. „Dann wünsche ich dir eine gute Nacht."

Ich dir auch.

16

Am Montag saß sie beim Frühstück wieder allein am Tisch. Allerdings nicht lange, dann standen Paul und Jochen mit ihren Tabletts vor ihr.

„Guten Morgen, Ruth", begrüßte Paul sie übertrieben herzlich.

„Morgen."

„Dürfen wir uns zu dir setzen?"

Wenn´s sein muss, lag ihr auf der Zunge, doch sie antwortete: „Na, klar."

Sie setzten sich ihr gegenüber. Sie tauschte mit Jochen ein „Morgen" mit kurzem Blickkontakt aus. Er wirkte etwas verunsichert und begann sofort zu essen.

„Man sieht dich ja gar nicht mehr", Paul lächelte unecht und schmierte sein Brötchen. „Man könnte meinen, du gehst uns aus dem Weg."

„Ich hab viel zu tun und bin von morgens bis nachts nur im Labor." Ruth konnte gar nicht mehr verstehen, dass sie ihn so lange nett gefunden hatte. Jetzt widerte sie seine schleimige Art und Verlogenheit an. Hinter seiner sympathischen Maske und scheinbaren Hilfsbereitschaft verbarg sich ein ehrgeiziger Typ, der nur auf Informationen und eigene Vorteile aus war.

„Besteht denn heute mal die Möglichkeit für einen Besichtigungstermin?", fragte Paul hinterlistig.

„Nein. An meiner Aussage von gestern hat sich nichts geändert." Sie beeilte sich, mit dem Frühstück fertig zu werden. Ihr tat nur Jochen leid, der sich spürbar unwohl fühlte und sich nur auf sein Essen konzentrierte. Ihm hätte sie gerne von den telepathischen Fähigkeiten des Wasserwesens erzählt. Aber Paul nicht, den konnte sie nicht mehr leiden.

„Hast du denn irgendwas Sensationelles bei deinem Amphibienmenschen entdeckt?", Paul sah sie lauernd an. „Dein empfohlenes Labor-Tagebuch ist ja nicht gerade auskunftsfreudig. So wenig wie du."

„Das kommt noch alles und wird umfangreicher." Sie leerte ihre Kaffeetasse, erhob sich und nahm ihr Tablett. „So, ich muss los. Mein Schützling möchte schließlich auch frühstücken. Schönen Tag noch. Tschüss."

„Tschüss, Ruth", Jochen nickte ihr freundlich zu.

„Grüß ihn von uns", sagte Paul höhnisch. „Musst du ihn eigentlich füttern oder kann er selbständig essen?"

Sie schluckte ihren Zorn trocken runter und wollte wortlos gehen. Doch sie konnte nicht anders, sie musste bissig erwidern: „Der kann unendlich mehr, als du dir vorstellen kannst."

„Guten Morgen!", rief Ruth, als sie mit dem Obstteller, einem trockenen Brötchen und zwei Flaschen Wasser das Labor betrat. Das Wasserwesen befand sich im Aquarium und hob nur die Hand. Sie stellte die Sachen auf die Arbeitsplatte und sah, dass am anderen Ende der gefüllte, aber offene Urinbecher direkt neben dem Teller mit Bananenschalen stand.

Sehr appetitlich, dachte sie, drückte den Deckel auf den Becher, begutachtete den hellgelben Urin und platzierte ihn woandershin. Den würde sie nachher gleich wegbringen.

Sie holte das Messer aus dem Schrank, bereitete einen mundgerechten Teller zu und schloss das Messer wieder weg. Auf dem Rückweg ging sie zum Aquarium und entdeckte unten zwei Kotstücke.

„Dein Frühstück ist fertig. Also raus aus dem Wasser!", sagte sie voller Elan, als wäre er ihr

Junge.

Von ihm kam nichts. Er warf ihr einen traurigen Blick zu und tauchte unter. Ruth beobachtete ihn und wunderte sich. Nach ungefähr fünf Minuten kam er wieder an die Oberfläche.

„Was ist denn los?", fragte sie besorgt.

Ich bin einsam hier. Ich fühle mich wie ein eingesperrtes Tier. Ich will wieder zu meiner Frau und meinen Leuten.

„Das verstehe ich. Aber das wird leider noch etwas dauern."

Warum?

„Wir wollen dich noch weiter untersuchen und mehr von dir erfahren. Wir möchten alles von dir wissen."

Wozu?

„Weil du einzigartig für uns bist. Eine bis jetzt unbekannte verwandte Rasse mit unglaublichen geistigen Fähigkeiten."

Für uns ist das normal.

„Für uns aber nicht. Es soll einige Menschen geben, die angeblich Gedanken lesen können. Aber ich glaube das nicht. Ich meine, die arbeiten nur mit Tricks und Betrügereien, um damit Geld zu verdienen."

Mit diesem Geld könnt ihr euch alles besorgen, nicht wahr?

„Geld ist bei uns sehr wichtig. Je mehr jemand hat, umso mehr Macht hat man."

Dann ist eure Bundeskanzlerin also auch sehr reich?

Ruth kicherte. „Nein, nicht besonders. Das ist wieder etwas anderes."

Verstehe ich nicht.

„Willst du nicht etwas essen? Ich hab dir heute

zum ersten Mal ein Brötchen mitgebracht und durchgeschnitten", sie zeigte darauf.

Er nahm eine Hälfte, biss ein Stück ab und kaute vorsichtig. *Das schmeckt gut. Was ist das für eine Pflanze?* Er aß jetzt schneller.

„Das ist keine Pflanze, sondern wurde in mehreren Arbeitsschritten aus einer hergestellt. In diesem Fall aus Weizen. Das ist eine Getreideart. Er wächst auf großen Feldern mit unzähligen grasähnlichen Halmen, die goldgelb werden, wenn die Körner oben reif sind. Die werden nach der Ernte zermahlen, dann hat man Mehl. Und damit kann man viele leckere Nahrungsmittel backen. Brot ist das wichtigste für uns. Hast du solche Felder schon mal gesehen oder davon gehört? Die rascheln richtig im Wind."

Er schüttelte kauend den Kopf.

„So, während du weiter frühstückst, werde ich jetzt deine Urinprobe zur Untersuchung wegbringen." Ihr fiel noch seine Hinterlassenschaft im Aquarium ein. Sie holte den Kescher, fischte den Stuhlgang aus dem Wasser und warf ihn in den Mülleimer. Sie nahm den Becher und sagte: „Du kannst nun in Ruhe essen und trinken. Es wird eine Zeit dauern, bis ich wiederkomme. Bis später", sie winkte ihm zu.

Er nickte nur und hob die zweite Brötchenhälfte zum Mund.

Im Analyse-Labor wandte sich Ruth nach der Begrüßung gleich an die türkischstämmige Asena, in derem pechschwarzen Haar sich auch schon einige graue Fäden eingeschlichen hatten.

„Guck mal, was ich hier habe", sie präsentierte den Urinbecher wie eine Trophäe.

„Ist der von diesem Flossenmenschen?"

„Richtig."

„Wie hast du das denn geschafft? Hast du etwa …?", Asena verzog angewidert das Gesicht.

„Nein, das hat er ganz alleine gemacht."

„Und wie konntest du ihm das vermitteln?"

„Ach, wir verstehen uns ohne viel Worte." Ruth musste innerlich grinsen.

„Erstaunlich."

„Hast du schon die Ergebnisse der Blut- und Stuhlprobe?"

„Klar", Asena drehte sich mit ihrem Stuhl nach rechts, nahm einige Blätter, schwang sich zurück und überreichte sie Ruth. „Hier. Bitte schön."

„Vielen Dank. Und was kannst du mir als Wichtigstes dazu sagen?"

„Das Blutbild ist im wesentlichen ähnlich wie bei einem Veganer von uns. Ohne Mangelerscheinungen."

„Hast du irgendwelche Umweltgifte bei ihm nachweisen können?"

Asena zuckte mit der Schulter. „Darauf hab ich das Blut nicht untersucht, weil es spezieller ist. Kann ich aber noch machen. Hast du Anhaltspunkte dafür?"

Dass unter anderem sein Sohn vermutlich daran gestorben war, wollte Ruth hier noch nicht verraten. „Er hat mir durch Gebärden angezeigt, dass viele von ihnen schleichend gestorben seien. Jedenfalls hab ich ihn so verstanden."

„Interessant. Und erschreckend", Asena wirkte betroffen.

„Und was hat die Stuhlprobe ergeben?"

„Dieses Wesen ernährt sich rein pflanzlich. Vorwiegend von Seetang. Der hat zwar einen geringen

Nährwert, aber hohe Anteile an Mineralstoffen und Vitaminen. Deshalb hat er auch so gute Werte."

„Also gibt es keine Auffälligkeiten bei diesen Proben?"

Asena lächelte. „Wenn ich seine Ärztin wäre, müsste ich mit seinem Gesundheitszustand zufrieden sein."

„Die DNA-Analyse dauert ja bestimmt länger, nicht wahr?"

„Richtig. Das Verfahren hier an Bord ist leider nicht das schnellste."

„Wann kann ich damit rechnen?"

„Morgen oder übermorgen", antwortete Asena entschuldigend.

„Gut. Dann will ich mal wieder los. Bis dann."

„Soll ich denn die toxikologische Untersuchung noch durchführen?"

„Das wäre gut."

„Wird erledigt. Tschüss, Ruth."

Als sie zurück ins Labor kam, stand der Wassermann vor einem der nicht zu öffnenden Bullaugen und schaute aufs Meer hinaus. Er drehte sich nicht mal um.

Ruth tat es weh, ihn so leiden zu sehen. Sie verstand seine Not und seine Sehnsüchte. Sie schloss wieder ab und stellte sich neben ihn. „Du kommst da schon wieder hin."

Sein Kopf schnellte zu ihr. *Wann?*

„Den Zeitpunkt kann ich dir leider noch nicht sagen, weil ich ihn selbst nicht kenne. Ich bestimme das ja nicht."

Ich weiß. Frag doch mal einen deiner vielen Vorgesetzten. Er drehte seinen Kopf wieder zurück.

„Mach ich beim nächsten Mal." Sie sah auch auf

die ruhige See, um an nichts Negatives zu denken. Die Sonne schien, am Himmel trieben weiße Wolkengebilde. Das Wasser hatte ein dunkleres Blau als das Firmament. „Schön."

Ja, das ist es.

„Wohnt ihr da in der Nähe, wo du ins Fischernetz geraten bist? Haltet ihr euch da auf?"

Er schüttelte nur den Kopf, ohne seinen Blick vom Meer zu lösen.

„Hast du dieses Netz mit den Fischen gar nicht bemerkt? Den Schiffsrumpf konntest du ja nicht übersehen haben."

Ich bin doch nicht zufällig da ins Netz gekommen.

„Wie?", Ruth sah ihn von der Seite befremdlich an. „Wie meinst du das?"

Ich habe nur einen Moment nicht richtig aufgepasst, und schon hing ich drin.

Sie verdrehte die Augen. „Kannst du mir das etwas genauer erklären?"

Immer wenn wir Fischerboote bei der Arbeit entdecken, öffnen wir unter Wasser die Netze oder zerstören sie, um die Fische herauszulassen. Das sind doch verwandte Geschöpfe. Die sollte man nicht töten und aufessen. Diese Befreiungen machen wir schon seit vielen Leben.

Sie starrte verblüfft auf sein plattnasiges Profil, weil er weiterhin nach draußen schaute. Deshalb konnte sie anscheinend auch unbemerkt an Nils Ungers Buch denken, an den identischen Fall vor 50 Jahren vor Taiwan und an die Rettung des Wals bei Island. Und an die befreiten Lachse in Norwegen vor vier Jahren. Das waren alles geplante Tierschützer-Aktionen gewesen. So wie sie bei uns bei Missständen in der Massentierhaltung vorkamen.

Ruth beobachtete ihn schweigend und bekam

allmählich den Eindruck, als würde er gezielt die Wasseroberfläche absuchen. Ihr fiel etwas ein: „Ist deine Frau hier in der näheren Umgebung? Oder jemand anderes von euch?"

Weiß ich nicht. Gesehen hab ich keinen.

„Und gefühlt? Hast du etwas von ihr oder ihnen empfangen? Könnt ihr über geringe Entfernungen Kontakt aufnehmen?"

Jetzt sah er sie mit ausdrucksloser Miene an. *Da überschätzt du unsere Fähigkeiten.*

Sie spürte, dass das nicht stimmte. „Das glaube ich nicht."

Ich merke es. Hast du mir denn wegen meiner Gefangenschaft die ganze Wahrheit gesagt?

Sie musste schlucken. „Ich weiß doch nicht, was die da oben mit dir vorhaben."

Kannst du mir versprechen, dass ich wieder freikomme?

Ruth begriff, dass sie sich in einer ungewohnten Zwickmühle befand: Einerseits war sie die vorbildliche Wissenschaftlerin, die niemals etwas versprochen hätte, was außerhalb ihrer Kompetenzen lag. Andererseits empfand sie Sympathie und Verantwortung für diesen ungewöhnlichen Freund. Absolut neu für sie war, dass die Biologin nicht wie üblich automatisch den Vorrang bekam, sondern dass sie zweifelnd hin und her überlegte.

Scheint dir ja sehr schwer zu fallen.

„Das ist nicht so leicht für mich. Ich will nichts zusichern, was ich nicht einhalten kann."

Das sollst du auch nicht. Also?

Sie fühlte sich unwohl und unter Druck gesetzt. Gewöhnlich hatte sie darauf stets mit zornigem Angriff reagiert, aber das konnte sie bei ihm nicht. Sie sah ihn an wie ein verunsichertes Mädchen, und sein Blick schien bis in ihre Seele zu reichen.

Ich will dein Wort.

Ihr kam es vor, als sollte sie eine alte Gewohnheit bedenkenlos etwas unsicherem Neuen opfern. Das war anders als bisher und schwierig für sie.

Versprich es!, drängte er.

Sie dachte, sie würde im Blau seiner Augen versinken wie im Meer.

Trau dich!

„Ja", presste sie gegen einen Widerstand heraus und war sofort erleichtert.

Sag es!

„Ich verspreche dir, dass ich dafür sorgen werde, dass du bald wieder frei bist."

Er legte seine großen Schwimmhände behutsam auf ihre Schultern und strahlte sie an. *Ich danke dir.*

„Ich dir auch."

Wofür denn?

„Für alles", antwortete sie verlegen.

17

Beim Mittagessen saß Ruth mit Linda und Asena zusammen. Sie hörte den amüsanten Berichten der beiden Mütter über ihre Kinder zu und freute sich über die willkommene Ablenkung.

„Und jetzt müssen unsere armen Männer die ganze Arbeit alleine machen", Linda zog belustigt ein mitfühlendes Gesicht.

„Meiner wälzt einen Großteil traditionell auf seine Mutter ab", sagte Asena.

Plötzlich stürmte ein jüngerer Mann mit Pferdeschwanz in die Messe und rief: „Draußen im Wasser ist noch so ein Amphibienmensch! Auf der Steuerbordseite."

Ruth sprang als erste auf und rannte raus. Ungefähr die Hälfte der Leute ließ ihr Essen stehen und folgte ihr, auch Linda und Asena.

Als Ruth das Außendeck erreichte, standen schon mehrere an der Reling und schauten aufs Wasser. Sie entdeckte sofort den kahlen weißen Kopf, der mit dem Wellengang dümpelte, circa 30 Meter weg.

Das muss seine Frau sein, dachte Ruth. Von wegen, dass sie keinen Kontakt über Entfernungen aufnehmen können.

Hinter ihr hörte sie die Stimme von Paul Jäger: „Das müssen wir unbedingt einfangen. Ich rufe Dr. Falk an."

Ruth drehte sich um und sagte empört: „Das wird nicht eingefangen!"

„Das hast du ja wohl nicht zu entscheiden", entgegnete Paul mit dem Handy am Ohr. Mit einem Kopfruck forderte er die beiden Männer neben sich auf, ihm zu folgen. Er entfernte sich und wartete darauf, dass sich Falk meldete.

„Was ist denn?", fragte Linda, die mit Asena Ruth erreicht hatte.

„Der Idiot will dieses Wasserwesen einfangen. Das kann ich nicht zulassen."

„Warum nicht?", Linda sah sie irritiert an.

„Weil ... Weil es Unrecht ist."

Linda und Asena warfen sich bedeutungsvolle Blicke zu, sagten aber nichts.

Ruth drängte sich ganz nach vorne, schwenkte die Arme über ihrem Kopf, um auf sich aufmerksam zu machen. Dann vollführte sie mit beiden Armen kräftige Wegwerfbewegungen, gefolgt von runterdrückenden Händen. Die Umstehenden musterten sie befremdlich.

„Was machen Sie denn da, Frau Naumann?", Kapitän Lutter sah sie streng an, er hielt eine Digitalkamera mit ausgefahrenem Teleobjektiv in den Händen.

„Ich? Tja ... Also, ich versuche, dieses Wesen dazu zu bringen, seinen Oberkörper aus dem Wasser zu strampeln. Ich möchte wissen, ob es weiblich ist."

„Dann senden Sie aber die genau entgegengesetzten Signale", sagte Lutter.

„Wirklich? Tut mir leid. In so etwas bin ich nicht gut."

„Lassen Sie das lieber. Gerade wird das Beiboot auf der Backbordseite zu Wasser gelassen, um diese Kreatur einzufangen."

Kaum hatte Lutter das ausgesprochen, da tauchte das Wesen unter. Durch die Ansammlung ging ein enttäuschtes Raunen.

Ruth war erleichtert und verkniff sich ein Grinsen.

„Schade", der Kapitän schaute nach links, wo er das Boot erwartete. „Aber die haben ja an Bord eine Unterwasserkamera, mit der sie es vielleicht noch verfolgen können."

„Ja." Ruth fühlte sich herrlich und hätte jauchzen können.

„Außerdem muss dieses Geschöpf ja bald wieder Luft holen."

Da kannst du lange drauf warten, dachte Ruth und zeigte auf die Kamera. „Würden Sie mir die Bilder schicken?"

„Kann ich machen. Aber erst muss Dr. Falk sie freigeben."

Jetzt kam das Beiboot mit voller Kraft um die Ecke, schaukelnd und Gischt erzeugend. Vorne im Bug stand Paul in stolzer Pose und zeigte allen, wer hier das Kommando hatte. Er suchte mehrmals erfolglos das Wasser ab. Dann hangelte er sich zu der hinten offenen kleinen Steuerkabine und rief den Leuten da unten etwas zu. Ungeduldig wartete er aller Wahrscheinlichkeit nach auf das Ergebnis der Unterwasserkamera.

Obwohl sie es nicht glaubte, zuckte bei Ruth kurz die Sorge hoch, das Wasserwesen könnte entdeckt werden.

Schließlich schlug Paul wütend mit der offenen Hand gegen die Kabinenwand. Seine heftige Reaktion offenbarte den Misserfolg.

„Das war wohl nichts", sagte Ruth etwas zu begeistert und genoss ihre heimliche Schadenfreude.

„Sieht so aus", Lutter warf ihr einen misstrauischen Seitenblick zu.

Sie wollte warten, bis er in Ruhe aufgegessen hatte.

Das blieb ihm natürlich nicht verborgen. Er schob den halb vollen Teller weg. *Nun sag schon.*

„Keinen Hunger mehr?"

Im Moment nicht.

„Vorhin tauchte in der Nähe des Schiffes jemand von deinem Volk auf."

Ich weiß.

„War das deine Frau?"

Ja.

„Das war gefährlich für sie. Die ganze Besatzung hat sie gesehen. Ich habe ihr Zeichen gegeben, sich in Sicherheit zu bringen."

Ich weiß. Das war nett von dir.

„Es ist besser, wenn sie sich nicht mehr hier sehen lässt."

Ja.

„Also könnt ihr euch doch über eine gewisse Entfernung verständigen?"

Nur ein paar Meter.

Ruth musste wohl hinnehmen, dass er weiterhin Geheimnisse vor ihr hatte. „Das waren mindestens 30 Meter."

Ich darf dir nicht alles sagen.

„Ich dachte, du vertraust mir."

Dir schon, aber den anderen nicht. Es könnte sein, dass sie dich zwingen, alles über mich zu verraten.

„Wie denn?", sie rollte mit den Augen. „Meinst du etwa, die würden mich erpressen oder gar foltern?"

Was ist foltern?

„Wenn man schlimme Gewalt anwendet oder einen sonst wie quält, um ihn zum Reden zu bringen."

Das könnten sie vielleicht machen.

„Das ist absurd."

Ihr seid doch zu allen Gewalttaten fähig. Manchmal braucht ihr nicht mal einen Grund dafür. Man könnte meinen, ihr genießt es richtig. Auf seiner Stirn erschien eine Zornesfalte. *Bei dem*

Inselland über uns, das du Japan nennst, wollten wir mal die großen Fische befreien, die sie in eine Bucht getrieben hatten, um sie dort regelrecht abzuschlachten. Wir konnten nichts ausrichten gegen ihre wilde Kampfeslust. Sie töteten sogar einen von uns. Zum Schluss war das Wasser blutrot und sie zogen die zappelnden Fische mit Haken an Land. Furchtbar war das.

„Wir töten Tiere, um uns von ihnen zu ernähren. Wir sind leider nicht so friedfertig wie ihr. Deshalb habt ihr auch gegen uns verloren."

Das wird sich noch zeigen.

Ruth sah ihn überrascht an. „Wie meinst du das?"

Man weiß nie, wer am Ende wirklich gewinnt.

„Weiß deine Frau eigentlich von mir?"

Ja.

„Auch wie ich aussehe?"

Ich hab dich mit kurzen weißen Haaren und Augengestell beschrieben.

„Dann wusste sie also, dass ich ihr die Zeichen zur Flucht gegeben habe?"

Ja. Und sie weiß auch, dass du mir meine baldige Freiheit versprochen hast. Und dass ich dir glaube.

Ruth musste schlucken und sich wegdrehen, damit er ihre feuchten Augen und ihre Sorgen nicht bemerkte.

Wie bestellt, erlöste sie das Klingeln des Telefons. Sie eilte hin und meldete sich.

„Guten Tag, Frau Naumann. Hier ist Falk."

Jetzt bin ich dran, dachte sie, Paul und Lutter haben mein Verhalten bestimmt gemeldet. „Hallo."

„Ich habe jetzt das Ministerium über unsere Sensation informiert. Ist ja immer blöd wegen der Zeitverschiebung. Können Sie in mein Büro kommen, um darüber zu reden? Ihre Leitung ist ja nicht abhörsicher", er kicherte über seinen Witz.

„Jetzt sofort?" Ihr linkes Hörgerät piepte laut, dann das rechte. Sie drehte sich zu ihm um und schüttelte missbilligend den Kopf.

„Wenn es möglich ist?"

„Gut. Dann bis gleich."

„Okay."

„Nachdem die den Bericht, die Fotos und meine Filmaufnahmen studiert hatten, gab es eine hochrangige Telefonkonferenz, bei der sogar Staatssekretär Tussmann dabei war." Dr. Falk sah sie so an, als ob sie das entsprechend würdigen müsste.

„Aha."

Seiner Mimik nach, hatte er wohl mehr erwartet.

„Morgen trifft eine Delegation unter seiner Führung hier ein, um sich mit eigenen Augen einen Eindruck von unserem einmaligen Wasserwesen zu verschaffen und alles weitere zu regeln."

Jetzt staunte Ruth doch. „Der kommt persönlich hierher?"

„Daran sehen Sie, welche Priorität das in Berlin hat. Deshalb beteiligen sich auch noch andere Ministerien daran. Unter anderem kommt sogar ein Mitarbeiter vom Bundesnachrichtendienst mit."

„Vom Geheimdienst? Wieso denn das? Hier geht's doch nur um Forschung."

„Es geht immer auch um viel mehr, Frau Naumann. Und die nationale Sicherheit und die deutschen Interessen sind meistens dabei. Besonders wenn es um unglaubliche telepathische Fähigkeiten einer unbekannten Lebensform geht."

Ruth nickte nachdenklich. Ihr wurde mulmig zumute. Das von der Verständigung mit seiner Frau sollte sie wohl für sich behalten. Es könnte sonst womöglich militärische Begehrlichkeiten wecken.

„Deshalb gibt es auch ab sofort absolutes Stillschweigen über Ihre Erkenntnisse. Sie berichten ausschließlich mir und geben keinerlei Informationen über dieses Geschöpf an andere weiter. Auch nicht in Ihrem offenen Labor-Tagebuch." Falk räusperte sich. „Das gilt selbstverständlich für alle an Bord. Eine entsprechende Dienstanweisung mit dem Verbot von Handyfotos hängt bereits an der Info-Tafel. Aber niemand ist natürlich so dicht dran und weiß so viel wie Sie."

„Ich hoffe nur, dass das Wasserwesen nicht zum Spielball der Ministerien wird."

„Das wird Staatssekretär Tussmann schon verhindern. Aber was oberhalb seiner Zuständigkeit entschieden wird, müssen wir wohl oder übel alle akzeptieren."

„Tja." Ich nicht, dachte Ruth. Ich habe ein Versprechen gegeben.

„Ich erwarte da Ihre uneingeschränkte Loyalität und Zusammenarbeit, Frau Naumann."

„Ich werde mir Mühe geben."

„Das reicht nicht!", betonte Falk.

„Ja, ja", sie hob abwehrend die Hände, „ich hab´s verstanden."

„Gibt es denn Neuigkeiten bei Ihrem Probanden?"

„Nichts Besonderes. Er ernährt sich hauptsächlich von Seetang und hat die Blutwerte eines gesunden Veganers. DNA und toxische Untersuchung stehen noch aus."

„Und was ist mit diesem anderen Flossenmenschen, der heute hier aufgetaucht ist? Kann es sein, dass Ihr Freund diesen Artgenossen irgendwie hierher gelotst hat?", Falk sah sie prüfend an.

„Wie denn? Kann ich mir nicht vorstellen."

„Vielleicht hat er Ihnen ja noch nicht alle seine Geheimnisse verraten."

„Das kann schon sein."

„Schade, dass Herr Jäger dieses zweite Exemplar nicht schnappen konnte."

„Tja", Ruth zuckte unbeteiligt mit der Schulter, obwohl sie jeden Moment seine Anklage erwartete. Oder ob Lutter ihm noch nichts von ihrem Fehlverhalten erzählt hatte?

„Womöglich war das ja seine Frau."

„Vielleicht. Ich konnte leider nur den Kopf sehen." Jetzt müsste es kommen.

„Das wäre ja eine erneute Sensation, wenn wir ein Paar hätten und sie züchten könnten. Das wäre von unschätzbarem Wert."

„Für wen?"

„Na, für uns. Für die Wissenschaft."

„Doch wohl eher für das Militär und die Rüstungskonzerne. Und für die Geheimdienste."

Er verzog einen Mundwinkel. „Frau Naumann, Sie sind immer so kritisch und ... widerspenstig."

„Das sollte man in einer Demokratie auch sein. Weil man´s darf."

„Aber wir sind nicht dafür verantwortlich, was man mit unseren Forschungsergebnissen anstellt. Wer weiß schon, für wie viele Bereiche sie genutzt werden können. Das bestimmt der Staat, der uns schließlich bezahlt."

„Es sollte aber schon dem Wohle der Menschheit dienen", sagte Ruth.

„Auch das ist wieder Auslegungssache. Alles eine Sache der Perspektive."

„Man kann doch wohl etwas eindeutig als positiv oder negativ einordnen."

„Das kommt auf die jeweilige Seite an. Was für

unser Land und unsere Verbündeten gut ist, kann für andere Länder durchaus schlecht sein."

„Das klingt ja richtig nach kaltem Krieg."

„Das sind nur Vorstufen davon. Das ist übliche Machtpolitik."

Allmählich fand sie Falks Aussagen besorgniserregend. Was hatten die da bei ihrer super Telefonkonferenz alles besprochen? „Was haben wir denn damit zu tun? Wir sind doch zum Erforschen hier."

„Darauf konzentrieren wir uns auch. Aber man darf das Übergeordnete niemals aus den Augen verlieren."

„Ich behalte meinen Standpunkt jedenfalls bei", trotzig verschränkte sie die Arme vor der Brust.

„Das können Sie ja auch. Aber möglichst für sich und nicht lautstark gegen Höhergestellte. Akzeptieren Sie auch deren Standpunkte. Ich verlange, dass Sie sich zusammenreißen und keinen Ärger provozieren, so lange die Delegation an Bord ist."

„Sonst passiert was?", fragte sie patzig.

„Nun, ich bin nicht so geduldig wie Ihr Herr Vogel. Ich könnte Ihnen die alleinige Zuständigkeit für den Flossenmenschen entziehen. Der Herr Jäger ist sehr interessiert an dieser Position."

„So?", Ruth funkelte ihn wütend an. „Sie wollen mich also erpressen?"

Er schüttelte besänftigend den Kopf. „Ich schätze Ihr lobenswertes Engagement bei dieser Sache. Aber ebenso wichtig ist eine reibungslose Kooperation zwischen den am Forschungsobjekt Arbeitenden und den Vorgesetzten."

Ruth presste die Lippen zusammen, um nichts zu sagen, was sie später bereuen würde. Sie musste sich beherrschen und sich bissige Kommentare verkneifen. Es hätte nur Nachteile für das Wasserwesen.

Wenn man sie auswechselte, würde sie ihn im Stich lassen und könnte ihr Versprechen nicht einhalten. Das durfte nicht geschehen. Außerdem gönnte sie Paul auf keinen Fall diesen Triumph.

„Frau Naumann? Kann ich mich also hundertprozentig auf Sie verlassen?", Falk fixierte sie.

„Ja", antwortete sie brav, aber sie hätte diesen Kerl lieber angeschrien und gewürgt.

18

Das hat aber lange gedauert. Warst du wieder bei deinem Vorgesetzten? Der Wassermann saß auf dem Metalltisch und betrachtete sie forschend.

„Ja", Ruth nickte in Gedanken.

Was ist ein Geheimdienst?

„Was?", sie sah ihn verblüfft an. Dann lächelte sie gequält und antwortete: „Jedes Land hat einen Geheimdienst, der andere Länder ausspioniert und möglichst unauffällig die eigenen Interessen durchsetzt. Nicht selten mit Gewalt."

Was ist ausspionieren?

„Wenn man heimlich jemanden belauscht, beobachtet oder sich fremdes Wissen beschafft. Ein Spion ist ein Geheimagent."

Und so einer kommt hierher aufs Schiff?

Er wäre der ideale Agent, der in alle Köpfe gucken kann, dachte sie. „Ja, unter anderem. Morgen soll hier eine Gruppe aus Deutschland eintreffen, unter der Führung eines ziemlich hohen Vorgesetzten. Da sind auch einige von anderen Behörden dabei, auch vom Bundesnachrichtendienst, kurz BND genannt. Das ist unser Auslands-Geheimdienst."

Und die kommen extra wegen mir?

„Na klar. Du bist eine Sensation. Hab ich dir doch gesagt. Und alle sind ganz besonders an deiner Fähigkeit interessiert, Gedanken zu lesen und zu übermitteln."

Also hast du das schon verraten.

„Ich musste das an meinen direkten Vorgesetzten weitergeben. Das ist der, der dich gestern hier gefilmt hat."

Das Wasserwesen fixierte sie strafend und legte eine Sendepause ein. Dann schüttelte er den Kopf, stieß sich vom Tisch ab, platschte zum Aquarium, schwang sich hinein und tauchte unter.

Ruth fühlte sich mies. Sicherlich wäre es aus jetziger Sicht besser gewesen, wenn sie seine telepathischen Kräfte vollkommen verschwiegen hätte. Aber gestern konnte sie gar nicht anders, als es Falk zu erzählen. Sie war nicht nur dazu verpflichtet, ihr wäre sonst der Kopf geplatzt vor lauter unvorstellbarem Wissen, das war zu viel für sie alleine. Sie verfluchte ihr korrektes Funktionieren in diesem Hierarchieapparat. Aber so war sie nun mal, sie konnte auch nicht aus ihrer Haut. Jedenfalls würde sie sich ab jetzt bedeckt halten und nichts Wichtiges mehr preisgeben. So wie das mit dem Gedankenkontakt mit seiner Frau über längere Entfernung.

Sie gab sich einen Ruck und ging zum Aquarium. Er schwebte bewegungslos unter Wasser, präsentierte ihr seine Rückseite. Sie klopfte an die Scheibe. Er reagierte nicht. Er kam ihr vor wie ein eingeschnappter, bockiger Junge.

Ruth musste mehrmals gegen das Glas klopfen, bis er sich endlich dazu durchrang, sich umzudrehen und sie anzuschauen. Sie zog eine schuldbewusste Miene und sagte: „Es tut mir leid, dass du dich von mir verraten fühlst. Aber deine fantastischen Fähigkeiten waren gestern einfach zu viel für mich. Ich musste es jemandem erzählen, um mich zu vergewissern, dass es tatsächlich wahr ist. Weil ich es auch so von der Arbeit gewohnt bin, meinte ich, ich müsste meinem Chef alles von dir berichten. Aber das war ein Fehler. Damit ist nun Schluss. Ich bin voll auf deiner Seite und will dir auf keinen Fall schaden." Noch niemals hatte sie sich einem männlichen Wesen gegenüber so demütig verhalten.

Der Flossenmensch tauchte auf und lehnte sich

oben auf die Glaskante. Sie stieg die Leiter hoch, bis sie auf gleicher Augenhöhe waren.

„Verzeihst du mir?" Ruth konnte kaum glauben, so etwas zu sagen.

Alles Ernste in seinem Gesicht löste sich auf, im Nu bestand es nur noch aus einem breiten Grienen. *Ausnahmsweise.*

Sie lachte auf. „Du hast mich ja ganz schön zappeln lassen."

Strafe muss sein.

„Ich glaube, unsere Arten sind wirklich sehr eng miteinander verwandt."

Eine halbe Stunde später klopfte es an der Tür mit einem leisen „Hallo?"

Ruth ging hin und fragte argwöhnisch: „Ja?"

„Hier ist Asena. Machst du mal auf?"

Ruth schloss auf, öffnete die Tür, ließ sie herein und sperrte gleich wieder ab.

„Ich hab hier die toxikologischen Laborwerte", sie hielt zwei Blätter hoch, „die wollte ich dir zum Feierabend noch vorbeibringen."

„Das ist aber nett von dir."

Asena spähte neugierig zum Wasserwesen rüber, das sich immer noch im Aquarium befand. „Oder störe ich gerade bei irgendwas?"

„Nein, er macht eine Wasserpause. Gibt es denn Auffälligkeiten?"

„Ja, eine ganze Menge." Asena konnte nur schwer ihren Blick vom Aquarium abwenden. Sie stellte sich neben Ruth und hielt ihr die beiden Ausdrucke hin. „Die roten Werte sind alle erhöht."

„Das sind ziemlich viele."

„Ja. Bei den Schwermetallen sind Quecksilber und Arsen am höchsten, mit einigem Abstand folgt Cadmium und dann Blei. Schlimm ist, dass sich das Zeug im Körper anreichert."

„Thunfische waren doch auch schon mal so mit Quecksilber belastet, nicht wahr?", erkundigte sich Ruth.

„Stimmt. Bei den Pflanzenschutzmitteln steht Glyphosat an erster Stelle. Erstaunlich finde ich den hohen Wert von DDT, weil das schon lange verboten ist. Das wirkt unter anderem auf die Geschlechtshormone und führt zu verminderter Fruchtbarkeit."

„Schlimm." Wahrscheinlich haben die Wasserwesen deshalb weniger Nachwuchs, dachte Ruth.

„Der Stoff TBT ist auch zu hoch. Das ist ein Bestandteil von Schiffsanstrichen. Ist aber mittlerweile auch verboten."

„Aber vielleicht halten sich noch nicht alle daran."

„Das kann natürlich sein." Als es im Aquarium laut platschte, drehte Asena sofort ihren Kopf dorthin. Das Wesen hatte den Oberkörper unten und paddelte mit den Füßen an der Oberfläche. „Er macht wohl Wassergymnastik?"

Ruth nickte. „Und was steht auf dem zweiten Blatt?"

„Tja, das sind eindeutig die gefährlichsten Stoffe, weil sie einen radioaktiven Ursprung haben. Die Werte von Strontium, Cäsium, Uran und Plutonium sind erschreckend hoch. Auch das führt zu Erbgutschäden, Missbildungen und Unfruchtbarkeit."

„Nun, hier im Pazifik sind im Zweiten Weltkrieg nicht nur die beiden Atombomben explodiert, es wurden später auch immer wieder Atomtests durchgeführt", sagte Ruth. „Womöglich sind sogar atombetriebene U-Boote hier versunken."

„Oder radioaktive Abfälle wurden einfach illegal im Meer entsorgt."

„Ich möchte auch nicht wissen, wie viel Munition und Bomben hier im Pazifik vor sich hin rosten.“

„Ach, das Blatt mit der Urinanalyse hab ich jetzt vergessen.“

„War denn was Auffälliges dabei?“

„Eigentlich nicht. Nur der Salzgehalt war etwas höher.“

„Wobei er bei der Probe schon fast zwei Tage nur Mineralwasser getrunken hatte.“

„Tja“, Asena blickte kurz zum Aquarium, „dann will ich dich nicht länger aufhalten. Sehen wir uns beim Abendessen?“

„Bestimmt.“

„Dann lass mich mal wieder raus aus deinem Sicherheitsbereich.“

Ruth schloss auf und öffnete die Tür mit einer einladenden Geste.

„Dann bis später“, Asena verneigte sich.

„Ja. Und vielen Dank für deine Arbeit.“

„Gern geschehen.“

Ruth verschloss die Tür wieder und studierte die Ausdrucke während des Zurückgehens.

Das Wasserwesen schwang sich aus dem Glaskasten und kam ihr platschend und tropfend entgegen. *Betrifft das mich?*

„Natürlich. Du bist hier schließlich die Hauptperson.“

Um was geht es?

„Um schädliche und sogar giftige Stoffe, die in deinem Blut gefunden wurden.“

Sind die gefährlich für mich?

Ruth nickte besorgt. „Es handelt sich um eine schleichende Vergiftung.“

Nur durch eure Schuld. Ihr habt damit meinen Sohn umgebracht.

„Es tut mir unendlich leid."

Sind das viele Gifte?

„Ja. Leider. Einige Stoffe führen auch zur Unfruchtbarkeit. Das wäre eine Erklärung für eure verringerte Geburtenrate."

Er sah sie streng an. *Ihr schadet der ganzen Welt und allem Leben in den Meeren. Aber damit natürlich auch euch selber.*

„Ich weiß. Und durch die Klimaerwärmung werden die Ozeane ansteigen und flaches Land überschwemmen. Dadurch bringen wir uns selber um unseren Lebensraum."

Eines Tages werdet ihr für alles büßen. Ich kenne einige kleine Inseln, die jetzt schon nur noch Sandbänke sind. Vielleicht überleben wir euch doch noch, denn wir kommen im Meer zurecht und brauchen kein Land. Aber ihr schon.

Ruth sah ihn erstaunt an. „Es wird für uns zwar noch genug Land übrig bleiben, aber es wird zu ungeheuer mehr Flüchtlingen führen, zu Verteilungskämpfen, Hungersnöten und Kriegen."

Darin habt ihr ja Erfahrung. Dann kommt es wohl zum Dritten Weltkrieg?

„Kann sein." Sie glaubte aber trotzdem nicht, dass die Wasserwesen die Menschheit überleben würde.

Weil wir schon zu stark verseucht sind?

„Wie bitte?"

Glaubst du nicht an unser Überleben, weil wir schon zu stark vergiftet sind?

Ruth musste schlucken und bekam feuchte Augen. Sie fühlte sich schuldig. „Es tut mir sehr leid, aber ihr werdet wohl nicht mehr genug gesunden Nachwuchs bekommen."

Verdammt. Er starrte traurig ins Leere.

Auch ohne telepathische Fähigkeiten wusste Ruth,

dass er gerade an seinen verstorbenen Sohn dachte.

Das Labortelefon klingelte.
Schon wieder Falk?, fragte sich Ruth und ging ran.
„Hallo. Hier ist Paul."
Sie verdrehte die Augen. „Was willst du denn?"
„Warum bist du denn gleich wieder so feindselig mir gegenüber? Was hab ich dir eigentlich getan?"
Ruth stöhnte nur mit einem fauchenden Laut und stellte sich mit dem Gesicht zum Wasserwesen, damit es ihre Hörgeräte nicht wieder zum Piepen brachte.
„Seitdem wir auf dem Schiff sind, behandelst du mich abweisend bis aggressiv", beklagte sich Paul. „Wir sind doch vorher sehr gut miteinander ausgekommen. Heute Mittag, als dieser zweite Amphibienmensch auftauchte, hast du mich vor anderen auch sofort angegriffen."
„Weil ich nicht wollte, dass dieses zweite Wesen auch noch eingefangen wurde. Wir haben eines zu Forschungszwecken, und das muss reichen."
„Das sieht die Mehrheit hier an Bord aber anders. Auch Dr. Falk und der Kapitän."
„Deshalb muss es noch lange nicht richtig sein."
„Aber was du sagst und machst, das soll natürlich richtig sein."
„In dem Fall schon."
„Du hast dir doch das Kommando über die Aktion vorgestern eigenmächtig angeeignet, diese Kreatur in einen Käfig gesperrt, hierher gebracht und für dich vereinnahmt."
Weil nur ich von ihnen wusste, dachte Ruth.
„Übrigens habe ich gehört, dass du ganz erpicht auf meine Position hier beim Wasserwesen bist."
„Nun, ich bin grundsätzlich an allen neuen

Forschungsprojekten interessiert", erwiderte Paul. „Ich würde meine Kollegen allerdings daran teilhaben."

„Ich darf nichts mehr weitersagen. Frag deinen Freund Falk. Ich darf nur noch an ihn berichten."

„Willst du mir nicht verraten, was du jetzt gegen mich hast?, fragte Paul. „Hab ich dich mit irgendetwas verärgert? Vielleicht wegen meines Vermittlungsversuchs mit Doris?"

„Das ist doch Schnee von gestern."

„Was ist es dann?"

Was will der eigentlich von mir?, dachte Ruth und hatte Blickkontakt mit dem Wasserwesen. „Deine angeblich so verständnisvolle Art geht mir in letzter Zeit auf den Geist."

„Wieso angeblich?"

„Weil ich dir das nicht mehr abnehme. Ich glaube, das ist nur deine Masche, um rasch weiterzukommen und gleichzeitig bei allen beliebt zu sein."

Es dauerte einige Sekunden, bis Paul fast leidend sagte: „Das tut mir weh, dass du mich so einschätzt, Ruth."

„Du wolltest es ja unbedingt wissen."

„Ehrlich warst du ja schon immer. Aber dadurch auch manchmal verletzend."

„Tja, so bin ich eben." Sie verzog genervt das Gesicht. Das Wasserwesen lächelte ihr zu und streckte einen Daumen hoch.

„Ich möchte dich nur bitten, dass du mich morgen mit Angriffen und Seitenhieben verschonst. Ich werde nämlich als Personalrat die Abordnung unter Staatssekretär Tussmann hier an Bord begleiten."

„Ach, darum geht's also. Es soll alles harmonisch ablaufen, damit ihr glänzen könnt."

„Wieso ihr?", fragte Paul verständnislos.

„Na, Herr Falk hat mich heute bereits um das gleiche gebeten", sie streckte ihre Zunge seitlich raus und zwinkerte dem Wasserwesen zu.

„So? - Gibt dir das nicht zu denken?"

„Doch, schon. Aber nicht in der Richtung, die dir dabei vorschwebt."

„Du solltest dich an die Anweisung deines Vorgesetzten halten. Sonst kann ich dir auch nicht helfen."

„Auf deine Hilfe bin ich zum Glück nicht angewiesen. Und tschüss", Ruth drückte auf den roten Hörer und legte das Telefon hin.

Das Wasserwesen kam mit Storchenschritten näher. *Du kannst ja richtig unfreundlich sein. Mit wem hast du denn da geredet?*

„Das war nur Paul. Der braucht das." Plötzlich schlug sie sich mit der flachen Hand an die Stirn. „Mensch! Ich hab dich ja überhaupt noch nicht gefragt, ob ihr auch Namen habt."

Ja. Haben wir.

„Und wie heißt du?" Wie hatte sie das bloß vergessen können!

Eo.

„Habt ihr auch einen Nachnamen? Einen Familiennamen?"

Nein.

„Eo", wiederholte sie.

Ich hab meinen Namen noch nie ausgesprochen gehört.

„Könnt ihr denn richtig sprechen?"

Das brauchen wir nicht mehr und haben es wohl verlernt. Wir können uns ja so verständigen.

„Versuch mal, das nachzumachen." Mit weit geöffnetem Mund stimmte sie ein kräftiges anhaltendes „A" an.

Er gab sich redlich Mühe, doch bei ihm kam nur Gurgeln und Krächzen, das keinerlei Ähnlichkeit mit einem A hatte.

„Ist gut", erlöste sie ihn. „Vielleicht habt ihr auch einen anderen Kehlkopf und gar keine Stimmbänder."

Spricht man damit?

„Unter anderem. Das ist ziemlich kompliziert", sie runzelte die Stirn. „Könnt ihr eigentlich gut hören? Ihr habt ja nicht so einen Trichter wie wir", sie zog an ihrer Ohrmuschel.

Im Wasser deutlich besser.

„Das leitet den Schall ja auch erheblich besser als Luft."

Und wie heißt du?

„Weißt du das etwa noch nicht?", sie grinste und kniff ein Auge zu. „Du weißt doch sonst immer alles von mir. Schon bevor ich es gesagt habe."

Das hab ich noch nicht erkannt.

„Ich heiße Ruth Naumann. Bei uns gibt es immer einen Vor- und Nachnamen. Naumann hieß mein Vater. Wenn ich heiraten würde, könnte ich den Namen meines Mannes annehmen."

Und? Heiratest du bald? Hast du einen Mann? Eo schmunzelte.

„Nee. Ich brauch keinen."

Und Kinder?

„Dafür bin ich viel zu alt."

Und früher wolltest du nicht?

Ruth zog die Schultern hoch. „Ich hatte nie den richtigen Mann. Für mich stand auch immer meine Arbeit an erster Stelle."

Aber durch Kinder geben wir uns doch auch selbst weiter. Dadurch verlängern wir unser Leben über den Tod hinaus.

„Das stimmt schon." Sie nahm das Telefon und steckte es wieder in die Ladestation auf dem Schreibtisch. Dabei dachte sie daran, dass sie dieses Thema nicht vertiefen sollte. Sie drehte sich um und fragte: „Und wie heißt deine Frau, Eo?"

Ia.

„Ihr habt ja sehr kurze Namen."

Ja. Das ist bei uns so, Ruth Naumann.

Sie lächelte, schaute auf ihre Armbanduhr und stutzte. Sie würde sich schon wieder zum Abendessen verspäten. Asena war bestimmt schon bald fertig.

19

Eo saß auf dem Metalltisch, seine Flossenfüße bogen sich vorne durch. Während er genüsslich sein Abendessen verspeiste, beobachtete er Ruth, die sich damit abmühte, ein großes buntes Stück Papier an der freien Wand zu befestigen.

Ruth sicherte das widerspenstige Plakat mit unzähligen durchsichtigen Klebestreifen. *Diese Spannung kommt, weil es lange aufgerollt war,* dachte sie.

Eo aß einen knackigen Streifen Paprika und amüsierte sich über ihre eifrige Anstrengung. Er spürte ihren unterdrückten Ärger. Endlich schien sie mit ihrem Werk zufrieden zu sein und schnaufte erleichtert. Sie stellte sich einige Schritte davor hin, stemmte die Hände in die Hüften und nickte mehrmals. Als sie sich zu ihm umdrehte und ihn erwartungsvoll anblickte, fühlte er sich zu einer Aussage verpflichtet. *Was stellt das denn da?*

Mit einer präsentierenden Geste antwortete Ruth: „Das, mein lieber Eo, ist unsere gesamte Erde. Da sie ja rund ist, wurde sie hier entsprechend abgewickelt. Jeder Staat ist farblich gekennzeichnet."

Und das Blau ist alles Meer?

„Genau. Deshalb nennt man die Erde auch den blauen Planeten. Wie du siehst, ist euer Lebensraum erheblich größer als unserer."

Eo stellte den fast geleerten Teller ab und kam patschend zu ihr. *Und er wird noch größer werden, wenn durch die Erwärmung immer mehr Eis schmilzt. Ihr alle solltet rechtzeitig schwimmen und tauchen lernen.*

Ruth schubste ihn an der Schulter an. „He, nicht frech werden! Wir sind schließlich die Herren der

Welt."

Fragt sich nur, wie lange noch. Eo betrachtete aufmerksam die verschiedenfarbige Darstellung. *Wo sind wir denn jetzt?*

Sie hielt ihren Zeigefinger rechts in der Mitte neben einer langgezogenen Inselgruppe. „Da ist unser Standort. Vor der Ostküste der Philippinen."

Er nickte beeindruckt.

„Und hier", ihr Finger wanderte weiter nach oben, „liegt Japan. Da explodierten im Zweiten Weltkrieg die beiden Atombomben mit diesen gewaltigen Wolkenpilzen."

Das sind doch die, die immer noch Wale und große Fische abschlachten, nicht wahr?

„Ja. Viele Thunfische. Und beim Walfangverbot machen sie auch nicht mehr mit."

Die sind brutal und töten furchtbar viele Lebewesen.

„Du musst aber bedenken, dass sich die Japaner vorwiegend aus dem Meer ernähren. Wir töten auch Unmengen von Tieren und essen sie auf. Die werden extra dafür in Ställen gehalten. Allerdings wird die Zahl derer, die auf Fleisch verzichten, immer mehr."

Das ist gut. Ist du denn Fleisch, Ruth?

Sie nickte. „Ja. Aber nicht mehr so viel wie früher. Ich arbeite dran."

Vielleicht bringt ihr euch deshalb so oft um in euren Kriegen, weil ihr so viel mit Töten und Blut zu tun habt. Vielleicht macht euch das gewalttätig und blutgierig.

„Interessante Idee." Sie wiegte den Kopf hin und her. „Obwohl heutzutage nur noch sehr wenige Leute mit dem Schlachten zu tun haben. Bei uns meistens billige Arbeitskräfte aus ärmeren Ländern. Die Masse kauft ihr Fleisch schön sauber eingepackt.

Blut und Innereien und so will keiner mehr sehen."

Eo konzentrierte sich auf das bunte Staatengemisch in Mittelafrika. *Wo liegt denn die Stadt mit den vielen Wolkenkratzern aus Glas?*

„Oh, noch viel weiter westlich." Sie schritt hinter im vorbei und begann mit ihrem Finger im violetten Senegal. „Da müssen wir hier über den Atlantischen Ozean rüber nach Nordamerika."

Eo stellte sich an ihre linke Seite und verfolgte die langsame Bewegung ihres Fingers.

„Und hier an der Ostküste liegt New York", sie tippte darauf. „Da sind auch die Vereinten Nationen. Und einer von euch wurde da schon mal gesehen."

Wovon dieser Seemann in seinem Buch berichtet hat.

„Richtig. Nils Unger hieß der." Ruth fand es unfassbar, dass sie das erst vor nicht mal zwei Monaten gelesen und dann als unglaubwürdige Fiktion abgetan hatte. Und jetzt stand sie neben so einem lebendigen Wasserwesen und erklärte ihm die Welt.

Und wo ist dein Land?

Ihr Finger startete wieder. „Dann müssen wir wieder über den Atlantik nach Osten und etwas höher. Wir liegen in der Mitte von Europa. Das ist dieser bunte Bereich. Hier dieses Blaue, das ist Deutschland."

Das ist aber klein. Die meisten Länder sind ja größer.

„Da hast du vollkommen recht. Im Vergleich zu seiner Fläche ist Deutschland trotzdem einigermaßen bedeutend." Nicht nur, weil wir beide Weltkriege angefangen haben, dachte sie. „Wir sind wirtschaftlich ziemlich stark. Wir bauen alles Mögliche und verkaufen es in andere Länder. Und in der

Forschung – besonders im Bereich Umwelt – sind wir auch ganz gut. Das ist das, was wir hier mit diesem Schiff machen. Wir untersuchen das Leben in diesem Ozean."

Und mich.

Ruth schmunzelte. „Genau. Du bist inzwischen unsere Hauptattraktion, unser Star."

Was ist das?

„Jemand Berühmtes, der durch irgendeine Leistung oder Besonderheit aus der Masse herausragt und wie ein Stern strahlt."

Strahlen tue ich aber nicht. Er besah sich seine Hand mit den gespannten Schwimmhäuten.

„Das ist natürlich symbolisch gemeint."

Was ist das nun wieder?

„Puh, du fragst einem aber echt Löcher in den Bauch."

Ist das auch symbolisch?

Sie lachte auf. „Ja, ganz genau. Die Übertragung eines Begriffs in etwas Anschauliches, in ein Bild."

Und wo lebst du in deinem Deutschland?

„Hier im Norden", ihr Finger zeigte darauf, „in Kiel."

Gibt es da auch Wolkenkratzer?

Sie schüttelte den Kopf. „Nein. Aber die Stadt liegt direkt an einem kleinen Meer. An der Ostsee."

Da ganz oben und unten das Weiße, das ist das Eis?

„Richtig. Oben ist der Nordpol, unten der Südpol. Aber dort gibt es auch noch Land unter dem ewigen Eis. Das ist die Antarktis."

Und wo wird das Eis jetzt weniger?

„Hauptsächlich im Norden. Jedenfalls noch. Das ist die Arktis. Da waren früher riesige Flächen auf dem Meer zugefroren. Da wird das Eis zunehmend weniger und dünner."

Da oben, wo es kalt ist, lebte mal ein kriegerisches Volk. Davon wurde uns berichtet. Die Männer waren wild und sahen fast aus wie diese Neandertaler.

Ruth schaute ihn verwundert an. „Du meinst die Wikinger. Die Nordmänner."

Eo zuckte mit den Schultern. *Bei uns hießen sie Fellköpfe, weil sie oben und unten am Kopf Haare hatten.*

Sie strich sich über ihr Kinn. „Hier ist es ein Bart."

Sie hatten längliche Schiffe mit gestreiften Winddecken und schützten sich mit runden Scheiben.

„Diese Winddecken nennen wir Segel, und so eine Scheibe ist ein Schild."

Die waren viel auf den Meeren unterwegs und haben einige von uns gezwungen, ihnen den Weg zu unbekannten Ländern zu zeigen.

„Ihr hattet richtigen Kontakt mit den Wikingern?", fragte Ruth verblüfft und dachte: Warum gibt es darüber keinerlei Aufzeichnungen? Die hatten doch ihre Runenschrift.

Unfreiwilligen Kontakt. Die hielten einige von uns als Gefangene und benutzten sie als Wegweiser. Sie hatten Spaß daran, ihnen einen harten Ring um den Hals zu legen, an dem ein unlösbares Seil befestigt war. Dann warfen sie den Armen vorne über Bord und banden das Seil fest. So musste er bis zur Erschöpfung vorweg schwimmen. Es sah so aus, als würde er das Schiff ziehen.

Ruth fiel die Felszeichnung auf Bornholm ein, die sie mal für die Darstellung eines kraulenden Wasserwesens gehalten hatte. Geografisch passte das gut mit den Wikingern, aber zeitlich nicht. Wenn sie sich recht erinnerte, stammten die Felsbilder aus der Bronzezeit und waren ungefähr 1.000 Jahre älter.

„In welche Richtung führten deine Leute die Wikinger?"

Na, nach hier. Sein Finger mit dem langen Nagel wischte nach links. *Aufs offene Meer hinaus.*

„Also über den Atlantik nach Neufundland und Nordamerika", sie zeigte dorthin.

Sieht so aus.

„Dann habt ihr ihnen den Weg nach Amerika gezeigt. Vielleicht sogar zu der Stelle, wo heute New York liegt."

Mein Volk kennt alle Meere und Küsten. Auch wenn wir nicht so eine Karte haben.

„Wir dachten immer, die Wikinger hätten mit ihren tollen seemännischen Fähigkeiten dieses unbekannte Land gefunden."

Nein. Eo reckte sich stolz und grinste. *Das waren wir. Aber wir haben nicht nur den Nordmännern geholfen.*

„So? Wen denn noch?"

Ein Volk lebte an der Küste eines irgendwie abgeschlossenen Meeres. Dort war es angenehm warm. Sie hatten ähnliche Schiffe wie die Wikinger und trieben Handel mit anderen Ländern. Besonders die ungewöhnliche Farbe ihrer Tücher war begehrt. Angeblich färbten sie die mit zerquetschten Schnecken.

„Purpur", entfuhr es Ruth. „Dieser blaurote Farbstoff wurde aus dem Saft der Purpur- und Stachelschnecke gewonnen. Das haben die Phönizier erfunden und wurden reich damit. Die lebten schon lange vor den Wikingern."

Und wo?

„Hier in der Gegend", sie zeigte auf den Libanon. „Und dieses abgeschlossene Meer ist das Mittelmeer." Ihr Finger fuhr die Küste ab und stoppte bei Tunesien. „Hier gründeten sie ihre wichtigste Kolonie: das mächtige Karthago, das zu einer gewissen Zeit das ganze Mittelmeer beherrschte."

Eo war ihrem Finger aufmerksam gefolgt. *Was ist eine Kolonie?*

„Ein Außenposten, ein Stützpunkt, weit entfernt von der Heimat. Und manchmal entstand daraus eine große Stadt, so wie Karthago."

Was du alles weißt.

„Na ja", sie lächelte verlegen, „geht so."

Dann weißt du doch sicher auch, wo die Säulen des Herakles sind?

„Kommt mir bekannt vor. Den Ausdruck hab ich auf jeden Fall schon mal gehört oder gelesen. - Wie kommst du darauf?"

Meine Leute sollten ihnen den Weg durch die Säulen des Herakles zeigen. Dahinter war für sie alles unbekannt.

„Ich kenne das", Ruth zog die Nase kraus und kratzte sich am Kopf. „Aber ich komm im Moment nicht drauf. Das hat bestimmt was mit den Griechen und Homer zu tun. Wahrscheinlich kommt es bei Odysseus vor."

Wer ist das?

„Der Held einer alten Geschichte. Dieser Homer hat sie sich ausgedacht. Odysseus hat sich auf dem Meer verirrt und muss viele Abenteuer bestehen."

Das stand dann in einem Buch?

„Richtig. Wir schreiben unsere Geschichten auf. Ihr spart euch diese Arbeit und übermittelt sie euch gleich so, als würdet ihr sie lesen."

Genau.

„Heutzutage wird alles Wissenswerte – auch Geschichten – schon in Computern gespeichert. Das sind komplizierte Geräte, mit denen man das gesamte Wissen der Welt überall schnell zur Verfügung hat."

Hast du so ein Ding auch?

Ruth deutete auf den Monitor mit der Tastatur auf dem Schreibtisch. „Damit habe ich Zugang dazu."

Dann frag doch mal nach diesen Säulen.

„Das mach ich auch gleich." Sie setzte sich vor den Monitor, startete den Computer und gab das Passwort ein. Während sie wartete, sah sie sich nach Eo um. Er stand merkwürdigerweise vor dem Bullauge und schaute in die Dunkelheit hinaus. „Was gibt's denn da noch zu sehen? Es ist doch schon schwarze Nacht."

Eo drehte sich um. *Das Mondlicht glitzert so schön auf den Wellen.*

„Ach, so." Ruth wandte sich wieder dem Monitor zu. „Jetzt kann's losgehen." Sie tippte den Suchbegriff ein.

Eo warf noch einen Blick zurück zum Bullauge und kam dann zu ihr. Er stellte sich hinter sie und beobachtete den sich verändernden Bildschirm.

„Hier steht es: Bei den Säulen des Herakles handelt es sich um die antike Bezeichnung für das Vorgebirge an der Meerenge von Gibraltar. Mensch", sie schüttelte den Kopf, „dass mir das nicht eingefallen ist. Ich werde langsam alt."

Und wo ist das?

„Zeig ich dir sofort." Ruth stand auf und ging zur Weltkarte, er folgte ihr. Sie hielt ihren Finger daneben und erklärte: „Diese Meerenge trennt Europa von Afrika und ist die schmale Verbindung zwischen dem Mittelmeer und dem Atlantischen

Ozean. Übrigens auch der einzige Zufluss des Mittel-
meers. Wenn man den schließen würde, würde es
langsam austrocknen."

Und was hat das mit diesem Herakles zu tun?

„Das war auch so ein Held wie Odysseus. Er war
sehr stark und musste für die Götter mehrere
Aufgaben erledigen. Einige Völker nannten ihn auch
Herkules."

Aber ich dachte, ihr habt nur einen Gott.

Ruth pustete erschöpft. „Das stimmt schon. Aber
zur damaligen Zeit verehrte jedes Volk noch seine
eigenen Götter." Sie massierte sich ihre Stirn mit
zwei Fingern. „Wenn du darüber noch mehr wissen
willst, müssen wir das auf morgen verschieben. Jetzt
ist es schon zu spät."

*Gut. Also meine Leute zeigten den Purpur-
männern den Weg durch diese Meerenge vom
Mittelmeer in den riesigen Atlantik.*

„Ganz genau", sie nickte. „Haben die Phönizier
deine Leute denn besser behandelt als die groben
Wikinger?"

*Auf jeden Fall. Sie durften immer vorne auf dem
Schiff stehen. Und sie wurden niemals angekettet.*

„Dann hat uns dein Volk also bei der Erkundung
der Weltmeere geholfen."

Das hätten wir besser nicht tun sollen.

„Warum?"

*Weil ihr in allen Ländern nur Unheil und Gewalt
verbreitet habt. Durch viel Blutvergießen habt ihr
überall die Herrschaft an euch gerissen und euch
alles Wertvolle genommen.*

„Ja, so sind wir leider." Ruth nahm die Brille ab
und rieb sich die Augen.

*Bist du traurig deshalb und hast nasse Augen?
Oder bist du müde?*

„Müde", sie blickte auf ihre Uhr. „Wir machen jetzt auch Feierabend."

Ein schönes Wort.

„Brauchst du noch was?"

Eo schüttelte den kahlen Kopf und reckte sich.

„Dann schlaf gut."

Du auch.

20

Es klopfte an ihre Kabinentür. Linda wurde als erste wach und wunderte sich. Sie knipste ihre Leselampe an, schaute auf den Wecker und erschrak, weil es mitten in der Nacht war.

Das Klopfen verstärkte sich noch. Hoffentlich ist zu Hause nichts passiert, dachte Linda und schwang sich aus dem Bett. Sie schaltete die Kabinenbeleuchtung ein, entriegelte das Schloss und öffnete die Tür nur so weit, dass man ihren Kopf sehen konnte, aber nicht ihr Schlafshirt. Sie sah die beiden uniformierten Männer befremdet an und zog ein „Ja?" in die Länge.

„Entschuldigen Sie die nächtliche Störung", sagte der Mann, der mehr auf seinen Schulterklappen hatte. „Ich bin der Offizier vom Dienst. Ich muss dringend mit Frau Naumann sprechen."

„Was ist denn los?", meldete die sich vom oberen Bett mit belegter Stimme. „Wie spät ist es eigentlich?"

„Kurz vor halb Drei in der Nacht", antwortete Linda mit vorwurfsvollem Unterton.

„Frau Naumann", sagte der Offizier etwas lauter, „würden Sie sich bitte etwas anziehen und herauskommen?"

„Ja. Einen Moment."

Mit einem „Bis gleich" schloss Linda die Tür.

„Was soll das denn?" Ruth kletterte ein bisschen steif von ihrem oberen Etagenbett herunter.

„Keine Ahnung", Linda zog die Schultern hoch. „Ich hatte schon Angst, dass mit meiner Familie etwas sei."

„Na, zum Glück ja nicht." Ruth zog sich ihren grauen Jogginganzug über ihr Nachthemd und strich ihre Haare glatt.

„Soll ich mitkommen?"

„Wenn du willst. Aber vielleicht hat der auch nur ein paar Fragen und ich bin gleich wieder hier."

Linda öffnete ihren Schrank. „Ich bin doch neugierig." Auch sie zog einen Jogginganzug drüber, allerdings einen erheblich farbenfroheren. Anschließend begutachtete sie ihr Aussehen im schmalen Spiegel.

„Dann wollen wir mal." Ruth öffnete die Tür weit, und beide traten in den Gang. „Womit kann ich dienen, meine Herren?"

Der Offizier wandte sich an Linda: „Würden Sie bitte wieder in Ihre Kabine gehen? Wir benötigen nur Frau Naumann."

Linda erwiderte errötend: „Wie Sie wünschen." Sie ging wieder zurück und schloss die Tür etwas geräuschvoller.

„Sie machen´s ja spannend", bemerkte Ruth mit gerunzelter Stirn.

„Haben Sie den Schlüssel für Ihr Notlabor dabei?", erkundigte sich der Offizier.

„Ja. Hier um den Hals", sie zeigte ein Stück des schwarzen Bandes.

„Es gibt nämlich anscheinend keinen anderen."

„Aha. Was ist denn bloß los?"

„Wir müssen sichergehen, dass diese fremdartige Kreatur noch da drin ist."

„Was?", Ruth starrte den Offizier entgeistert an. „Wie kommen Sie darauf, dass das Wasserwesen weg sein könnte?" Sie spürte, wie sich ihr Herz beschleunigte.

„Ich schlage vor, wir gehen schon mal los. Auf dem Weg dorthin, wird der Matrose hier", der Offizier deutete auf den Blonden neben sich, „Sie über das informieren, was er auf seinem Wachgang bemerkt hat."

Ruth nickte irritiert und marschierte zwischen den beiden Männern den Gang entlang. Sie fühlte sich eingeengt und bemühte sich, mit ihnen Schritt zu halten.

Der Matrose begann mit einem Räuspern. „Bei meinem Kontrollgang habe ich auf dem Arbeitsdeck nasse Schwimmflossenabdrücke entdeckt. Ich folgte den Spuren und rief: Wer da? Dann hörte ich auf der anderen Seite ein lautes Platschen, als ob jemand ins Wasser gesprungen sei. Ich rannte dorthin und sah eindeutig, dass die nasse Spur direkt vor der Reling endete. Im Meer konnte ich wegen der Dunkelheit nichts erkennen."

Bei der Treppe nach unten blieb der Matrose hinter ihnen. Der Offizier übernahm: „Und deshalb müssen wir uns vergewissern, ob dieser Amphibien-mensch noch im Labor eingesperrt ist. Wenn ja, kann es ein Artgenosse von ihm gewesen sein, der ihn befreien wollte. Oder ein richtiger Mensch mit Schwimmflossen. Womöglich ein Extremreporter. Wenn nein, dann ..." Er brach ab und überließ es ihrer Deutung.

Ruth dachte sofort an Ia, die Frau von Eo. Denn selbst wenn Eo direkt aus dem Aquarium gekommen wäre, hätte er ja auf keinen Fall bis zum Deck nasse Abdrücke hinterlassen. Das beruhigte sie ein wenig.

Auf dem folgenden Gang blieb der Matrose hinter ihnen. Das fand Ruth angenehmer. „Haben Sie diese Spuren auch gesehen?"

„Natürlich", erwiderte der Offizier und warf ihr einen pikierten Seitenblick zu.

Ihre fast gleichmäßigen Schritte hallten dumpf. Ruth fragte sich, ob die beiden Kerle irgendwie bewaffnet waren, und wie sie auf ein Zusammentreffen mit dem Wasserwesen reagieren würden.

„Die Labortür ist doch die einzige Fluchtmöglichkeit, nicht wahr?"

„Ja." Ruth fiel ein, dass sie den Zweitschlüssel gleich am Anfang ganz nach oben in den Schrank gelegt hatte, in dem sie nun immer das Obstmesser wegschloss. Und dieser Schrankschlüssel steckte in der kleinen Fingertasche ihrer Jeans. Sie sollte am besten demnächst diesen Ersatzschlüssel auf der Brücke abgeben. Im verschlossenen Labor nutzte er niemandem.

„Wie weit ist es denn noch?", erkundigte sich der Offizier.

Ruth blieb vor der nächsten Tür auf ihrer rechten Seite stehen. „Wir sind da." Sie nahm das Schlüsselband vom Hals, schloss auf und öffnete vorsichtig die stabile Tür. Im Labor war nur die Notbeleuchtung an. Trotzdem sah sie sofort, dass Eo auf dem Metalltisch lag. „Da liegt er doch." Sie trat zur Seite und ließ die Männer herein.

„Würden Sie mehr Licht einschalten?", der Offizier sah sich um.

„Dann wird er aber wach."

„Das macht nichts."

Ruth betätigte den Schalter, die Leuchtröhren erwachten nacheinander zum Leben und erhellten den Raum. Nach dem Halbdunkel blendete das grellweiße Licht richtig. Eo richtete den Oberkörper auf und drehte sich zu ihnen. Mit beiden ausgestreckten Händen führte Ruth absenkende, beruhigende Bewegungen aus. „Sind Sie jetzt zufrieden? Wir sollten ihm nicht unnötig Angst machen."

Der Offizier ging dennoch einige Schritte vor und betrachtete das Wasserwesen mit prüfender Miene.

Anschließend kam er zurück, stellte sich vor Ruth und sagte: „Alles in Ordnung. Wir gehen dann wieder. Seltsam, dass es keinen Zweitschlüssel auf der Brücke gibt. Schließen Sie ordnungsgemäß ab. Gute Nacht noch, Frau Naumann."

„Das wird ja wohl nichts mehr", entgegnete sie verdrossen. Den Schlüssel konnte sie ein andermal da oben abgeben.

„Tut mir leid. Aber wir müssen uns an die Vorschriften halten." Der Offizier verließ das Labor, gefolgt vom Matrosen.

Ruth winkte Eo zu und dachte bewusst: Schlaf wieder ein. Die Schritte der Männer waren nicht mehr zu hören. Von Eo kam nichts. Er lag wieder auf dem Rücken.

„Du brauchst gar nicht so unschuldig zu tun", sagte sie und löschte das große Licht. Sie trat auf den Gang, zog die Tür zu und schloss sie ab.

Ruth war schon lange nicht mehr so früh beim Frühstück gewesen, obwohl sie die halbe Nacht nicht geschlafen hatte. Als sie um kurz vor Vier wieder in die hell erleuchtete Kabine gekommen war, hatte Linda gespannt auf sie gewartet. Sie hatte zwar ihren Jogginganzug ausgezogen und lag im Bett, aber sie war hellwach und wollte alles ganz genau wissen. Ruth hatte ihr sämtliche Einzelheiten erzählt, bis auf den Verdacht auf Eos Frau. Anschließend hatte sie sich auch ihres Anzugs entledigt und war hoch in ihr Bett gestiegen. Linda hatte das große Licht ausgeschaltet, ihre Leselampen folgten kurz darauf.

So lagen beide ungefähr eine halbe Stunde in der dunklen Stille mit ihren rasenden Gedanken, bis Linda flüsternd nachfragte, ob Ruth schon schliefe. Die verneinte sofort und knipste ihre Lampe wieder an. Sie einigten sich darauf, dass sie jetzt sowieso nicht mehr schlafen könnten und es sich auch nicht mehr lohnte. Also unterhielten sie sich noch eine Zeit lang, bis Linda als erste unter die Dusche ging.

Nun saßen sie mit Jochen Baum und Jens Förster beim Frühstück, die ihrer Geschichte aufmerksam gelauscht hatten. Die beiden Frauen fühlten sich nach der doppelten Ration Kaffee relativ frisch.

„Ich hatte schon ein mulmiges Gefühl bei dem Gedanken, dass hier auf dem Schiff ein anderes Wasserwesen herum geschlichen ist", sagte Linda.

„Die tun doch nichts", meinte Ruth. „Die sind harmlos."

„Immerhin wollte es ja wohl eindeutig unser Exemplar befreien", erwiderte Jens.

„Das wär ja was gewesen", sagte Jochen, „wenn ausgerechnet heute, wo die hohen Tiere kommen, das Wasserwesen verschwunden wäre. Das hätte aber Ärger gegeben."

„Davon kannst du ausgehen", Ruth sah im Geiste den tobenden Falk vor sich.

„Wann kommen die denn heute?", fragte Linda.

„Laut Paul", antwortete Jens, „sollen die heute Vormittag an Bord kommen. Die wollten einen Nachtflug nehmen."

„Bestimmt Businessclass", vermutete Linda. „Oder gleich mit ´ner Regierungsmaschine. Auf jeden Fall sehr bequem und nobel."

Jochen stimmte ihr mit vollem Mund zu.

„Paul soll die Delegation ja hier begleiten", Ruth verkniff sich jegliches Lästern.

Jens nickte. „Er ist auch ungewohnt aufgeregt wegen dieses Staatssekretärs."

„Tussmann heißt der", warf Ruth ein.

„Übernachten die dann auch alle hier auf dem

Schiff?", fragte Linda. „Es gibt doch bestimmt gar keine freien Kabinen."

Jens stellte seine Tasse ab und sagte: „Paul meinte, die kommen mit einem gecharterten Schnellboot, gucken sich alles hier an, informieren sich und lassen sich spätestens zur Dämmerung wieder an Land bringen."

„Die werden ihre schicken Hotelzimmer ja auch nicht mit einem Etagenbett tauschen wollen", Linda verzog zynisch den Mund.

„Nur kein Neid", Jochen schmunzelte.

„Ich doch nicht!", entrüstete sich Linda gespielt. „Ich finde es toll und erzieherisch wertvoll, so ein Etagenbett wie meine Kinder zu benutzen."

Alle vier lachten. An den Nachbartischen wunderte man sich über ihre gute Laune zu so früher Stunde.

Ruth beobachtete Eo, wie er zuerst seine Leckerbissen vom Frühstücksteller genoss. Er konnte ja beides gleichzeitig: essen und Gedanken übermitteln. *Was waren das denn für Männer heute Nacht? Was wollten die?*

„Das war der Schiffsoffizier vom Dienst und ein Matrose, der Wache hatte. Kannst du dir nicht denken, weshalb die hier waren?", fragte sie scheinheilig.

Eo kaute unbeteiligt weiter und schüttelte den Kopf.

„Stell dir vor, der Matrose hat bei seinem Rundgang auf Deck nasse Schwimmflossenabdrücke entdeckt." Sie machte eine Pause, doch von ihm kam nichts. „Denen ist er gefolgt und hat gerufen, wer da sei. Dann hörte er, wie jemand auf der anderen Seite laut ins Wasser sprang. Deshalb nahmen die an, du wärst aus diesem Raum und vom Schiff geflohen. Und das wollten sie in der Nacht überprüfen. Was sagst du dazu?", sie sah ihn erwartungsvoll an.

Als sich ihre Blicke trafen, zog ein breites Grinsen seine Mundwinkel hoch. Er wirkte wie ein ertappter Lausbub mit Glatze.

„Wir hatten doch ausgemacht, dass deine Frau auf keinen Fall mehr in die Nähe des Schiffes kommen sollte, und natürlich erst recht nicht an Bord. Hast du ihr das nicht eindeutig zu verstehen gegeben?"

Doch, hab ich. Aber Frauen hören nun mal nicht immer auf ihre Männer. Das ist bei uns auch nicht anders. Ia ist da wie du, die hat auch ihren eigenen Kopf und Willen. Du lässt dir doch von Männern genauso wenig gefallen.

Ein Lächeln huschte über Ruths Gesicht. „Das ist sehr gefährlich für sie. Sie wird sonst eingefangen und eingesperrt. Ein Kollege von mir ist ganz erpicht auf ein zweites Exemplar von euch. Und wenn sie dann sogar ein Paar hätten, würden sie mit der klinischen Züchtung von Nachkommen beginnen, und ihr wärt auf ewig gefangen."

Das wäre ja schrecklich.

„Finde ich auch. Deshalb musst du mir noch mal versprechen, dass du Ia das unmissverständlich mitteilst, wenn sie das nächste Mal mit dir Kontakt aufnimmt. Versprich mir das."

Eo nickte. *Ich verspreche es.*

„Gut. Es ist nur zu ihrem besten."

Jetzt haben wir uns gegenseitig Versprechen gegeben.

„Und werden sie auch einhalten."

Ja.

„Dann wird alles gut ausgehen."

Was bedeutet klinische Züchtung? Könnten wir so

doch noch ein Kind bekommen?

„Nur auf unnatürlichem Weg. Da würde ihre entnommene Eizelle mit deinem Samen in einem Glas künstlich befruchtet. Und das so erschaffene Lebewesen würde in einem Labor aufwachsen, ohne seine leiblichen Eltern."

Ohne Berührungen und Liebe?

„Ja."

Das wollen wir nicht.

„Dachte ich mir."

Eo nahm eine ihm noch unbekannte Dattel zwischen zwei Finger und betrachtete sie von allen Seiten. Dann biss er ein winziges Stück ab, kaute und streckte begeistert den Daumen hoch.

Ruth schaute zu, wie es ihm schmeckte. Es war erstaunlich, mit welcher Feinmotorik er die Datteln behandelte, obwohl seine großen Hände mit den Schwimmhäuten und langen Fingernägeln ziemlich grobschlächtig aussahen. Sein Essen war auch stets von würdevoller Ästhetik geprägt, da gab es kein Schlingen, Mampfen oder Schmatzen. An ihm konnten sich viele deutsche Männer ein Beispiel nehmen, besonders Rudolf.

Sie sah ihm gerne zu und empfand große Zuneigung für Eo. Wenn sie ganz ehrlich zu sich selbst war, dann mehr als jemals für einen anderen Menschen, einschließlich ihrer Eltern. Sie musste ihn unbedingt beschützen, ihr Versprechen einhalten und ihm die Freiheit geben.

Doch möglichst ohne drastische Nachteile für sie. Sie hatte keine Angst vor dem Ärger mit ihren Vorgesetzten, sondern würde den heftigsten Anschissen ungerührt standhalten und auch eine gewisse Degradierung ertragen. Aber sie durfte auf keinen Fall ihren Arbeitsplatz am Institut verlieren. Die

Meeresforschung war ihr einziger Lebensinhalt. Sie hatte nichts anderes. Wenn man sie entlassen würde, hätte sie absolut nichts mehr und würde in ein Loch fallen, so schwarz wie die Tiefsee.

Sie musste überlegen und sich einen für sie sicheren Weg ausdenken.

21

Sie standen wieder vor der Weltkarte.

Und wo kommen diese leckeren Datteln her?

Ruth zeigte auf Marokko. „Die wachsen überall in Nordafrika", ihr Finger folgte der Küstenlinie, „und im Orient." Sie machte einen Schlenker in Ägypten, der den Nil mit einschloss, und nach Israel zog sie einen Kreis über der arabischen Halbinsel.

Wachsen die an Bäumen?

„Ja, an der Dattelpalme. Um die zu ernten, muss man wohl gut klettern können."

Das kann ich nicht. Eo schob die Unterlippe schmollend vor und deutete auf seine riesigen Füße.

„Dafür bist du im Wasser unschlagbar. Man muss nicht alles können."

Es klopfte zweimal an der Tür, gefolgt von einem „Hallo?"

Ruth befürchtete schon Tussmanns Ankunft. Sie ging hin und erkundigte sich, wer da sei.

„Hier ist Asena."

Ruth ließ sie herein und schloss gleich wieder ab. Sie begrüßten sich.

Asena wedelte mit zwei Blättern. „Ich hab hier die DNA-Analyse und die vergessenen Urinwerte."

„Das ist prima."

Asena entdeckte Eo vor der bunten Weltkarte. Sie hob die Hand, er erwiderte ihren Gruß. „Oh, gibst du ihm Geografieunterricht?"

„Ja. Er ist sehr interessiert."

Asena nickte leicht verunsichert und wandte sich ihr zu. „Ich bin extra früh gekommen, damit du deinem hohen Besuch Fakten über die Gene des Wasserwesens mitteilen kannst."

„Das ist gut."

„Außerdem wird es hier ja bald überfüllt sein."

Ruth rollte mit den Augen. „Wenn es mir zu viel wird, schmeiß ich die alle raus."

„Dann bist du aber garantiert unverzüglich ebenfalls draußen."

„Das befürchte ich auch." Ruth schielte auf das Blatt mit den farbigen Markierungen. „Und was hast du entdeckt?"

„Also. Das Erbgut deines Freundes hier ist zu 98,6 Prozent identisch mit einem Mann unserer Rasse. Das bedeutet, dass die Ähnlichkeit wahrscheinlich größer ist als zwischen mir und meinem Mann", Asena zog die Augenbrauen hoch und lächelte. „Weil die Differenz zwischen den Geschlechtern ja über zwei Prozent betragen kann."

Ruth dachte sofort an Rose Gillen in Australien und ihre Lästereien über Männer. „Dann sind wir mit ihm mehr verwandt als mit irgendeinem anderen Hominiden?"

„Genau. Jedenfalls mit denen, die uns bekannt sind. Seine Art hier", Asena wies mit dem Kopf zu Eo hin, „kannten wir ja auch noch nicht."

„Da hast du recht." Nur Nils Unger wusste von ihnen seit 1962, dachte Ruth.

„Gut. Ich muss auch wieder zurück ins Labor. Ich wollte dir das hier", Asena übergab ihr die Papiere, „nur schnell vorbeibringen. Und behalte die Nerven, wenn die Meute dich zu sehr bedrängt."

„Ich geb mir Mühe."

„Dann kannst du mich wieder rauslassen", sagte Asena mit einem letzten Blick auf das Wasserwesen, das immer noch die Weltkarte studierte.

Ruth schreckte auf, als das Telefon neben ihr klingelte. Sie schaute zur Uhr. Sie hatte tatsächlich fast eine Stunde am Computer gearbeitet und die neuen Informationen von Asena ihrem Bericht hinzugefügt, während Eo im Aquarium herum plantschte.

Sie nahm das Telefon und meldete sich.

„Guten Morgen, Frau Naumann. Hier ist Falk. Staatssekretär Tussmann ist mit seiner Besuchergruppe gerade an Bord gekommen. Würden Sie dann bitte in den großen Besprechungsraum kommen?"

„Ja. Ist gut." Sie saß in Blickrichtung zu Eo, der jetzt auf dem Rand des Glaskastens lehnte und sie beobachtete. Er hatte also keinen Grund, ihre Hörgeräte piepen zu lassen.

„Und bringen Sie Ihre gesamten Papiere mit. Ganz besonders alle neuen Daten und Erkenntnisse."

„Mach ich."

„Bis gleich, Frau Naumann", beendete Falk das Gespräch.

Ruth steckte das Telefon in die Station, druckte noch die neuen Seiten aus und heftete sie in ihre Mappe. Anschließend fuhr sie den Computer runter, nahm ihre Unterlagen und ging zum Aquarium. „So, ich muss jetzt zu einer längeren Besprechung."

War das dein Vorgesetzter, der Bilder von mir gemacht hat?

„Ja. Jetzt ist mein Ober-Vorgesetzter aus Deutschland auf dem Schiff angekommen. Und er hat noch mehrere wichtige Leute von anderen Ministerien mitgebracht. Die sind alle neugierig auf dich."

Aber die werden mich doch nicht mitnehmen? Eo sah sie besorgt an.

Ruth schüttelte den Kopf. „Das werde ich zu verhindern wissen. Du hast doch mein Versprechen."

Ich vertraue dir.

„Die werden auch alle hier reinkommen, um dich

leibhaftig zu begutachten. Du brauchst aber keine Angst zu haben, es wird dir nichts passieren."

Soll ich mich irgendwie besonders verhalten? Soll ich mit denen reden wie mit dir?

„Nein. Das würde die nur verrückt machen – und noch gieriger auf dich. Außer mit mir gilt für dich strikte Funkstille. Selbst wenn ich das verlangen sollte. Ansonsten verhältst du dich ganz normal. Wenn ich dich um einige Kunststücke bitte, dann führst du die auch aus."

Was ist Funkstille? Und was sind Kunststücke?

„Bei Funkstille werden keine Nachrichten gesendet. Und Kunststücke sind Bewegungen oder Sachen, die man vorher übt und dann anderen Leuten vorführt."

Also wenn du sagst, ich soll einen Arm heben oder den Mund öffnen, und ich mache das dann.

„Genau."

Aber wenn einer von den anderen was will, soll ich so tun, als ob ich nichts verstehe.

„Richtig. Wir spielen denen etwas vor. Alles klar, Eo?"

Alles klar, Ruth.

„Dann bis später. Aber das kann dauern."

Verstanden. Eo hob die Hand und tauchte unter.

Als Ruth den Raum betrat, zählte sie ohne Falk und Paul fünf Männer und eine Frau am großen ovalen Tisch. Falk stand sofort auf, kam ihr entgegen und gab ihr die Hand. Die anderen erhoben sich ebenfalls. Falk stellte Ruth kurz vor und absolvierte mit ihr die Begrüßungsrunde, natürlich begann er beim Ranghöchsten.

„Das ist Staatssekretär Tussmann von unserem Forschungsministerium." Er war jünger, als Ruth erwartet hatte und lächelte sie freundlich an.

„Herr Dornberg vom Verteidigungsministerium." Er hatte eine Halbglatze, eine runde Brille und nickte ohne eine Gesichtsregung.

„Frau Dr. Adler vom Gesundheitsministerium." Das ist die Quotenfrau, dachte Ruth. Weil sie zu aufgedonnert für ihr Alter war, fand sie die unsympathisch.

„Herr Wildeck vom Bundesnachrichtendienst." Der sah mit seinem Übergewicht und den dicken Brillengläsern absolut nicht aus wie ein Spion.

„Herr Schäfer vom Außenministerium." Er war ein Schönling mit grauen Schläfen, hatte aber einen feuchten Händedruck.

„Herr Zwirn hier ist Abteilungsleiter im Forschungsministerium." Die buschigen Augenbrauen über seiner dunklen Hornbrille verliehen ihm ein grimmiges Aussehen.

„Und Herrn Jäger vom Personalrat kennen Sie ja bereits gut aus Kiel."

„Guten Morgen, Ruth", machte Paul gleich einen auf netten Kumpel.

Sie behandelte ihn ebenso wie die anderen, was sein Grienen schnell auflöste.

„Frau Naumann, setzen Sie sich doch bitte auf den Platz", Falk deutete auf die rechte Stirnseite.

Nachdem sich alle gesetzt hatten, ergriff Tussmann – ihr gegenüber am anderen Ende – das Wort: „Frau Naumann, Sie sind ja nun die Bezugsperson dieses Wasserwesens und die einzige", seine Finger machten Anführungsstriche in der Luft, „Gesprächspartnerin bis jetzt. Wir haben alle Ihren interessanten Bericht gelesen und die Bildaufnahmen gesehen. Sie werden verstehen, dass wir trotzdem noch viele Fragen an Sie haben. Jeder wahrscheinlich speziell für sein Fachgebiet. Deshalb schlage ich vor, dass abwechselnd jeder hier am Tisch eine Frage stellt, die Sie dann gleich beantworten. Dr. Falk und Herr Jäger können wir wohl auslassen, weil die ja schon umfassend informiert sind. Am besten geht das im Uhrzeigersinn reihum. Sind Sie damit einverstanden?"

„Ja", Ruth nickte und registrierte die Verärgerung auf Pauls Gesicht.

Zwirn legte ein modernes Gerät in die Mitte des Tisches und fragte: „Hat einer der Anwesenden etwas dagegen, dass unsere Gesprächsrunde aufgenommen wird?"

Niemand meldete sich, einige schüttelten den Kopf. Vor jeder der neun Personen stand eine Flasche Wasser mit Schraubverschluss und ein Glas. Zwirn, Dornberg und der vom BND hatten einen Notizblock mit Kuli vor sich liegen.

Tussmann: „Gut. Dann erlaube ich mir, gleich anzufangen. Sind diese Mitteilungen, die Sie durch Gedankenübertragung vom Wasserwesen empfangen, so eindeutig und differenziert wie eine sprachliche Nachricht?"

Ruth: „Ja." Hätte ich das bloß nie Falk erzählt, dachte sie. „In meinem Kopf kommt es genauso an, als ob er es zu mir gesagt hätte."

Frau Adler: „Und wie antworten Sie darauf? Auch nur mit Gedanken?"

Ruth: „Das könnte ich. Aber das ist mir zu umständlich, deshalb spreche ich ganz normal zu ihm."

Zwirn: „Kennt er denn alle Wörter und Ausdrücke?"

Ruth: „Nein, nein. Wenn er etwas nicht versteht, fragt er nach. Bei Wortschöpfungen wie 'Wolkenkratzer' oder Redewendungen wie 'Löcher in den Bauch fragen'." Sie bemerkte verwunderte Blicke in der Runde.

Wildeck: „Was haben Sie überhaupt für eine Erklärung dafür, dass seine Mitteilungen auf Deutsch bei Ihnen ankommen?"

Ruth: „Genau weiß ich das natürlich nicht. Aber ich nehme an, dass er die universale Aussage eines Satzes an mein Gehirn sendet. Egal, welche Sprache der Empfänger auch beherrscht. Es ist so wie bei einer Übersetzung."

Dornberg: „Und auch wenn Sie nichts sagen, kann er Ihre Gedanken lesen?"

Ruth: „Ja. Meine Stirn muss aber in seine Richtung zeigen. Wenn ich ihm den Rücken zuwende, klappt es nicht." Dieser Typ vom Verteidigungsministerium hat ein richtiges Pokerface, dachte sie.

Schäfer: „Meinen Sie, dass diese Telepathie bei allen Menschen funktioniert? Also auch bei uns?"

Ruth: „Ich glaube schon. Allerdings nur, wenn er es will. Herr Falk äußerte mal die Vermutung, dass ich seine Übertragung so klar empfangen könnte, weil ich zwei Hörgeräte habe." Dornberg notierte sich etwas auf seinem Block. „Dass die praktisch die Signale von ihm verstärken und besser in Sprache umsetzen würden." Falk nickte zwar, schien aber nicht erfreut über ihre Bemerkung zu sein.

Falk: „Aber er hat Ihnen doch gesagt, dass sich sein Volk nur durch Gedankenübertragung verständigt."

Ruth: „Richtig. Über geringe Entfernungen", log sie.

Tussmann: „In welcher Distanz? So wie hier oder weiter?"

Ruth: „Ungefähr so wie wir beide. Über ein paar

Meter.“

Frau Adler: „Sind diese Wesen immer nackt? Das ist doch eigentlich recht primitiv und steht im Widerspruch zu ihren geistigen Fähigkeiten.“

Ruth: „Ich würde es nicht primitiv nennen, sondern ursprünglich und natürlich.“ Die Frau schoss vernichtende Blicke auf sie ab. „Außerdem ist es sehr praktisch, wenn man im Wasser lebt. Da wäre ja nur ein Neoprenanzug geeignet.“ Ohne ihre Bemalung, den Schmuck und die schicken Klamotten kommt die sich bestimmt auch nackt vor, dachte Ruth.

Zwirn: „Wie dick ist seine Haut? Hat er auch eine Fettschicht zur Isolierung wie andere Meeressäuger?“

Ruth: „Die Haut konnte ich hier nicht messen. Hier ist ja kein Ultraschallgerät an Bord.“

Tussmann: „Ich bin zwar noch nicht dran, aber ich möchte gleich etwas dazu sagen. Auf einem Schiff hat man natürlich nicht die diagnostischen Möglichkeiten wie in einer stationären Einrichtung. Höchstens auf einem Flugzeugträger. Das Innenleben dieses Wesens wird bald noch ausführlich untersucht werden.“ Mit einer Armbewegung übergab er an den BND-Mann.

Bei Ruth schrillten sämtliche Alarmglocken.

Wildeck: „Haben die Frauen bei denen auch zwei Brüste?“ Hinter den dicken Brillengläsern wirkten seine Augen wie die eines Lüstlings.

Ruth: „Ja.“ Wahrscheinlich wünscht er sich welche mit mehr Brüsten, dachte sie.

Dornberg: „Wie lang kann er beim Tauchen die Luft anhalten?“

Ruth: „Ich habe mal 13 Minuten im Labor-Aquarium gemessen. Aber ich weiß nicht, ob das schon das Maximum war."

Schäfer: „Hat er auch so etwas wie eine Familie?"

Ruth: „Er hat eine Frau. Sein einziger Sohn ist schon als Kleinkind gestorben. Vermutlich an Umweltgiften."

Tussmann: „Keine Spekulationen bitte, Frau Naumann!" Seine Freundlichkeit war verschwunden.

Ruth: „Das sind Tatsachen. Ich habe hier die toxikologischen Laborwerte", sie tippte energisch auf ihre Mappe. „In seinem Blut sind gefährliche Mengen an Schwermetallen, Pflanzenschutzmitteln und radioaktiven Stoffen. Viele dieser Mittel führen auch zu Unfruchtbarkeit und Erbgutschäden. Deshalb gibt es bei den Wasserwesen nur noch wenig gesunden Nachwuchs. Er befürchtet, dass sie bald aussterben werden." Sie sah Tussmann trotzig an, doch der erwiderte nichts.

Frau Adler: „Wie viele gibt es denn von denen? Haben Sie da eine ungefähre Vorstellung?"

Ruth schüttelte den Kopf: „Nein."

Zwirn: „Aber es gibt schon mehr als nur ein paar übriggebliebene Exemplare?"

Ruth: „Natürlich. Einige tausend bestimmt." Sie ärgerte sich über seinen gefühlskalten Zynismus.

Wildeck: „Leben die in allen Meeren oder nur da, wo es warm ist?"

Ruth: „Sie sind auch im Nordatlantik gewesen." Das mit den Wikingern behielt sie für sich. „Hauptsächlich leben sie aber in milderen Gefilden."

Dornberg: „Haben die denn geografische Kenntnisse?"

Ruth: „Sie orientieren sich anders als wir. Aber sie kennen alle Meere und Küsten. Ich habe jetzt eine Weltkarte im Labor aufgehängt, auf der ich ihm schon einiges gezeigt habe." Wieder sah sie befremdete Mienen.

Schäfer: „Erkunden die auch das Land?"

Ruth: „Ja. Die kennen Tempelanlagen und Wolkenkratzer oder Früchte wie Bananen und Kiwis."

Tussmann: „Aber wieso wurden die bei ihren Ausflügen bis jetzt niemals irgendwo gesichtet?"

Ruth: Doch, wurden sie, dachte sie. „Aus Vorsicht haben die sich immer versteckt gehalten und Städte nur bei Nacht besucht. Wahrscheinlich wurden sie auch schon mal beobachtet. Aber ganz ehrlich: Wer würde das ernsthaft glauben?" Sie musste sich beherrschen, um nicht zu kichern.

Tussmann ergriff nochmal das Wort: „Immerhin soll es dieses Volk ja schon mindestens seit 30.000 Jahren geben, wenn es stimmt, dass sie die Neandertaler kannten." Er öffnete zischend seine Flasche und goss sich Wasser ein. Das war anscheinend ein Signal für die anderen, denn sie folgten seinem Beispiel.

22

Nach einer kurzen Trink- und Toilettenpause ging es weiter. Zwirn schaltete das Aufnahmegerät wieder ein.

Frau Adler: „Und dieser Flossenmensch ernährt sich rein vegetarisch?"

Ruth: „Ja. Von Seetang und anderen Algen. Da die sehr reich an Mineralstoffen und Vitaminen sind, hat er auch keine Mangelerscheinungen. In dem Punkt hat er das Blutbild eines gesunden Veganers."

Frau Adler: „In China wurde das schon vor 4.500 Jahren überliefert. Da werden jährlich drei Millionen Tonnen davon verzehrt."

Ruth nickte nur. Die schien sich ja damit auszukennen. Wahrscheinlich schmierte die sich jeden Abend eine Algencreme aufs Gesicht.

Zwirn: „Und was geben Sie ihm hier zu essen?"

Ruth: „Mittlerweile hat er alles mal probiert, auch Brötchen und gekochte Kartoffeln. Aber hauptsächlich isst er Rohkost und Obst. Erdbeeren und Datteln sind momentan seine Favoriten."

Wildeck: „Lehnt er tierische Nahrung kategorisch ab? Also auch Muscheln, Krabben oder Eier?"

Ruth: „Ja. Die Wasserwesen würden ein Tier nur im Ausnahmefall wie absoluter Notwehr töten. Sie gehen gefährlichen Meeresbewohnern grundsätzlich aus dem Weg. Sie leben mit der Natur und allen Lebewesen im Einklang. Sie verurteilen auch unser Töten von Meerestieren und befreien nach Möglichkeit die Fische aus den Netzen. Bei so einer Aktion wurde auch unser Exemplar gefangen." Paul wirkte überrascht und dann so, als ob er einen Einfall hatte.

Dornberg: „Bei Ihnen hört sich das so an, als ob

Sie sich mit ihm richtig unterhalten würden."

Ruth: „Das tue ich auch. Gerade über das Thema fleischlose Ernährung. Die Wasserwesen glauben, dass wir so aggressiv sind und dauernd Kriege führen, weil wir massenhaft Tiere töten. Dieses viele Blutvergießen und das Essen von Fleisch würde uns gewalttätig machen."

Schäfer: „Das ist ja wohl etwas zu vereinfacht. Sind Sie zufällig Vegetarierin, Frau Naumann?"

Ruth: „Nein, bin ich nicht. Aber seine Argumente haben mir sehr zu denken gegeben. Ich werde meinen Fleischkonsum auf jeden Fall reduzieren. Das passt ja auch genau in unsere ökologische Problematik. Tierische Kalorien verbrauchen zur Herstellung erheblich mehr Energie als pflanzliche. Und verursachen zusätzlich noch mehr Treibhausgase. Eine Steigerung der vegetarischen Ernährung wäre ein effektives Mittel gegen die Klimaerwärmung."

Tussmann: „Wir wollen doch nicht zu sehr abschweifen. Kann er als Artfremder das überhaupt beurteilen? Hat er ausreichend Informationen über uns? Hat er ethische Maßstäbe?"

Ruth: „Nun, sein Erbgut ist immerhin zu 98,6 Prozent identisch mit Ihrem. Das ist eine höhere Verwandtschaft, als zwischen uns beiden besteht, Herr Tussmann." Sie funkelte ihn kampflustig an und ignorierte Falks strafenden Blick. Frau Dr. Adler schien sich zu amüsieren. „Die Geschlechterdifferenz bei der DNA dürfte Ihnen ja bekannt sein."

Tussmann: „Durchaus", seine Augen hatten sich verengt. „Sie verteidigen dieses Wesen ja wie einen guten Freund."

Ruth: „Das ist er auch." Vorsichtig, ermahnte sie sich, nicht zu viel preisgeben. Halt dich zurück.

Frau Adler: Wie kann er problemlos das Meerwasser vertragen? Wie hoch war der Salzgehalt in seinem Urin?"

Ruth: „Der war nur etwas erhöht. Das lag aber daran, weil er vor der Probe fast zwei Tage lang nur Mineralwasser getrunken hatte. Eventuell scheiden sie Salz aber auch über die Haut aus."

Zwirn: „Wie schlafen die eigentlich da mitten im Meer?"

Ruth: „Sie treiben in Rückenlage auf dem Wasser."

Wildeck: „Haben die einzelnen Personen bei denen auch Namen?"

Ruth: „Nein." Bei manchen Leuten hatte sie keinerlei Hemmungen zu lügen.

Dornberg: „Glauben Sie, dass dieses Wesen auch Telekinese beherrscht?"

Ruth: „Nein." Die Militärs wären garantiert begeistert, wenn er Gegenstände mit seinen übersinnlichen Kräften bewegen könnte. Zum Beispiel Flugzeuge vom Himmel holen oder Panzer aus dem Weg schmeißen.

Schäfer: „Wie leben die denn zusammen? Jede Familie isoliert für sich oder in Gruppen?"

Ruth: „Die Familien leben in Sippen beieinander. Diese bilden gemeinsam so etwas wie eine Gemeinde."

Tussmann: „Und wer hat das Sagen? Wie wird man da Häuptling oder so?"

Ruth: Nicht durch Arschkriechen wie bei uns, dachte sie. „Es wird alles basisdemokratisch beschlossen. Es gibt keine Hierarchie. Allerdings wird auch die Erfahrung und Lebensweisheit der älteren Generation geschätzt, sodass bei den Sippen die Familienoberhäupter entscheiden. Und überregional gibt es einen Ältestenrat, der gewählt wird."

Frau Adler: „Sind auch Frauen in dieser Position?"

Ruth: „Ja. Bei den Wasserwesen besteht wirklich Gleichberechtigung. Anders als bei uns."

Die Mienen von Tussmann und Falk verzogen sich verächtlich.

Zwirn: „Was meinen Sie mit überregional?"

Ruth: „Sie leben ja als Nomaden im Meer und wandern im Laufe der Zeit durch große Gebiete. Um Entscheidungen zu fällen, die alle überall betreffen, gibt es diesen weltweiten Ältestenrat."

Wildeck: „Aber wie können die sich über so weite Entfernungen verständigen und verabreden?"

Ruth: „Keine Ahnung."

Dornberg: „Ich muss noch mal auf Telekinese zurückkommen. Können wir hier nicht ein kleines Experiment durchführen, ob er Gegenstände wie einen Kuli oder ein Glas bewegen kann?"

Ruth: „Wenn Sie darauf bestehen", sie warf ihm einen genervten Seitenblick zu.

Dornberg: „Ich finde es sehr wichtig."

Ruth: „Meinetwegen." Plötzlich hatte sie Angst, dass Eo das tatsächlich konnte.

Schäfer: „Und diese Wasserwesen leben absolut friedlich untereinander? Es muss doch Rivalitäten zwischen den Sippen geben, um die besten Seegraswiesen oder so."

Ruth: „Sie kämpfen niemals miteinander und wenden keine körperliche Gewalt an. Ein Streit wird ausdiskutiert und durch einen Kompromiss beigelegt."

Tussmann: „Das scheinen ja die reinsten Supergeschöpfe zu sein", er verzog spöttisch den Mund. „Und weil sie so artig und zurückhaltend sind, fielen sie in den letzten Jahrhunderten noch niemandem auf."

Ruth: „Auf jeden Fall sind sie in manchen Bereichen viel weiter als wir, viel menschlicher."

Tussmann: „Obwohl ich mir so ein Treffen ihres Welt-Ältestenrats schwer vorstellen kann. Soll das so etwas sein wie unsere UN-Vollversammlung? Und die schwimmen dann über tausende von Kilometern zu diesem Treffpunkt?"

Ruth: Oder reiten auf Walen, fiel ihr ein. „So viele Personen wie bei den Vereinten Nationen werden es sicherlich nicht sein. Aber wie so eine Besprechung abläuft, weiß ich natürlich nicht."

Frau Adler: „Apropos Besprechung. Können diese Wesen denn artikulierte Laute von sich geben? Oder konnten sie es früher mal?"

Ruth: „Anscheinend nicht. Er meinte mal, dass sie das Sprechen ja nicht nötig hätten."

Zwirn: „Sie scheinen sich ja rege mit ihm zu unterhalten. Also, Sie reden und er antwortet mit Gedanken?"

Ruth: „Richtig. Aber ich könnte auch schweigen und nur daran denken. Wir haben schon über viele Themen diskutiert."

Wildeck: „Diese Gesprächstechnik könnten wir beim Geheimdienst sehr gut gebrauchen", er wirkte belustigt.

Ruth reagierte nur mit einem Schulterzucken.

Dornberg: „Nicht nur da. Stellen Sie sich mal Kampfeinheiten vor, die lautlos und ohne Geräte miteinander kommunizieren können. Und ohne abgehört zu werden."

Ruth: „Ihre Überlegungen finde ich erschreckend."

Dornberg: „Ich arbeite beim Verteidigungsministerium", er machte eine entschuldigende Geste. „Was erwarten Sie da?"

Schäfer: „Gab es denn noch andere historische

Begegnungen wie mit den Neandertalern?"

Ruth: „Davon weiß ich nichts." Sollten doch die Wikinger weiterhin als super Seefahrer und die ersten Entdecker von Amerika gelten.

Tussmann: „Oder Berichte über gewaltige Ereignisse wie die Sintflut oder den Ausbruch des Vesuvs, der Pompeji zerstörte?"

Ruth: Nach der Sintflut muss ich ihn mal fragen, dachte sie. „Besonders vom Zweiten Weltkrieg hier im Pazifik hat er einiges erzählt. Von den Atombomben-Pilzen in Japan, sinkenden Kriegsschiffen und abgestürzten Flugzeugen. Als Kind hat er in den Wracks gespielt und auch viele Skelette gesehen."

Frau Adler: „Das muss ja beeindruckend sein, ein untergehendes Schiff unter Wasser zu beobachten."

Ruth: „Vor allem ist es schrecklich. Die Wasserwesen haben dabei auch Soldaten vor dem Ertrinken gerettet."

Zwirn: „Und das wurde nirgendwo gemeldet und vermerkt?", seine markanten Augenbrauen hoben sich. „Das ist doch merkwürdig. Von derart ungewöhnlichen Lebensrettern muss doch berichtet worden sein. Solche ungeklärten Seenotrettungen wurden doch meistens Delfinen zugeschrieben."

Ruth: Sofort fiel ihr der Zwergwal vor Island ein, der von einem Wasserwesen geritten wurde und mit ihm abtauchte. Womöglich benutzten die auch Delfine als schnelles Fortbewegungsmittel. Deshalb waren die an den Kontakt mit Menschen gewöhnt. „Vielleicht haben die Geretteten gar nicht mitgekriegt, wer sie da geborgen hatte. Oder sie haben es selbst nicht geglaubt und für eine Halluzination durch Sauerstoffmangel gehalten."

Wildeck: „Bestimmt war es den Soldaten peinlich, ihren Kameraden von Schutzengeln mit Schwimmflossen zu erzählen." Seine Bemerkung sorgte für Erheiterung in der Runde.

Ruth zuckte nur mit der Schulter und fand das nicht lustig.

Dornberg: „Ich stelle mir gerade vor, wie so ein Wesen unter Wasser unbemerkt ein feindliches U-Boot berührt, die Gedanken der Besatzung hinter der Stahlwand liest und sie durch Telepathie zu selbstmörderischem Handeln bringt."

Ruth: „Für einen Militär haben Sie ja eine erstaunliche Fantasie."

Dornberg: „Die braucht man auch bei der Armee. Wie bei jeder Arbeit."

Ruth: „So so." In den KZ´s hatten die sie auch.

Schäfer: „Wie tief können die eigentlich tauchen?"

Ruth: „Das weiß ich noch nicht."

Tussmann: „Es wird Zeit, dass es geröntgt wird. Noch besser ist natürlich ein CT, ein Ganzkörper-Scan. Dann kennen wir sein Lungenvolumen und seine gesamte Anatomie. Eventuell hat er ja extra Organe zum Druckausgleich."

Ruth: „Das wäre sehr informativ." Der hatte anscheinend eindeutige Pläne, die bald verwirklicht werden sollten.

Frau Adler: „Aber ob dieses Geschöpf diese ganzen Untersuchungen freiwillig über sich ergehen lässt?"

Ruth: „Schwer zu sagen."

Zwirn: „Frau Naumann, da Sie ja so eine enge Beziehung zu dem Wesen aufgebaut haben, wäre es sehr hilfreich, wenn Sie es bei diesem umfassenden Check-up begleiten würden. Ihre Anwesenheit würde beruhigend wirken und alles erleichtern."

Tussmann: „Sehr gute Idee. Er darf bei diesen Untersuchungen keinen Widerstand leisten."

Ruth: „Und wie stellen Sie sich das vor?"

Zwirn: „Sobald er das Schiff verlässt, sind Sie seine Begleitperson, unterhalten sich mit ihm und erklären ihm alles."

Wildeck: „Und halten ihm sein Flossenhändchen." Er kicherte und brachte durch sein Gewicht den Tisch in Schwingungen.

Ruth: Sie warf dem Dicken einen strafenden Blick zu. Der hielt sich wohl für einen Spaßvogel. „Und wo werden diese Untersuchungen stattfinden? In einem Krankenhaus auf den Philippinen?"

Tussmann: Er hatte kurzen Augenkontakt mit Falk. „Das wissen wir noch nicht genau."

Ruth: „Wirklich nicht?" Der druckste doch rum.

Tussmann: „Also ... Nun, das ist noch nicht abschließend geklärt."

Ruth: „Und was für Optionen gibt es?"

Tussmann: Er seufzte und verdrehte die Augen. „Wahrscheinlich geht es zuerst auf einen US-Flugzeugträger."

Ruth: „Wie bitte?" Also doch, dachte sie. Und wenn die Amis Eo erst mal haben, werden die ihn nicht mehr hergeben. Und was kommt danach? Ein geheimes CIA-Labor oder Guantanamo?

Tussmann: „Auf einen Flugzeugträger unserer engsten Verbündeten. Er liegt eine Hubschrauberstunde von hier entfernt."

Ruth: „Aber was hat unsere Forschung mit einem amerikanischen Kriegsschiff zu tun?" Falk sah sie warnend an.

Tussmann: „Die haben hier die Kapazitäten und wir eben nicht. Außerdem ist das Wasserwesen für viele Bereiche interessant. Diese Entdeckung ist fächerübergreifend und wird viele Ministerien und Wirtschaftszweige betreffen. So wie hier bei unserer kleinen deutschen Runde."

Ruth: „Und wann soll das geschehen?"

Tussmann zog nur eine Schulter hoch.

Ruth: „Wann?"

Tussmann: „Bald."

Ruth: „Halten Sie noch mehr solcher Hiobsbotschaften zurück?" Diese Kerle hatten alles schon bis ins kleinste ausgetüftelt.

Tussmann: „Das sind keine Hiobsbotschaften oder Geheimniskrämereien, sondern ganz normale Planungen für ein wichtiges Projekt." Er schaute auf seine Armbanduhr und gab Falk ein Zeichen.

Ruth gruselte es richtig.

23

Beim Mittagessen hatten sie sich auf zwei Tische im hinteren Bereich verteilt. Ruth saß gegenüber von Wildeck, neben dem Dornberg, Schäfer befand sich an ihrer linken Seite.

Die restlichen fünf saßen an dem Tisch hinter Wildeck, Tussmann selbstverständlich an der Stirnseite. Seltsamerweise blieb der Platz von Paul neben Zwirn frei. Beim Aufbruch zur Messe hatte er noch mit Falk getuschelt und war dann verschwunden. Paul musste schon etwas sehr Wichtiges vorhaben, wenn er dafür die karrierefördernden Tischgespräche mit den einflussreichsten Männern des Ministeriums sausen ließ.

„Frau Naumann, ist es nicht wirklich unglaublich, dass diese andersartigen Lebewesen in all der Zeit der Öffentlichkeit nicht bekannt wurden?", erkundigte sich Schäfer.

„Das liegt daran, weil wir die Meeresbewohner im Normalfall nicht wahrnehmen. Unter der Wasseroberfläche tummelt sich unsichtbares Leben. Wir sehen es nicht, aber es ist da."

„Aber die müssen doch in gewissen Abständen zum Atmen auftauchen", sagte Dornberg.

„Das müssen Delfine und Wale auch. Aber haben Sie schon mal welche gesehen, meine Herren?"

Alle drei antworteten nur mit Kopfschütteln und widmeten sich wieder ihrem Essen.

Obwohl Wildecks Mund noch nicht leer war, sprach er Ruth an: „Sie waren ja nicht erfreut davon, mit Ihrem Schützling auf einen Flugzeugträger gebracht zu werden."

„Stimmt. Wer hat die eigentlich informiert?" Seine Tischmanieren erinnerten sie an Rudolf, den sie trotzdem gelegentlich vermisste.

„Die Amis brauchen nicht informiert zu werden. Das erledigen die schon selber."

„Hören die uns etwa ab?", fragte Ruth.

„Klar." Hinter den dicken Brillengläsern wirkten Wildecks Augen wie die eines listigen Maulwurfs. „Aber nicht nur uns."

„Und das bei befreundeten Verbündeten?", entrüstete sich Ruth.

Wildeck nickte und verharrte mit dem Stück Fleisch in Mundhöhe. „Bei Freunden bieten sie ihre logistische Unterstützung an, die man nicht ablehnen kann. Bei anderen machen sie einfach, was sie wollen."

„Sie sollten nicht so negativ über unseren wichtigsten Nato-Partner reden", tadelte ihn Dornberg.

Wildeck reagierte nur mit einem geringschätzigen Gesichtsausdruck, bevor er sich wieder den Mund füllte.

„Aber immerhin sollte man doch seinen Verbündeten trauen können", gab Ruth zu bedenken.

„Das können wir auch", erwiderte Dornberg.

Wildeck schluckte und sagte: „Unsere amerikanischen Freunde haben bis jetzt immer alles bekommen, was sie wollten. Das wird ganz oben entschieden."

Schäfer entfernte wie ein Chirurg ein winziges Stück Fett von seinem Fleisch.

„Weil die ganz andere Möglichkeiten haben", meinte Dornberg. „Und sie sind in allen Bereichen viel besser ausgerüstet."

„Herr Wildeck, wann soll denn dieser Transfer zum Flugzeugträger durchgeführt werden?", fragte Ruth.

Dornberg warf ihr einen missbilligenden Blick zu, wahrscheinlich fühlte er sich übergangen.

„Das weiß ich natürlich nicht genau. Ich bin auch nur Befehlsempfänger. Aber morgen kommen zwei Leute vom CIA an Bord. Da nehme ich an, dass es nicht mehr lange dauern wird. Ich bleibe deshalb als Verbindungsmann an Bord. Die anderen verlassen das Schiff heute Nachmittag ja wieder", Wildeck aß weiter.

„Begleiten Sie uns dann auch zu diesem Flugzeugträger?", wollte Ruth wissen.

Wildeck schüttelte kauend den Mund.

„Er dient nur als Kontaktmann zwischen den Diensten", sagte Dornberg, „und sorgt für eine ordentliche Übergabe."

„Vom Wasserwesen und mir?"

„Ganz recht, Frau Naumann", bestätigte Schäfer freundlich, der das Gespräch wohl doch verfolgt hatte.

Ruth schob ihren Teller weg, weil ihr schlagartig schlecht wurde.

Im Treppenhaus tauchte Paul gut gelaunt wieder auf, stellte sich sofort zu Falk und flüsterte mit ihm. Als sie auf dem langen Gang zum Labor waren, blieb Falk plötzlich stehen und wandte sich an die Gruppe: „Herr Jäger hat uns noch etwas Interessantes mitzuteilen. Das erledigen wir lieber hier, damit das Wasserwesen nichts davon mitkriegt. Bitte", er übergab an Paul. Die beiden standen mit dem Rücken an der Wand, die anderen im Halbkreis um sie herum.

Paul genoss es, wichtig zu sein. „Nun, da diese Amphibienmenschen so gerne die Fische befreien, die wir in unseren Netzen gefangen haben, kam mir die Idee, ihnen eine Falle zu stellen."

Ruth versuchte, sich ihr Entsetzen nicht anmerken zu lassen. Sie starrte auf den mit Frischhaltefolie abgedeckten Teller für Eo.

„Ich habe die Mittagspause genutzt, um unter Wasser alles herrichten zu lassen: Unsere Köderfische wurden in ein Netz gesperrt, das in einigem Abstand wiederum von einem hochziehbaren Vorhangnetz umgeben ist. Mit mehreren Unterwasserkameras können wir nun genau beobachten, wenn sich so ein Wesen dem Fischnetz nähert. Sobald es die Maschen zerstören will, lassen wir die Bojen vom Grund steigen, mit dem das senkrechte Netz schnell hochgezogen wird. Und wenn alles klappt, haben wir ein weiteres Wesen gefangen", Paul strahlte zufrieden in die Runde.

„Hervorragender Plan, Herr Jäger", lobte Tussmann ihn.

Dieser Mistkerl!, dachte Ruth. Der will sich unbedingt vor diesen Leuten wichtigmachen.

„Dann können wir ja weitergehen", sagte Falk. Der Trupp setzte sich in Bewegung und folgte ihm.

Paul ging vor Ruth. Am liebsten hätte sie ihn geschubst oder ihm ein Bein gestellt. Aber sie musste sich zurückhalten und durfte sich nicht verraten. Sie musste Eo unbemerkt informieren, damit er seine Frau warnen konnte.

Neben der Labortür blieb Falk stehen. „Nur Frau Naumann hat hier die Schlüsselgewalt", er lächelte unecht.

Die anderen machten Platz. Ruth nahm ihr Band vom Hals, schloss auf und öffnete die Tür weit. Falk schritt sofort hinein, der Rest folgte ihm etwas zögerlicher. Als alle drin waren und die Neuankömmlinge wie ein Haufen ängstlicher Schafe beieinander standen, schloss Ruth die Tür wieder ab und hängte sich den Schlüssel um.

Eo paddelte im Aquarium und sah gelangweilt zu ihnen rüber.

Falk stellte sich mitten in den Raum und präsentierte ihn wie ein Zirkusdirektor: „Meine Dame, meine Herren, darf ich vorstellen: Das bislang weltweit einzige verfügbare Exemplar einer unbekannten Menschenspezies, die im Meer lebt."

Die Gruppe bestaunte dieses Wesen mit Begeisterungsrufen, als es sich jetzt auf die Oberkante des Glaskastens lehnte und sie fixierte. Tussmann, Zwirn und Paul gingen näher heran, die anderen trauten sich anscheinend noch nicht.

Ruth eilte an allen vorbei, stellte den Teller auf ihren Schreibtisch und blieb direkt vor dem Aquarium stehen. Sie sah zu Eo hoch und dachte: Du musst Ia warnen. Die haben eine Falle mit einem Fischnetz gestellt, um sie einzufangen.

Hier beim Schiff?

Ja. Ia darf sich dem Netz auf keinen Fall nähern, dachte sie.

Ist gut.

„Wie du siehst, haben wir hohen Besuch. Kommst du raus und zeigst dich mal in deiner Pracht?", sie winkte ihn heraus.

Eo schwang sich aus dem Wasser und stieg die Leiter runter.

„Der gehorcht Ihnen aber", entfuhr es Frau Adler.

„Frau Naumann hat alle Männer im Griff", scherzte Falk.

Eo schenkte den erwartungsvollen Schaulustigen keinerlei Beachtung, sondern schritt patschend zum Bullauge und schaute hinaus.

Fasziniert betrachteten die aus Berlin gekommenen die nassen Fussabdrücke.

„Was macht er denn da?", fragte Paul misstrauisch.

„Er guckt aus dem Fenster", antwortete Ruth. „Siehst du doch."

„Und warum ausgerechnet jetzt?"

„Keine Ahnung. Er macht halt, was er will. Wie alle Männer. Wahrscheinlich hat er Sehnsucht nach dem Meer." Ob Paul etwas ahnte?, fragte sich Ruth.

„Aus dem Fenster kann er doch später noch schauen, Frau Naumann", sagte Falk. „Unsere Gäste sind schließlich nicht so weit geflogen, um nur sein Hinterteil zu bewundern."

Frau Adler kicherte wie ein Schulmädchen.

„Gut. Aber ich weiß nicht, wie er reagiert." Ruth tippte Eo auf die Schulter. Er drehte sich langsam zu ihr um.

Hast du Ia erreicht?, dachte sie und sagte mit einer ausladenden Geste: „Würdest du dich bitte in die Mitte des Raums stellen?"

Ja. Sie weiß Bescheid. Er stolzierte dorthin. Alle wichen vor ihm zurück und gaben ihm großzügig den Weg frei.

Ruth folgte ihm und war beruhigt. „Wenn du nichts dagegen hast, werden dich diese Leute jetzt genauer ansehen."

Eo nickte ernst. *Kommen jetzt die Kunststücke?*

Ja, antwortete sie in Gedanken. „Bitte, meine Herrschaften."

Sie formierten sich umständlich zu einem Halbkreis vor dem Wasserwesen. Vom kahlen Kopf ohne Ohrmuscheln bis zu den riesigen Schwimmflossenfüßen beäugten sie alle Einzelheiten und kommentierten sie untereinander, machten sich gegenseitig auf Besonderheiten aufmerksam. Erstaunlicherweise

gab es nicht viele Nachfragen zu der Geschlechtsöffnung.

„Kann er mal die Arme vor sich halten und eine
Innenseite der Hand gespreizt zeigen?", erkundigte
sich Tussmann.

Ruth war froh, dass Eo den Befehl nicht sofort
befolgte, sondern auf ihre Aufforderung wartete.

Begeistert starrten sie auf seine Hände.

„Darf man diese Schwimmhäute mal berühren?",
fragte Zwirn.

„Dürfen die Leute dich kurz an den Händen
anfassen?", wiederholte Ruth. Tut mir leid, dachte
sie.

Eo nickte brav. *Macht nichts.*

Nacheinander befühlten sie vorsichtig die
Schwimmhäute, sogar Frau Adler.

„Kannst du das mal nachmachen?", Tussmann
öffnete und schloss seine rechte Hand mehrmals.

Ruth hätte Eo küssen können, weil er keinerlei
Reaktion zeigte.

„Können Sie ihn darum bitten, Frau Naumann?",
fragte Tussmann mit verdrießlicher Miene.

„Klar. Würdest du mal deine Hände öffnen und
schließen?"

Sofort erfüllte Eo ihren Wunsch. Die Umstehenden
beobachteten genau, wie sich die Schwimmhäute
zwischen den Fingern spannten und wieder zusam-
menfalteten.

„Er hört tatsächlich nur auf Sie", Frau Adler
nickte Ruth anerkennend zu.

„Vielleicht kann er auch nur mit ihr kommunizieren", meinte Schäfer.

„Oder es liegt womöglich doch an Ihren Hörgeräten, Frau Naumann", sagte Dornberg.

Der hat vorhin überlegt, ob ich ein Gewehr

bedienen kann.

Der ist vom Soldaten-Ministerium, dachte Ruth und antwortete Dornberg nur mit einem Schulterzucken.

„Die kämen ja nur beim Empfang von seinen Gedanken zum Einsatz", gab Falk zu bedenken.

„Stimmt auch wieder", Dornberg schwenkte den Kopf.

Wollen die aus mir einen Soldaten machen?

Die würden dich gerne für alles Mögliche missbrauchen, dachte Ruth. Aber das werde ich nicht zulassen.

„Hauptsache, seine telepathischen Fähigkeiten sind nicht ausschließlich auf Frau Naumann beschränkt", sagte Tussmann. „Da haben wir wohl alle deutlich mehr erwartet."

Falk wirkte etwas beunruhigt.

Frau Adler meldete sich mit erhobenem Zeigefinger zu Wort: „Durchs EEG können wir bald seine Gehirnaktivitäten messen, ohne dass er sie abstellen kann."

Zwirn und Schäfer nickten ihr zu.

Ruth stellte sich Eo fixiert und verkabelt in einem Geheimlabor vor, allen Untersuchungen hilflos ausgeliefert.

„Frau Naumann hat diese hohen Erwartungen geweckt", versuchte sich Falk zu verteidigen.

„Wie bitte?", Ruth sah ihn erbost an. „Sie waren doch ganz begierig darauf, mit seinen Geisteskräften im Ministerium anzugeben und sich zu profilieren."

„Das ist eine Unverschämtheit!"

„Ruth, bitte ...", wollte Paul sie besänftigen.

„Halt du dich da raus! Du bist auch nicht besser!"

„Was?", Paul starrte sie mit gekränkter Miene an.

„Herr Dr. Falk, ich habe Ihnen immer wieder

erklärt, dass er nur das macht, was er will. Und dass ich anscheinend einen guten Draht zu ihm habe. Stimmt das etwa nicht?"

„Schon, aber ..."

Ruth unterbrach ihn einfach: „Ich habe auf keinen Fall gewollt, dass Sie alle hierher kommen. Und morgen sogar noch die Amis."

„Das haben auch andere angeordnet, die weit über Ihrer Entscheidungsbefugnis stehen", entgegnete Tussmann. „Auch über meiner."

„Ich wollte nie, dass dieses einzigartige Wesen zum Spielball der Regierungen und Geheimdienste wird."

Du bist sehr mutig, Ruth.

Manchmal schon, erwiderte sie in Gedanken.

„Sie haben in dieser Angelegenheit absolut nichts zu entscheiden", sagte Tussmann streng. „Bleiben Sie gefälligst auf Ihrer Kompetenzstufe, sonst muss ich Sie hier ablösen lassen. Haben Sie das verstanden, Frau Naumann?"

„War ja laut genug." Ich muss bei Eo bleiben und ihn retten, dachte sie. Nur das ist wichtig.

„Bleiben Sie ab sofort im begrenzten Rahmen Ihrer Zuständigkeit und akzeptieren Sie die Rangordnung. Ist das klar?", fragte Tussmann drohend.

„Ja!", fauchte Ruth zurück und dachte: Ich muss mich beherrschen und zurückhalten. Zum Wohle Eos.

„Vielleicht sollten wir uns alle jetzt wieder beruhigen und zur Professionalität zurückkehren", mahnte Schäfer.

„Richtig."

„Genau."

„Das Wasserwesen hatte Frau Naumann jedenfalls mitgeteilt", Falk schielte kurz zu ihr, „dass sich sein

Volk nur durch Gedankenübertragung verständigt. Deshalb könnte es das sicherlich bei uns allen so handhaben. Wenn es das denn will", fügte er gequält hinzu.

„Können wir diesen Punkt dann endlich als erledigt betrachten, Frau Naumann?", fragte Tussmann.

„Meinetwegen."

Pauls Handy meldete mit dem typischen Pfeifton den Eingang einer Nachricht. Er zog es hervor und las sie. Mit einer Entschuldigung entfernte er sich einige Meter von der Gruppe und tippte eine Antwort ein.

Ruth wurde mulmig zumute und befürchtete das Schlimmste.

24

Als Paul sich wieder zu ihnen gesellte, sah Tussmann ihn voller Erwartung an. „Ging es um Ihre Falle?"

„Ja."

„Hat es geklappt?", fragte Falk.

„Haben Ihre Leute einen Flossenmenschen gefangen?", wollte Tussmann wissen.

„Nein", Paul schüttelte enttäuscht den Kopf. „Sie haben mir nur gemeldet, dass sie über die Unterwasserkameras in ziemlicher Entfernung vom Netz solch ein Wesen wegschwimmen sahen. Sie wollten von mir wissen, ob sie hinterher tauchen sollten."

„Und wie haben Sie entschieden?", erkundigte sich Falk.

„Ich habe das abgelehnt, weil sie das Wesen in seinem Element nicht erwischen können, erst recht nicht mit einem großen Abstand", Pauls Blick wanderte durch die Runde, um ihre Reaktion abzuschätzen. „Wir warten geduldig ab, bis unsere Falle zuschnappt."

„Schade", Tussmann schien alles andere als zufrieden zu sein, „ich hatte gehofft, während meiner Anwesenheit an Bord noch so eine Kreatur für die Wissenschaft vereinnahmen zu können."

Ruth verdrehte die Augen und verfluchte diesen Heuchler.

„Ob sich hier um uns mehrere Wasserwesen herumtreiben?", fragte Dornberg.

„Womöglich seine ganze Sippe", mutmaßte Falk.

„Wissen wir nicht", antwortete Paul. „Gesichtet haben wir bis jetzt nur eins."

Ruth schaute Eo an und dachte: Ia sollte doch unbedingt vom Schiff wegbleiben.

Sie ist eben neugierig. Wie alle Frauen.

Ruth konnte ein Schmunzeln nicht ganz vermeiden.

„Sie scheint das ja sogar noch zu amüsieren, Frau Naumann!", schimpfte Tussmann. „Auf welcher Seite stehen Sie eigentlich?"

„Auf der richtigen."

„Haben Sie irgendetwas mit diesem Misslingen zu tun?", Tussmann sah sie streng an.

„Wie soll ich das denn gemacht haben?", erwiderte Ruth spöttisch.

„Keine Ahnung", Tussmann schnaufte und suchte Unterstützung bei den anderen.

Du hast es wirklich nicht einfach.

Das stimmt, dachte Ruth und stemmte ihre Hände kampfbereit in die Hüften.

„Ich möchte nochmals um Beruhigung und Versachlichung bitten", sagte Schäfer.

Frau Adler wollte ebenfalls ablenken und zeigte zu der bunten Weltkarte. „Haben Sie ihm eine Einweisung in Geografie gegeben, Frau Naumann?"

„Ja. Und er war sehr interessiert daran."

Einige Köpfe drehten sich zu der Karte an der Wand.

„Eigentlich sollen Sie es untersuchen und nicht unterrichten", sagte Tussmann bissig.

„Ich muss doch rauskriegen, was die von der Welt wissen", erwiderte Ruth.

„Richtig."

„Find ich auch."

„Wie können die sich eigentlich ohne Karten und Geräte in den Meeren orientieren?", erkundigte sich Wildeck.

„Das haben wir – wie so vieles – noch nicht abklären können", antwortete Ruth.

Tussmann flüsterte Falk etwas ins Ohr.

„Wahrscheinlich navigieren sie wie die Tiere", sagte Zwirn. „Die richten sich ja nach den Strahlungen der Erdmagnetfelder und finden ihre Ziele genau. Zum Beispiel Störche, Aale, Schildkröten, Wale oder Lachse. Die können das eben."

„Und die Wasserwesen anscheinend auch", stimmte Frau Adler zu. „Die besitzen wohl das entsprechende Sinnesorgan dafür."

„Auch in dem Punkt sind sie uns überlegen", Ruth bemerkte, dass sich Eo entfernen wollte. Wo willst du hin?, fragte sie in Gedanken.

Zum Fenster. Vielleicht kann ich Ia noch mal erreichen.

Lieber nicht. Die werden sonst misstrauisch, warnte Ruth.

Verstehe.

„Na, wer hier wem überlegen ist, ist doch offensichtlich", sagte Tussmann abfällig. „Diese Wesen sind nackt, haben keine Sprache, keine Kultur, keine Städte, keine Technik – nichts. Sie orientieren sich nicht nur wie die Tiere, sie leben auch so."

„Sie haben zwar nicht die materiellen Sachen, die uns so wichtig sind", erwiderte Ruth, „von Wolkenkratzern und Flugzeugen bis hin zu Fernsehen und Internet. Dafür verfügen sie aber über enorme geistige Fähigkeiten, leben mit der Natur im Einklang und schädigen niemanden."

„Sie hören sich an wie ein Öko-Guru", lästerte Schäfer.

„Damit kann ich leben. Da gibt es viel Schlimmeres." Eo kam Ruth immer noch unruhig vor.

„Wo will er denn hin?", fragte Paul.

„Er hat wohl genug von uns und will mal abtauchen und seine Ruhe haben." Bleib bitte hier,

Eo, dachte sie eindringlich.

Gut.

„Vielleicht kann er uns noch ein bisschen ertragen", sagte Dornberg. „Sie hatten mir doch ein Telekinese-Experiment versprochen, Frau Naumann."

Was ist das?

„Wenn´s unbedingt sein muss", stöhnte Ruth und antwortete Eo: Nur durch Geisteskräfte Gegenstände bewegen. Das darfst du auf keinen Fall tun.

So etwas können wir auch gar nicht.

Umso besser. Ich werde dich jedenfalls dazu auffordern. Wir müssen denen etwas vorspielen.

Verstanden.

Ruth wandte sich an Dornberg: „Was soll er denn versuchen zu bewegen?"

Der schaute sich um und strich sich dabei über seine Halbglatze. Dann nahm er einen Kugelschreiber und das Glas, das noch zu einem Viertel mit Wasser gefüllt war. Er stellte beides in einem halben Meter Abstand auf den ansonsten leeren Metalltisch. „Die beiden Teile würden mir schon reichen."

„Die soll er also nur durch die Kraft seiner Gedanken irgendwie bewegen?", Ruth verdrängte ihre Anspannung und spielte die Gleichgültige.

„Das ist der Plan", bestätigte Dornberg.

Ruth lenkte Eos Blick auf die beiden Gegenstände. „Versuch bitte mal, nur durch deinen Willen ihre Lage zu verändern."

Alle kamen dichter heran und beobachteten, wie das Wasserwesen das Glas und den Kuli fixierte.

Gut so?

Prima, antwortete Ruth.

Die Umstehenden starrten gebannt auf die beiden

Objekte, die sich bis jetzt noch nicht gerührt hatten.

„Streng dich an", ermunterte Ruth Eo.

In absoluter Stille konzentrierten sich alle auf das Glas und den Kugelschreiber.

„Da", entfuhr es plötzlich Zwirn und ließ dadurch einige zusammenzucken. „Das Wasser bewegt sich etwas."

„Tatsächlich!", staunte Frau Adler.

Das Wasser im Glas kräuselte leicht, als ob etwas sehr Schweres in der Nähe es vibrieren ließ.

„Auf jeden Fall tut sich da was", sagte Tussmann.

„Stimmt", pflichtete ihm Falk bei.

Ruth erschrak und dachte intensiv: Hör auf, Eo. Sieh nicht mehr aufs Glas.

Gut. Wie du willst.

Das Wasser beruhigte sich sofort, als wäre das Schwere nun vorbeigegangen.

Das war keine Absicht.

Ich weiß, antwortete Ruth.

„Jetzt ist das Wasser aber wieder glatt", stellte Wildeck fest.

Zwirn nickte grimmig. „Kein Kräuseln mehr."

„Ob er das verursacht hat?", fragte Dornberg hoffnungsvoll.

„Kann sein."

„Vielleicht."

„Glaub ich nicht."

„Ich nehme ja an", sagte Schäfer, „dass da lediglich die Schwingungen der Schiffsgeneratoren übertragen wurden."

„Und warum war es da und ist jetzt wieder weg?", erwiderte Dornberg.

„Womöglich wurde auf dem Arbeitsdeck der Kran oder ein Container kurz bewegt", vermutete Falk.

„Meine Herrschaften", meldete sich Ruth zu Wort,

„können wir nun dieses Experiment beenden?"

Einige sahen enttäuscht auf das unbewegte Wasser im Glas.

„Einverstanden, Frau Naumann", genehmigte es Tussmann.

„Schade", Dornberg verzog das Gesicht.

Ruth machte eine abschließende Handbewegung zum Wasserwesen hin. „Du kannst jetzt aufhören. Das reicht." Sie fragte Tussmann: „Darf er wieder ins Aquarium? Seine Haut trocknet sonst zu sehr aus."

„Ja. Meinetwegen."

„Du kannst jetzt wieder ins Wasser", Ruth zeigte mit ausgestrecktem Arm dorthin.

Eo nickte und ging mit Storchenschritten zum Glaskasten. Er stieg die Leiter hoch, schwang sich ins Wasser und tauchte sogleich unter.

„Da fühlt er sich doch am wohlsten", sagte Ruth.

„Ist ja auch sein Element", Paul lächelte sie erwartungsvoll an, ohne Erfolg.

„Also", Tussmann schaute kurz auf seine Uhr, „sind wir uns nach diesem Versuch darin einig, dass dieses Wesen zwar zur Telepathie, nicht aber zur Telekinese fähig ist?"

Die meisten nickten zustimmend, zwei zuckten mit der Schulter.

„Leider nicht", Falk sah ebenfalls zur Uhr.

„Ich bin mir da noch nicht ganz so sicher", sagte Dornberg.

„Wegen dieser kurzen schwachen Vibration des Wassers?", entgegnete Schäfer skeptisch.

„Richtig. Vielleicht hat er das doch ausgelöst. Aber das werden wir bei den kommenden Tests noch herausfinden. Das und noch vieles mehr."

Ruth verkniff sich jede Bemerkung. Sie hatte ihren Plan, um genau das zu verhindern.

Frau Adler beobachtete Eo im Aquarium. „Der macht ja das reinste Wasserballett."

„Da haben wir leider nur nichts von", maulte Dornberg.

Frau Adler sah ihn pikiert an. „Trotzdem sehr elegant."

„Wir sind dann auch bald hier fertig", sagte Tussmann. „Meinen Sie nicht auch, Herr Falk?" Ihr Blickkontakt schien noch etwas anderes zu übermitteln.

„Sehe ich genauso."

„Dann kann das Wesen auch endlich etwas von seinem Teller essen", Zwirn hob die buschigen Augenbrauen und wirkte gleich freundlicher. „Es muss doch Hunger haben."

„Er isst eigentlich nicht viel." Obwohl diese quälende Vorstellung anscheinend bald vorbei war, spürte Ruth noch keine Erleichterung.

„Auch in diesem Punkt können wir von ihnen lernen", Wildeck grinste und hielt seinen ausladenden Bauch.

Nur Frau Adler schmunzelte.

„Frau Naumann", sagte Dornberg, „ich hätte da noch ein weiteres Anliegen."

„Was denn jetzt noch?", sie seufzte übertrieben.

„Wäre es möglich, dass ich mir mal Ihre Hörgeräte ausleihen kann?"

„Was?", Ruth sah ihn entsetzt an.

„Um zu beweisen, dass der Empfang seiner Gedanken wirklich nur an den Hörgeräten liegt, muss auch eine andere Person sie mal benutzen. Um auszuschließen, dass es nur bei Ihnen funktioniert."

„Da hat er recht. Gute Idee, Herr Dornberg", lobte Tussmann ihn.

„Das wird ja immer verrückter hier!", empörte

sich Ruth. „Das kommt auf keinen Fall infrage."

„Ihre Hörgeräte passen bei Ihnen sowieso nicht, Herr Dornberg", sagte Schäfer.

„Dafür würde es schon reichen", konterte der.

„Das ist ja eklig!", Ruth rümpfte die Nase. „Da weigere ich mich strikt."

„Herr Jäger", sagte Tussmann ermunternd, „können Sie als Personalrat Ihre Kollegin nicht überreden?"

Paul gehorchte sofort: „Ruth, das wäre schon sehr wichtig. Die Hörgeräte kann man doch wieder reinigen."

„Du kannst mich zu nix überreden", erwiderte Ruth eisig.

„Ich hätte sehr gerne einen objektiven Beweis für seine telepathischen Fähigkeiten", sagte Tussmann. „So müssen wir uns einzig und allein auf Ihr Wort verlassen."

„Tja", Ruth zuckte mit der Schulter.

„Ihre Kooperationsbereitschaft lässt wirklich sehr zu wünschen übrig, Frau Naumann", verkündete Tussmann.

„Wenn Sie meinen. Würden Sie so einfach Ihre Zahnbürste an einen Wildfremden verleihen?"

„Wenn es so wichtig wäre, selbstverständlich."

„Ich nicht", sagte Ruth trotzig.

Für einen Moment herrschte belastendes Schweigen. Tussmann und Falk kommunizierten über die Augen miteinander. Man hörte nur das Plätschern von Eo im Aquarium.

Schließlich räusperte sich Falk und wandte sich an die auseinander gezogene Gruppe: „Gut, dann können wir jetzt wieder nach oben gehen. Lassen Sie uns raus, Frau Naumann?"

„Klar", sie nickte. „Ich will ihm nur noch schnell

seinen Essensteller abdecken und frisches Wasser einschenken."

„Das können Sie auch erledigen, wenn wir weg sind", sagte Tussmann.

„Wieso?", Ruth sah ihn irritiert an. „Soll ich nicht mitkommen?"

„Nein", Tussmann schüttelte den Kopf, „das ist nicht mehr nötig."

„Ach, so", Ruth schaute alarmiert in die Runde und fühlte sich ausgeschlossen. Die meisten wichen ihrem Blick aus.

„Sie haben uns schon genug Ihrer wertvollen Forscherzeit geopfert und müssen sich wieder um Ihren Schützling kümmern", sagte Tussmann sarkastisch und ging vor zur Tür.

„Wie Sie meinen", Ruth folgte ihm verunsichert. Sie nahm den Schlüssel vom Hals, schloss die Tür auf und öffnete sie weit.

„Das war wirklich sehr interessant."

„Einfach faszinierend."

„Trotzdem hatte ich mehr erwartet", sagte Tussmann.

Ruth zog die Schultern hoch und dehnte ein „Tja."

Mit einem flüchtigen „Auf Wiedersehen" verschwanden Tussmann, Zwirn und Dornberg. Der klickte vor dem Rausgehen unbemerkt eine kleine moderne Überwachungskamera oben an das hohe Metallregal.

Falk und Paul gingen mit einem knappen Nicken und verärgerten Mienen. Nur Schäfer und Frau Adler verabschiedeten sich mit Handschlag von ihr, sie wünschte ihnen einen guten Heimflug. Wildeck sah sie mitfühlend an und meinte, sie würden sich ja wohl noch sehen.

Ruth drückte aufatmend die Tür zu und war froh,

dass die Idioten weg waren. Sie schloss wieder ab
und hängte sich den Schlüssel um. Sie drehte sich
um, rief befreit „Juchhu!" und stellte sich in
Siegerpose in Richtung Aquarium, obwohl ihr überhaupt nicht so zumute war.

25

Wollen die dich nicht mehr dabei haben?, fragte Eo, während er die gekochte Kartoffel aß.

„Sieht so aus. Ich war wohl nicht so zuvorkommend, wie einige verlangten."

Du warst sehr mutig. Aber auch ziemlich frech zu manchen. Er zwinkerte ihr zu, was ohne Augenbrauen komisch aussah.

„Tja, so bin ich nun mal", Ruth hob die geballte Faust wie ein Kämpfer. „Solche machtgeilen Kerle kriegen mich doch nicht klein."

Was ist machtgeil?

„Wenn jemand nur auf seinen Vorteil aus ist, um damit anzugeben und andere auszustechen."

Du würdest dich bestimmt gut mit Ia verstehen. Eo nahm einen roten Paprikastreifen und knabberte daran.

„Ja", sie strahlte ihn an. „Wir könnten Freundinnen sein."

Du würdest sie doch nur noch mehr gegen Männer aufhetzen.

„Kann sein", Ruth schmunzelte und reckte sich. „Hauptsache, sie hält jetzt genug Abstand zu dieser verdammten Netzfalle."

Ich hab sie noch mal ermahnt.

„Auf jeden Fall bin ich froh, dass wir diese Gruppe wieder los sind."

Ich auch.

„Was war denn das mit diesen Schwingungen im Wasserglas? Könnt ihr doch Gegenstände nur durch euren Geist bewegen?"

Nicht, dass ich wüsste.

„Aber du hast es doch auch gesehen, oder?"

Ja. Aber ich weiß nicht, ob ich das war.

„Ich glaube schon. Denn als du nicht mehr aufs Glas geblickt hast, wurde das Wasser sofort wieder glatt.“

Aber ich habe noch nie von solchen Fähigkeiten bei uns erfahren.

„Wahrscheinlich kann man im Wasser auch keine Sachen so gezielt beeinflussen. Da kommt sicherlich nicht so viel Energie an.“

Kann sein. Ich weiß es nicht. Eo genoss jetzt eine große Erdbeere.

„Können wir das nachher noch mal probieren? Ich möchte gerne Gewissheit haben.“

Klar.

„Aber iss erst mal in Ruhe auf.“

Ich bin im Moment eigentlich satt. Wir können gleich loslegen.

„Gut.“ Ruth stellte seinen Essensteller zurück auf den Schreibtisch und füllte das Glas wieder mit Wasser. Den halben Meter Abstand zum Kugelschreiber behielt sie bei.

„Dann fang mal an, großer Meister.“

Womit zuerst?

„Mit dem Wasser.“

Eo fixierte das Glas, Ruth beobachtete es gespannt.

Es dauerte etwas, bis sie ein schwaches Kräuseln bemerkte, das sich schnell zu einem deutlichen Schwingen steigerte. Schließlich schaukelte das Wasser hin und her, wie bei einem Sturm im Glas.

„Du kannst es tatsächlich“, staunte Ruth. „Ist das anstrengender als bei Gedanken?“

Ja.

Inzwischen schwappte das Wasser über. Das Glas bewegte sich ganz langsam vorwärts, als würde es von einer unsichtbaren Schnur gezogen.

„Fantastisch!"

Noch mehr?

„Das reicht."

Eo sah zur Seite, sofort blieb das Glas stehen und das Wasser beruhigte sich.

„Unglaublich", Ruth schüttelte fassungslos den Kopf.

Jetzt noch diesen Schreiber?

„Nur, wenn du noch kannst. Vielleicht machst du erst eine Pause, um neue Kräfte zu sammeln."

Das ist nicht nötig.

„Gut."

Eo starrte auf den Kugelschreiber. Nach ungefähr einer Minute kippelte er hörbar. Dann rollte er vorwärts, stoppte und rollte wieder zurück.

Noch mal?

Ruth nickte nur fasziniert und ließ den rollenden Kuli nicht aus den Augen.

Genug?

„Ja. Ich bin sehr beeindruckt. Und du hast noch nie gemerkt, dass du so etwas kannst?"

Nein. Ich hab es vorher aber auch noch nie versucht.

„Und das geht genauso wie bei den Gedanken?"

Ja. Ich strenge mich nur mehr an und befehle dem Gegenstand, was er machen soll.

„Wie gesagt, dass euch diese sensationelle Fähigkeit noch nie aufgefallen ist, liegt bestimmt daran, dass ihr vorwiegend unter Wasser seid. Da kommt diese gebündelte Kraft nur abgeschwächt beim Ziel an, ein Großteil wird vom Wasser aufgenommen oder abgeleitet."

Gut möglich. Sollen wir den Versuch noch mal im Wasserbecken wiederholen?

Ruth sah ihn verblüfft an. „Das ist eine tolle

Idee."

Dann los. Nehmen wir wieder das Glas und den Schreiber?

„Klar."

Eo nahm die beiden Teile, ging zum Aquarium, stieg die Leiter hoch und glitt ins Wasser. Er tauchte und stellte das Glas mittig auf den Grund, den Kugelschreiber legte er im gewohnten Abstand hin.

Ruth überlegte, ob der eventuell zu leicht sei und sich schon durch den Wasserumlauf regen könne. Außerdem reichte die Wassermenge im Aquarium womöglich nicht. Trotzdem fesselte sie der Anblick von Eo und den beiden Gegenständen. Er kniete auf dem Grund davor, ohne unsere Schwierigkeiten mit dem Auftrieb. Zuerst fixierte er das Glas. Ruth stellte sich ganz dicht vor die Scheibe, um jede winzige Bewegung zu bemerken.

Es geschah absolut nichts. Nach einigen Minuten konzentrierte sich Eo auf den Kugelschreiber. Auch da konnte er nichts bewirken und stieg schließlich wieder an die Oberfläche. Er schwang sich aus dem Becken, platschte die Leiter herunter und stellte sich mit dem Kuli im leeren Glas vor Ruth, die einige Tropfen abbekam.

Du hattest vollkommen recht. Im Wasser klappt es nicht.

„Dann wissen wir jetzt wenigstens Bescheid."

Deshalb hat mein Volk diese Gabe auch noch nie entdeckt.

Ruth nickte ihm zu und strich ihm über die nasse Schulter, wobei sie sich mal wieder über sich selbst wunderte.

Dornberg langweilte sich. Allmählich war die Luft raus aus ihrer Gesprächsrunde. Es wurde nur noch über Belangloses oder Privates gelabert. Telekinese war kein Thema mehr. Er hatte es am Anfang versucht, aber er schien der einzige zu sein, der dieses Wasserkräuseln wichtig nahm. Er brannte darauf, sein Handy nach Filmen abzufragen.

Insgeheim amüsierte ihn die Vorstellung, wie empört die Anwesenden wären, wenn sie erführen, dass er hier an Bord illegale Spionage betrieb. Aber er hatte wenigstens gehandelt, um Beweise zu bekommen. Nur das zählte. Hinterher war es zweitrangig, wie man sich die verschafft hatte. Höchstens vor Gericht nicht. Aber dazu würde es niemals kommen, weil es hier um bedeutende nationale Interessen ging.

Schließlich konnte er es nicht mehr aushalten. Dornberg entschuldigte sich mit der üblichen Floskel, verließ den Raum und eilte zur Toilette. Er verriegelte die Tür und setzte sich auf den geschlossenen Deckel. Bevor sie bald das Schiff verließen, wollte er unbedingt überprüfen, ob diese Superkamera etwas Interessantes aufgenommen hatte. Sie besaß einen Bewegungsmelder, der sie aktivierte und schaltete sich automatisch wieder aus, wenn sich im Sensorbereich eine halbe Minute nichts rührte. Dann wurden die Filme automatisch zur App gesendet und dort gespeichert und angezeigt.

Auf seinem Handy tippte er auf die entsprechende App, das Menü öffnete sich und zeigte eine Aufnahme an. Vor Freude hätte er beinahe laut gepfiffen, bis ihm sogleich einfiel, dass sich die Naumann und das Wesen selbstverständlich im Labor bewegt hatten.

Dornberg startete den Film und stierte gespannt auf das Display. Er sah die Frau und den Flossenmenschen, der genüsslich von seinem Teller aß. Sie schienen sich zu unterhalten, jedenfalls bewegten sich die Lippen der Biologin. Leider verfügte die Mini-Kamera über kein Mikrofon, sie war nur für visuelle Beobachtungen gedacht.

Nach einiger Zeit stellte die Naumann den Essensteller auf den Schreibtisch, füllte das Glas bis oben mit Wasser und platzierte es wieder auf den Metalltisch, in der gleichen Entfernung zum Kugelschreiber. Anscheinend wollten sie das Experiment wiederholen, denn das Wesen fixierte das Glas. Schließlich bemerkte Dornberg etwas bei der Wasseroberfläche. Mit zwei Fingern vergrößerte er den Bereich. Tatsächlich! Es kräuselte sich und verstärkte sich rasch zu heftigem Schaukeln, bis es überschwappte. Jetzt bewegte sich sogar das Glas deutlich vorwärts. Unglaublich! Dann brach das Wesen den Blickkontakt ab, das Glas blieb stehen, das Wasser wurde ruhig.

Dornberg grinste selbstzufrieden. Er hatte also mal wieder den richtigen Riecher gehabt. Diese renitente Walküre hatte sie regelrecht verarscht und ihnen allerhand verheimlicht.

Nun widmete sich das Wesen dem Kugelschreiber, der bald wie von Geisterhand hin und her rollte.

Unfassbar! Dornberg war begeistert und mal wieder stolz auf sich. Er hatte hier den Beweis, dass dieser kuriose Amphibienmensch Telepathie und Telekinese beherrschte. Was für ein Potenzial!

Die Naumann und ihr Schützling gingen nun vermutlich zum Aquarium, jedenfalls verließen sie den überwachten Sektor und kamen nicht wieder. Deshalb wurde die Aufnahme beendet.

Dornberg überlegte einen Moment und schrieb seinem Vorgesetzten dann eine SMS: 'Die Biologin spielt falsch und hat Geheimnisse vor uns. Im

Anhang ist ein Film, der beweist, dass das Wasserwesen auch Telekinese beherrscht. Wir sollten uns die Sache nicht von den Amis aus der Hand nehmen lassen, sondern die Frau und das Wesen auf den Flugzeugträger begleiten, um aus erster Hand informiert zu sein. Erbitte Anweisungen.'

Dornberg spürte geradezu seinen baldigen Karrieresprung, den er sich auch redlich verdient hatte. Er nickte zufrieden und sendete den Text an das Diensthandy des Staatssekretärs.

Eo saß auf dem Metalltisch mit gebogenen Paddelfüßen, Ruth rollte vor ihm mit ihrem Bürostuhl zentimeterweise hin und her.

Meinst du, das geht auch mit größeren Gegenständen als diesem Stuhl?

„Bestimmt. Selbst, wenn er keine Rollen hätte."

Das macht mir ein bisschen Angst.

„Brauch es nicht. Du würdest deine Kräfte ja nicht zum Schaden von anderen Lebewesen einsetzen."

Niemals.

„Aber die Leute, die vorhin hier drin waren, würden genau das versuchen."

Die Machtgeilen? Eo schmunzelte.

Ruth nickte erheitert. „Genau die. Deshalb darf niemand von dieser Gabe erfahren. Wenn zum Beispiel dieser Typ vom Verteidigungsministerium – der meine Hörgeräte haben wollte – davon wüsste, käme er sofort auf die Idee, dich als eine Art Waffe einzusetzen."

Das würde ich nicht mitmachen.

„Aber vielleicht können sie dich auf irgendeine Weise dazu zwingen. Womöglich wollten sie deshalb Ia fangen, um sie als Geisel zu benutzen." Obwohl sie das Paul eigentlich nicht zutraute.

Was ist eine Geisel?

„Wenn man jemanden gefangenhält und einem anderen damit droht, dieser Person sehr weh zu tun, falls der ihre Forderung nicht erfüllt. Das nennt man auch Erpressung."

Also würden die Ia quälen, wenn ich nicht das mache, was die verlangen?

„Ganz genau", antwortete Ruth betroffen.

Das ist ja furchtbar.

„So etwas passiert bei uns, wenn es um Wertvolles geht und Gewalt im Spiel ist."

Auf so eine kranke Idee käme bei uns überhaupt keiner.

„Bei uns leider schon."

Aber die meisten Menschen sind doch auch friedlich, oder?

„Doch. Die Mehrheit ist eindeutig gegen Gewalt. Es ist ja auch verboten und wird bestraft."

Von wem?

„Von einem Gericht, das über den Fall berät und ein Urteil spricht."

Wie unser Ältestenrat?

„So ähnlich. Nur müssen die Richter nicht unbedingt alt sein, aber sie werden auch von der Gemeinschaft bestimmt. Die müssen sich an Gesetze halten, das sind aufgeschriebene Regeln, die für alle gelten. Wer sich nicht dran hält, wird vom Gericht angeklagt und kommt vielleicht sogar zur Strafe ins Gefängnis."

Melden die sich freiwillig bei diesem Gericht, die etwas Böses getan haben?

Ruth schüttelte den Kopf. „Schön wär´s. Dafür haben wir die Polizei. Die passen auf, dass sich alle an die Regeln halten. Die werden auch von den Leuten zu Hilfe gerufen, denen Unrecht angetan wurde, durch Gewalt, Diebstahl oder Beschädigung. Die Polizei sucht dann die Täter, fängt sie, sperrt sie ein und bringt sie vor Gericht."

Also diese Polizei hilft den Opfern und schadet den Bösen?

„Genau. Und das Gericht bestimmt dann die Strafe"

Aber wie kommt es dann zu diesen Kriegen? Gibt es da keine Polizei, die bei allen Völkern aufpasst und die Schuldigen einsperrt?

„Nun, es gibt schon diese Vereinten Nationen, die so eine Art Weltpolizei sein sollten. Aber die großen Länder können einen Einsatz einfach ablehnen und so verhindern. Das passiert immer, wenn die in den betroffenen Gebieten eigene Interessen haben. Die wollen sich ja nicht selber schaden."

So einen Einsatz der Weltpolizei müssten natürlich absolut Unabhängige beschließen.

„Aber davon gibt es nicht viele. Die meisten Länder sind an die mächtigen Staaten gebunden. Entweder direkt durch ein Bündnis oder auf wirtschaftliche Weise."

Bei Wirtschaft geht es um euer Geld, nicht wahr?

Ruth nickte. „Richtig. Irgendwie geht es auch immer um Geld."

Und wie entsteht so ein Krieg? Warum machen da alle mit?

„Manchmal entwickelt sich das langsam. Da wird die Bevölkerung zweier Länder von ihren Anführern gegenseitig aufgehetzt, bis ein kleiner Anlass genügt und es zu ersten Kämpfen kommt."

Aber warum lassen die beiden Völker ihre Anführer nicht gegeneinander kämpfen? Dann würde es doch nicht so viel Tod und Leid geben.

„Das wäre eine gute Regel. Und so einfach und

unblutig und billig. Aber die Anführer selber sind zu feige und verstecken sich hinter ihren Soldaten."

Wieso wehren sich die Leute nicht dagegen, in den Krieg zu ziehen?

„Einige wehren sich schon, aber die werden von der Masse zum Schweigen gebracht, oft sogar getötet."

Obwohl sie zum eigenen Volk gehören?

„Ja. Im Kriegstaumel sind die meisten nicht mehr empfänglich für vernünftige Argumente."

Wie im Blutrausch.

„Ja."

Ihr seid seltsame Wesen. Einerseits wisst und könnt ihr so viel, andererseits seid ihr dumm und brutal.

„Tja, so sind wir halt. Im ständigen Zwiespalt zwischen göttlich und tierisch."

Tiere sind nicht so. Und Götter kenne ich nicht.

Ruth seufzte. „Stimmt auch wieder."

26

Zum Abschluss des Aufenthalts an Bord gab es Kaffee, Tee und trockene Plätzchen. Kapitän Lutter saß nun auf dem Platz, den Ruth am Vormittag eingenommen hatte.

Dr. Falk hielt gerade eine Art von Abschiedsrede, als Dornbergs Handy pfiff. Er entschuldigte sich und eilte ans Ende des Raums. Die Mienen der Tischrunde zeigten Verärgerung, Schadenfreude oder Gleichgültigkeit.

Dornberg las die eingegangene SMS: 'Das sieht ja sehr vielversprechend aus. Gut, dass Sie wachsam waren. Ich wäre Ihnen sehr dankbar, wenn Sie die Beiden zum Flugzeugträger begleiten würden, weil Sie den Fall am besten kennen und bereits vor Ort sind. Lassen Sie Ihr Gepäck per Botschaftskurier nachkommen. Viel Erfolg, Herr Dornberg.'

Er grinste zufrieden. Es war doch erstaunlich, wie vorhersehbar Vorgesetzte reagierten. Er schrieb zurück: 'Ihrem Wunsch entsprechend, übernehme ich gerne den Auftrag.' Er steckte das Handy wieder weg und überlegte voller Vorfreude, mit welchem Posten sich die Dankbarkeit des Staatssekretärs wohl auszahlen würde. Dann ging er mit forschen Schritten zum ovalen Tisch zurück und meldete in das erwartungsvolle Schweigen: „Ich habe neue Anweisungen aus Berlin."

„In quasi letzter Minute?", sagte Tussmann ironisch.

„Genau." Dornberg wandte sich an den Kapitän: „Haben Sie an Bord noch ein Bett frei?"

„Nur in der Kabine bei Herrn Wildeck", antwortete Lutter. „Aber es ist ein Etagenbett."

„Das macht mir nichts aus."

Wildeck verdrehte die Augen und maulte: „Auch das noch."

„Um was geht es denn?", fragte Tussmann.

Dornberg fühlte sich wichtig und unbesiegbar. Er räusperte sich und erklärte diesen Zweitrangigen die für sie bestimmte Version.

Eo tauchte im Aquarium. Ruth saß vor dem Computer. Sie hatte gerade das Geschehen beim Besuch der Delegation ins Labor-Tagebuch eingetragen. Natürlich nur das, was alle erlebt hatten. Von Eos telekinetischen Fähigkeiten durfte niemand etwas erfahren.

Obwohl diese Meldung wie eine Bombe in der Wissenschaftswelt einschlagen würde. Mit ihrem früheren Ehrgeiz hätte sie darüber ein Buch geschrieben und wäre sicherlich bekannt damit geworden. Sofort fiel ihr Christel ein, die genau das von ihr erwartet hatte. Zum Gedenken an ihren Vater, der 57 Jahre lang alles über die Wasserwesen aufgeschrieben hatte. Allerdings hätte auch die sich nicht träumen lassen, dass nun solch ein lebendiger Amphibienmensch hier im Raum bei ihr plantschte und sich schon tagelang mit ihr unterhalten hatte.

Jetzt hätte sie wirklich reichlich aufsehenerregendes Material für ein dickes Buch. Und jede Menge Beweise. Eigentlich hätte sie das filmen müssen, wie Eo das Glas und den Kugelschreiber nur durch seinen Willen bewegt hatte. Aber dann müsste sie die Aufnahmen auch für lange Zeit gut verstecken.

Nein, es war besser und eindeutig sicherer, wenn sich alles nur in ihrem Kopf befand. Sie wusste nun, dass in den Ozeanen eine Menschengattung lebte, die über phänomenale geistige Kräfte verfügte und keinen Wert auf Äußerlichkeiten legte. Aber auch die war durch unsere Umweltzerstörung – wie alle Lebewesen auf der Welt – vom Untergang bedroht.

Ruth starrte auf den Monitor, ohne wahrzunehmen, dass sich schon längst der Bildschirmschoner regte. Sie würde dieses Geheimnis in ihrem Gedächtnis bewahren. Sie musste es niemandem beweisen. Auch nicht sich selbst.

Träumst du?

Ruth zuckte zusammen. Sie hatte sein Annähern überhaupt nicht bemerkt. „Du hast mich aber erschreckt."

Tut mir leid. Woran hast du denn gedacht?

Sie schaute zu ihm hoch. „Ach, an alles Mögliche."

Du brauchst dir um mich keine Sorgen machen.

„Vor dir kann man auch nichts verbergen."

Genau.

„Ich wünsche mir so sehr, dass du heil aus dieser Geschichte herauskommst und wieder frei bist." Ruth hätte heulen können und bekam feuchte Augen. Auch das war ungewohnt für sie. Sie sah wieder zum Computer.

Du hast es mir versprochen.

„Ja. Und ich werde das auch halten."

Wann lässt du mich denn frei?

Ruth stöhnte und zögerte mit der Antwort.

Heute Nacht schon?, staunte Eo.

Sie schüttelte den Kopf und musste trotz allem lächeln. „Wieso stellst du eigentlich noch Fragen?"

Eo strahlte sie an. *Und wie soll das ablaufen?*

„Du weißt doch sonst immer alles. Finde es mal heraus", sie griente schadenfroh.

Mit heute Nacht habe ich nicht gerechnet.

„Morgen kommen noch zwei Männer von einem ganz großen Geheimdienst an Bord, um dich wegzubringen. Dann wird eine Flucht noch viel schwieriger."

Wo wollen die mich denn hinbringen?

„Auf ein riesiges Schiff ihres Staates. Dort wollen sie dich weiter untersuchen. Und ich soll mitkommen, weil du mir vertraust und deshalb keinen Widerstand leisten würdest."

Ich will aber nicht, dass du durch mein Verschwinden Ärger und Nachteile bekommst.

„Ärger krieg ich auf jeden Fall. Aber das bin ich gewohnt."

Nicht, dass du auch vor so ein Gericht kommst und eingesperrt wirst.

„Dazu wird es nicht kommen, weil deine Existenz absolut geheim ist."

Was ist eine Existenz?

„Dass du lebst. Dass du hier bist."

Außerdem ist das nächste Gericht ja weit entfernt an Land irgendwo.

„Obwohl der Kapitän hier an Bord über allerhand Rechte verfügt. Der könnte mich ohne weiteres unter Arrest stellen."

Was ist das?

„Da wird man auch eingesperrt und bewacht. Aber unter wesentlich besseren Bedingungen als im Gefängnis."

Und wie willst du das verhindern?

„Wenn du weg bist, werde ich alles auf dich schieben", Ruth verzog einen Mundwinkel und zwinkerte ihm zu.

Also hast du dir schon einen Plan ausgedacht?

„Na, klar. Lass dich überraschen."

Aber ich könnte es nicht ertragen, wenn du wegen meiner Flucht leiden musst.

Sie presste die Lippen zusammen und schluckte.

„Das muss ich schon, weil du dann nicht mehr hier bist." Sie wunderte sich wieder über sich selbst. „Ich werde dich vermissen."

Eo legte ihr seine große Hand auf die Schulter. *Ruth Naumann, du bist wirklich ein sehr guter Mensch.*

„Dann frag mal die anderen", antwortete sie beschämt und wischte sich eine Träne weg.

Als Ruth die Messe zu ihrem späten Abendessen betrat, fiel ihr sofort Wildeck auf, der lächelnd den Arm hob und sie heran winkte. Überraschenderweise saß ihm Dornberg gegenüber, der nur mit einer Kopfdrehung reagierte. Ansonsten befanden sich nur noch drei Männer der Crew am anderen Ende. Ruth bedeutete Wildeck, dass sie sich ihr Essen holen und dann zu ihnen kommen würde. Sie hatte ja wohl keine andere Wahl.

An der Ausgabetheke entschied sie sich für Gemüselasagne, einen gemischten Salat, Schoko-pudding und Apfelschorle. Während sie auf ihren Teller wartete, überlegte sie, warum Dornberg noch da war. Hielten sich die anderen auch noch an Bord auf? Hatte es da eine große Planänderung gegeben, die sie extra nicht mitkriegen sollte? Hatte sie sich zu früh über ihren Abgang gefreut?

Mit ihrem gefüllten Tablett blieb sie vor dem Tisch stehen und fragte Dornberg: „Was machen Sie denn noch hier? Ich dachte, Sie sind schon an Land." Wildeck schien sich über ihr Erscheinen zu freuen.

„Ich habe neue Instruktionen von meinem Minis-terium."

„So?" Ruth setzte sich neben Wildeck. Von diesen beiden Kerlen war er ihr der sympathischere.

„Sie werden noch weiter meine Gesellschaft genießen können, weil ich Sie auf den Flugzeugträger begleiten werde."

„Ach, du Heiliger!", entfuhr es Ruth. „Muss das sein?"

Wildeck wirkte belustigt, seine Maulwurfsaugen blinzelten spöttisch.

Dornberg warf ihm einen vorwurfsvollen Blick zu und klagte: „Niemand scheint auf meine Anwesenheit Wert zu legen."

„Das müssen Sie nicht persönlich nehmen. Das liegt bestimmt am Amt."

„Das rede ich mir auch immer ein", sagte Wildeck.

Ruth hätte los prusten können. Der trockene Humor des Dicken gefiel ihr. Auch damit erinnerte er sie an Rudolf. „Sind die anderen auch noch auf dem Schiff?"

„Nein", Dornberg sah auf seine Uhr. „Die müssten inzwischen auf der Fahrt zum Hotel sein."

„Guten Appetit, Frau Naumann. Ihr Essen wird kalt", Wildeck betrachtete ihren Teller und den Salat. „Sie sind wohl wirklich auf dem Weg zur Vegetarierin."

„Vom Verstand her schon, aber mein Körper wehrt sich noch dagegen."

„Den werden Sie schon dazu zwingen, bei Ihrem starken Willen", Wildeck schob die letzten Reste auf seinem Teller zusammen und führte sie zum Mund.

„Und wie machen Sie das dann mit Ihrem Gepäck, Herr Dornberg? Sie haben doch sicherlich nichts dabei."

„Stimmt. Ich hoffe ja, dass ich von meinem liebenswürdigen Bettnachbarn etwas Duschgel und eine Fingerspitze voll Zahnpasta bekomme."

Wildeck brummte und rollte mit den Augen. „Meine Zahnbürste verleihe ich jedenfalls auch nicht."

„Und Herr Schäfer ist so nett und leistet Amtshilfe. Er informiert das Hotel und unsere Botschaft, damit mein Gepäck per Kurier zum Flugzeugträger gebracht wird."

Ruth zog eine missbilligende Miene. „Das ist ja ein Aufwand."

„Daran sehen Sie, wie wichtig Sie für uns sind", sagte Dornberg.

„Wohl eher das Wasserwesen."

„Das ist anscheinend so stark auf Sie fixiert, dass es nur im Zweierpack funktioniert."

„Was genau?, fragte Ruth lauernd.

„Na, all seine Fähigkeiten auszuloten. Ihn umfassend zu untersuchen."

„Und seine Einsatzmöglichkeiten zu prüfen?", ihre Augen verengten sich.

„Aber Frau Naumann", Dornberg sah sie überheblich an, „wir sind hier doch nicht in einem Action- oder Sciencefiction-Film."

„Dieses Wesen finde ich schon extrem utopisch", meinte Wildeck. Da er nichts mehr zu essen hatte, zogen die Desserts der beiden seinen Blick an.

„Woran genau ist denn Ihr Verteidigungsministerium interessiert?", erkundigte sich Ruth.

„An allen außergewöhnlichen Talenten", antwortete Dornberg. „Wir wollen auch nur Unbekanntes erforschen, genau wie Sie."

„Aber garantiert nicht zu so friedlichen Zwecken wie wir", entgegnete Ruth. Ihre Wut auf diesen Kriegsknecht brauchte dringend ein Ventil. Sie musste hier weg. Sie legte ihr Besteck auf den Teller, leerte ihr Glas und fragte Wildeck: „Möchten Sie meinen Nachtisch? Mir ist der Appetit vergangen."

„Aber gern."

Ruth überreichte ihm den Schokopudding, schob ihren Stuhl laut zurück und erhob sich.

„Angenehmen Abend noch, Frau Naumann", heuchelte Dornberg.

„Gleichfalls", knurrte sie zurück, nahm ihr Tablett und ging zur Theke.

Paul Jäger hockte nun schon über eine Stunde vor dem Bildschirm im ansonsten dunklen Raum. Er hatte sich sämtliche Aufnahmen der Unterwasserkameras noch einmal im Schnelldurchlauf angesehen, aber leider auch keine Spur eines Wasserwesens entdecken können. Genau wie seine Jungs.

Es war echt ärgerlich, dass seine hervorragende Falle nicht funktioniert hatte. Wahrscheinlich lag es daran, dass sie zu wenig Köderfische hatten. Ein prall gefülltes Fischernetz war eine ganz andere Größenordnung. Aber es gab hier nun mal nicht mehr.

Er hatte sich so gewünscht, den beiden wichtigsten Männern im Ministerium einen weiteren Amphibienmenschen präsentieren zu können. Tussmann hatte auch sichtlich enttäuscht gewirkt.

Paul ließ zurücklaufen und sah sich zum wiederholten Male den Abschnitt an, wo ziemlich am Anfang in einiger Entfernung vom Netz ein wegschwimmendes Wesen gezeigt wurde. Er vergrößerte den Ausschnitt und stellte auf Zeitlupe. Es war eindeutig genauso ein Wasserwesen wie hier an Bord. Fasziniert beobachtete er die graziösen Bewegungen dieser fremdartigen Kreatur. Es fiel ihm auf, dass die Fische ihr gar nicht auswichen. Sie schienen keinerlei Angst vor ihr zu haben.

Aber wieso drehte sie sich nicht um? Warum interessierte es sie anscheinend nicht, dass hier ein großes Schiff und gefangene Fische waren? Doch weshalb war sie dann überhaupt in der Nähe?

Wurde sie doch von ihrem Artgenossen auf irgendeine Weise gewarnt, nachdem Ruth ihm die Falle verraten hatte? Diese egoistische, nervige Schrulle, die den ganzen Ruhm für sich allein haben wollte.

Paul nickte vor sich hin. Es konnte nur so sein. Dieser Flossenmensch war auf dem Weg zum Netz gewesen, als er unbemerkt alarmiert wurde und sofort flüchtete.

Jetzt hoffte er auf morgen und auf die Neugier und den Rettungseifer dieses Wesens. Mit so einem Fang könnte er mächtig Eindruck bei den CIA-Typen und Dornberg machen. Wildeck war unwichtig.

Und Zwirn und Tussmann mussten dann seine Leistung honorieren.

Er stoppte die Aufnahme und schloss die Datei.

Ja, morgen musste es klappen.

27

Eos Teller war leer. Er hatte zum ersten Mal alles aufgegessen.

„Na, du hast aber Hunger gehabt", sagte Ruth.

Solche Sachen werde ich wohl nicht wieder bekommen.

Es gab ihr einen Stich, den sie weg zu lächeln versuchte. „Stimmt. Ab morgen bekommst du nur wieder gesundes Meeresgrünzeug."

Dieses leckere Obst werde ich vermissen.

„Ihr haltet euch doch wahrscheinlich in der Nähe von kleinen Inseln auf, oder?"

Eo nickte. *Ja. Möglichst bei unbewohnten.*

„Da musst du bei einem Landgang mal nach Früchten suchen." Ruth stand auf. „Komm, wir gucken mal auf die Karte." Sie stellten sich davor.

Wo sind wir noch mal? Sein langer Fingernagel kreiste über Borneo.

„Noch ein Stück nach rechts und etwas höher", sie tippte auf eine Stelle am unteren Ende der Philippinen. „Hier sind wir."

Eo zeigte auf eine senkrechte Inselgruppe rechts davon. *Dann sind wir wohl da irgendwo.*

„Das sind die Palau-Inseln. Da ist es bestimmt schön." Ruth kam der Gedanke, dass sie ihn durchaus später mal dort besuchen könnte.

Zum Glück merkte er nichts von ihrer verrückten Idee, weil er konzentriert die Karte studierte. *Hier sind ja auch so viele Inseln.*

„Das sind die Karolinen. Und alles gehört zu Mikronesien."

Und wo lebst du noch mal?

„Unendlich weit weg." Ihr Finger strich diagonal über die Landmassen nach links oben bis gegenüber von Kopenhagen. „Hier in Kiel.“

Eo beäugte die Stelle. *Da ist es bestimmt nicht so warm wie hier.*

„Nein. Aber dafür gibt es dort auch nicht so eine hohe Luftfeuchtigkeit wie hier. Ich bin das nicht gewohnt und schwitze draußen sofort.“

Eo nickte verständnisvoll.

„Warst du schon mal im Norden?“, fragte Ruth.

„Da, wo es kalt ist?“

Ja. Aber das war wohl eher hier. Er zeigte auf die Kamtschatka-Halbinsel. *Ich finde es hier aber angenehmer.*

„Angehörige deines Volkes wurden aber fast auf der ganzen Welt gesehen. Auch dort, wo es recht kalt ist.“

Ich weiß. Davon wurde uns berichtet.

„Also muss eure Haut sehr gut die Kälte abhalten können. So wie bei Walen und Delfinen.“

Trotzdem hab ich da oben gefroren.

„Du warst es nicht gewohnt, weil du dich nur in wärmeren Gebieten des Pazifiks aufgehalten hast.“

Eo nickte nachdenklich. *Und all das über uns weißt du aus dem Buch von diesem Seemann.*

„Ja. Er hieß Nils Unger.“ Sie verspürte gleich wieder Schuldgefühle gegenüber Christel.

Dornberg und Wildeck waren nach dem Abendessen in die Lounge gegangen, um noch ein kaltes Bier zu trinken. Hier hielten sich ungefähr 15 Personen auf, Frauen und Männer. Durch den Schichtbetrieb rund um die Uhr hatten immer welche gerade Freizeit.

Da sich zwischen ihnen keine rechte Unterhaltung entwickelte, verabschiedete sich Wildeck bald. Dornberg fand es fast erschreckend, dass sie anscheinend keine Gemeinsamkeiten hatten, obwohl sie beide Staatsbedienstete im Sicherheitsbereich waren. Er stellte sich mit seiner Flasche Bier an die Theke und suchte das Gespräch mit den Umstehenden. Zur Auflockerung gab er eine Runde aus, stellte sich vor und prostete ihnen zu.

Schließlich fragte er den sportlichen Mann neben sich: „Sie kennen doch bestimmt Frau Naumann, nicht wahr?"

„Ja. Das ist eine Kollegin von mir", antwortete Jens Förster.

„Hat die eigentlich einen Mann?" Dornberg zwinkerte verschwörerisch. „Oder eine Frau?"

„Soviel ich weiß, ist sie Single. Wieso?"

„Na, ich finde die ziemlich herrisch. Das wäre für einen Partner sicherlich nicht einfach."

„Was soll das?", Jens sah ihn kritisch an. „Wollen Sie meine Kollegin schlecht machen?"

„Nein, nein", beschwichtigte Dornberg. „Ich bin nur neugierig."

„Ich kann nämlich nur Gutes über sie berichten. Sie ist eine brillante Meeresbiologin und sehr kollegial. Ihre Arbeit ist ihr Leben."

„Wo würden Sie sie politisch einordnen?"

„Was soll das denn nun wieder?", empörte sich Jens. „Sie sind wohl auch noch beim Verfassungsschutz, wie?"

„Nein. Sie interessiert mich nur."

„Dann fragen Sie Ruth doch selber. Dann kann sie entscheiden, was sie Ihnen mitteilen will."

„Ist ja schon gut", Dornberg hob abwehrend die Hände. „Kein Grund sich aufzuregen."

„Wissen Sie was? Ich mag Ihr Bier nicht." Jens knallte die Flasche vor ihm hin und verschwand.

Ruth saß am Computer und überprüfte ihre Anfangsberichte. Eo hatte eine Zeit lang aus dem Bullauge geschaut. Nun stolzierte er im Labor umher und betrachtete die diversen Teile, Werkzeuge und kleinen Geräte, die sehr ordentlich die Fächer des hohen Metallregals füllten. Er konnte sich nicht erklären, wofür man das ganze Zeug benötigte.

Als er das Ende des Regals an der Tür erreicht hatte, spürte er etwas über sich. Er blieb stehen und sah nach oben. Da klebte ein kleines rundes Ding mit einer Art Auge. Das war ihm noch nie aufgefallen.

Eo ging zu Ruth und wartete, bis sie zu ihm aufschaute. „Ja?"

Bei der Tür am Regal klebt oben ein Ding mit einem Auge. Das war gestern noch nicht da.

„Was?", sie starrte ihn überrascht an. „Eine Überwachungskamera?" Sie zwang sich, nicht an ihm vorbei dorthin zu blicken.

Ich weiß nicht, was das ist. Als ich daran vorbei kam, habe ich eine gewisse Ausstrahlung bemerkt.

Ruth schüttelte bestürzt den Kopf und überlegte. „Du hast bestimmt das Signal empfangen, mit dem sich der Bewegungsmelder eingeschaltet hat. Diese Dinger haben so etwas, damit sie nur bei Bedarf aufnehmen."

Und wer hat das da festgemacht?

„Wenn es gestern noch nicht da war, kann es nur einer von unserem heutigen Besuch da heimlich befestigt haben. Denn einen zweiten Schlüssel zum Labor haben die nicht."

Und wozu?

„Na, um uns auszuspionieren."

Was ist das noch mal?

„Wenn man jemanden beobachten will, ohne dass er es mitbekommt. Solche Kameras werden immer kleiner und leistungsfähiger. Sobald sich hier im Raum etwas bewegt, wird es gefilmt."

Auch mit dem, was gesprochen wird?

Ruth hielt sich entsetzt die Hand vor den Mund. „Das kann sein, muss aber nicht. Nur zum Abhören gibt es noch kleinere Geräte, die man meistens nicht entdeckt. Deshalb nennt man die Wanzen, wie so winzige Käfer."

Was machen wir jetzt? So können die ja sehen, wenn ich heute Nacht abhauen will.

„Stimmt. Das Ding muss weg. Wir müssen es nur so anstellen, dass es denen nicht auffällt."

Und wie?

„Wir gehen jetzt möglichst unauffällig zum Aquarium und schleichen uns von hinten am Regal entlang ran. Dann entfernen wir die Kamera und zerstören sie. Wir müssen sie aber unbedingt gleich abdecken, damit der Sensor nicht reagiert."

Was ist das?

„Der Einschalter."

Und wenn sie nicht abgeht?

„Die hält garantiert durch einen Magneten."

Eo verdrehte die Augen. *Was ist das nun wieder?*

„Ein bestimmtes Material, das an Eisen haftet. Das Regal besteht daraus."

Wollen wir?

„Also los." Ruth erhob sich gemächlich, und beide schlenderten zum Aquarium, wobei Eos Gang dabei sehr dem einer Ente ähnelte.

Nun näherten sie sich von hinten dem Ende des Regals. Ruth beugte sich zur Seite und sah vorsichtig nach oben. Es war tatsächlich eine moderne Überwachungskamera. Sie streckte ihren Arm hoch, doch sie kam nicht ran.

Ich bin zu klein, dachte sie bewusst, du musst sie

abnehmen.

Gut. Eo kam problemlos an das runde Ding. Er umfasste es mit allen Fingern und zog es seitlich mit einem Ruck vom Regal. Sofort hielt er die andere Hand darauf, damit sich der Bewegungsmelder nicht einschaltete. Es sah aus, als ob er ein seltenes Insekt gefangen hätte.

Wirf es mit voller Wucht auf den Boden, übermittelte sie ihm.

Das tat er. Es knallte, die Kamera flog in mehreren Teilen auseinander. Ruth trampelte darauf herum. Der Metallboden dröhnte richtig. Dann holte sie Handfeger und Kehrblech, bückte sich, fegte alles zusammen und schüttete den Schrott in den Abfallbehälter.

„Das Ding ist hin und weg", sagte sie zufrieden und klopfte ihm anerkennend auf die Schulter.

Und jetzt können die nichts mehr sehen?

„Absolut nichts."

Was glaubst du denn, wer das war?

„Die Person muss schon mal größer als ich gewesen sein. Eigentlich ist so eine Spionagekamera genau das Fachgebiet von Wildeck. Aber dem möchte ich es irgendwie nicht zutrauen."

Und wem dann?

„Ich tippe auf Dornberg oder Falk." Plötzlich kamen ihr Zweifel, Paul von vornherein auszuschließen. Im Auftrag von Tussmann, Zwirn oder Falk hätte er es sicherlich getan. „Diese Schweine", raunte sie kopfschüttelnd.

Was ist das?

„Ein Tier, das wir oft essen."

Ist es gemein oder böse?

„Nein. Überhaupt nicht."

Versteh ich nicht.

Ruth lachte und musste feststellen, dass es auch wirklich nicht zu erklären war.

Dornberg lag oben im Etagenbett, er hatte die kleine Leselampe eingeschaltet. Es erinnerte ihn an einen unerfreulichen Aufenthalt in einer Jugendherberge. Damals war er noch schüchtern gewesen und von den Rädelsführern gemobbt worden. So etwas würde er sich nie mehr gefallen lassen. Heute war er stolz darauf, selber ein Alpha zu sein.

Er war froh, dass er hier oben liegen konnte, so hatte man wenigstens etwas mehr Luft über sich. Außerdem bezweifelte er, dass der dicke Wildeck hier problemlos hochklettern konnte.

Auf seinem Handy tippte er auf die App und öffnete das Menü. Er freute sich, dass fünf neue Aufnahmen eingegangen waren. Die beiden sonderbaren Wesen da unten im Labor schienen ja recht aktiv zu sein.

Dornberg startete den ersten neuen Film. Er zeigte die Naumann auf einem Bürostuhl vor dem Metalltisch, auf dem ihr Flossenfreund saß. Es war sehr langweilig, weil absolut nichts geschah. Die Kamera schaltete sich nur nicht ab, weil die Schreckschraube ständig ihren Drehstuhl etwas hin und her bewegte. Es dauerte ewig, bis endlich Schluss war.

Bei der zweiten Aufzeichnung schrieb die Naumann irgendwas am Computer. Dann tauchte das Wasserwesen auf und stellte sich neben sie. Anscheinend hatte sie ihn nicht bemerkt, denn sie erschrak sichtlich. Sie unterhielten sich einige Zeit und bewegten sich dabei geringfügig. Zum Schluss legte ihr der Amphibienmensch seine Hand auf die Schulter.

Dornberg stieß enttäuscht die Luft durch die Nase aus. Da musste ja wohl noch was Spannendes kommen.

Bei der dritten Aufnahme standen die beiden vor dieser Weltkarte und zeigten abwechselnd auf etwas. Der nächste Film begann mit dem Rücken des Wasserwesens, das auf die Naumann zuging, die wieder am Computer saß. Es blieb genau vor ihr stehen und verdeckte sie mit seinem Körper. Der fünfte Film zeigte die zwei, wie sie von ihrem vorherigen Standort langsam den Kamerabereich verließen, um wahrscheinlich zum Aquarium zu gehen.

Verdammter Mist!, fluchte Dornberg innerlich. Er schloss die App und warf das Handy frustriert zwischen seine Beine, als wenn es Schuld hätte. Er hatte deutlich mehr erwartet und natürlich auf eine weitere telekinetische Vorführung gehofft.

Er schaute auf seine Uhr. Jetzt war jedenfalls Schlafenszeit. Da würde nichts mehr passieren. Wildeck schmatzte nun sogar noch zu seinem Schnarchen. Hoffentlich konnte er so überhaupt einschlafen.

Ruth gähnte mehrmals hinter vorgehaltener Hand. *Müde?*

„Ja. Das war schließlich ein langer Tag nach einer kurzen Nacht. Und diese Nacht wird sicherlich auch nicht besser werden."

Wann lässt du mich raus?

„Nicht vor Mitternacht." Sie deutete auf die Wanduhr. „Das ist, wenn da beide Zeiger genau oben sind."

Gut. Ich geh dann mal ins Wasser.

„Tu das." Ruth beobachtete Eo, bis er im Aquarium untergetaucht war. Nun konnte sie in Ruhe über diese Spionagekamera nachdenken. Der unbekannte Anbringer wusste also nun von Eos übersinnlichen Kräften und konnte einen Beweis dafür vorzeigen. Wenn Tussmann und Falk dahintersteckten, würde man sie morgen wahrscheinlich nach Hause schicken, wo sie dann bald die Kündigung bekommen würde. Immerhin hatte sie ihren Vorgesetzten, dem Institut und der gesamten Wissenschaft bedeutende Informationen vorenthalten. Der Gedanke, dass sie dort nicht mehr als Meeresbiologin arbeiten durfte, schmerzte sie so sehr, dass sie ihn sofort verdrängte.

Wenn Dornberg der Verantwortliche war, würden die Militärs vorerst Stillschweigen darüber bewahren und sie weiter umfassend überwachen. Besonders auf diesem US-Flugzeugträger, wo die letztendlich alles mit ihnen anstellen konnten. - Wenn sie denn dort eintreffen würden.

28

Eo saß mal wieder auf dem Metalltisch, Ruth vor ihm auf dem Drehstuhl.

Nach mehreren schweigsamen Minuten seufzte sie und sagte: „Da wir ja nun nicht mehr viel Zeit haben, hätte ich noch einige Fragen an dich."

Eo schaute zur Wanduhr. Es war kurz vor halb zwölf. *Um was geht es?*

„Da euch ja sogar ziemlich viel von den Neandertalern überliefert wurde, könnte es doch sein, dass du auch von anderen großen Ereignissen in der Vergangenheit erfahren hast."

An was denkst du dabei?

„Zum Beispiel an gewaltige Vulkanausbrüche. Das sind die Berge, die Feuer, flüssiges Gestein und Qualm ausspucken. Oder an den Untergang einer riesigen Insel namens Atlantis, deren Bevölkerung viel weiter entwickelt war als andere." Nach unserem Maßstab allerdings, fiel Ruth ein, für den nur Bauten, Maschinen, Kultur und Kriegsgeräte zählen.

Vulkanausbrüche habe ich selber schon einige gesehen. Das ist doch nichts Besonderes. Manchmal werden so neue Inseln geboren.

„Richtig."

Von diesem Atlantis habe ich noch nichts erfahren. Wurde dieses große Meer danach benannt?

„Genau", sie nickte erfreut. „Und wie sieht es mit einer Sintflut aus?"

Was ist das?

„Das gab es mal in der Vergangenheit. Dabei regnete es auf der ganzen Welt über einen längeren Zeitraum sehr stark. Dadurch traten die Flüsse und Seen über die Ufer und überschwemmten das Land.

Durch den ungeheuren Zufluss stieg auch der Meeresspiegel an. Schließlich breitete sich eine unendliche Wasserfläche aus, aus der nur noch die Berge und das Hochland herausragten. Dahin mussten sich die Menschen retten, um nicht zu ertrinken."

Solche Überschwemmungen habe ich auch schon gesehen. Und von so etwas wie dieser Sintflut wurde uns berichtet.

„Echt?", Ruth sah ihn begeistert an. „Darauf habe ich gehofft, weil die Zeit der Neandertaler mindestens doppelt so lange zurückliegt. Wurde euch auch von einem mächtigen kastenförmigen Holzschiff erzählt, das mit etlichen Tieren und Menschen an Bord auf den Fluten trieb und nach langer Zeit an einem hohen Berg wieder an Land kam? Wir nennen es Arche."

Uns wurde von zahlreichen großen Holzschiffen berichtet, von denen viele gesunken waren. Unsere Leute konnten leider niemanden retten, weil kein Land in der Nähe war. Von Tieren weiß ich nichts.

„Mehrere Archen?", fragte sie ungläubig nach.

Ja. Das betraf ja wohl die halbe Welt. Da waren überall einzelne Schiffe unterwegs, um Land zu suchen.

„Erstaunlich."

Eo schmunzelte und zwinkerte ihr zu, was sehr lustig aussah. *Eigentlich war das genau die Welt, wie sie uns gefällt: viel Wasser und wenig Menschen.*

„Jetzt wirst du aber gemein."

Wart ihr ja auch immer.

„Da muss ich dir leider zustimmen."

Natürlich wollte keiner von meinen Vorfahren, dass Menschen ertrinken. Wir auch nicht.

„Ich weiß. Ihr seid ja nun schon oft als Lebensretter in Erscheinung getreten."

Vielleicht gibt es ja bald wieder so eine Sintflut,
weil durch eure Lufterwärmung das Eis schmilzt
und das Meer ansteigt.

Ruth nickte ihm betroffen zu. „Du hast recht. Die
Klimaveränderung könnte sich zu einer schleichen-
den Sintflut entwickeln. Das wäre dann wohl unser
Untergang."

Und unsere Rettung. Eo lächelte schelmisch.

„Könnte sein." Ihr war absolut nicht zum Lächeln
zumute. Gewannen die Wasserwesen letztendlich
doch den jahrtausendelangen ungleichen Kampf um
die Welt, weil wir sie zugrunde richteten? Die
konnten mit einer überschwemmten Erde sehr gut
leben – wir nicht.

Aber jetzt hättet ihr natürlich viel mehr Schiffe
als damals. Und größere und bessere. Sogar welche,
die unter Wasser schwimmen können.

„Dafür leben aber heute auch viel mehr Menschen
auf der Erde."

Und jede Menge Flugmaschinen habt ihr auch.

„Wir haben sogar Raketen, mit denen wir in den
Sternenhimmel und zu anderen Planeten fliegen
können. Auf dem weißen Mond waren wir schon ein
paar Mal."

Dann könnt ihr euch ja auf so einen Planeten
retten und dort neu anfangen.

„Wie ich uns kenne, würde es nur zwei Jahr-
hunderte dauern, bis wir so eine neue Erde kaputt
gemacht hätten. Wir würden sofort anfangen,
vorhandene Bewohner zu unterdrücken und auszu-
rotten, den Boden und die Natur auszubeuten und
die Luft zu verpesten."

Dann solltet ihr lieber hier bleiben und mit eurer

Welt in den Meeren versinken.

Ruth nickte nachdenklich mit zusammenge-pressten Lippen. Durch den von uns verursachten Klimawandel würde der Meeresspiegel steigen. So verkleinerten wir unseren Lebensraum und ver-größerten ungewollt den der Wasserwesen. So führten wir selber eine reinigende Sintflut herbei, die uns Schädlinge vertilgen würde.

Eine Viertelstunde später sah sie zur Uhr, stand auf und sagte: „So, jetzt geht's los."

Eo nickte mit ernster Miene und folgte ihr. Er beobachtete jeden ihrer Handgriffe.

Ruth fummelte den Schlüssel aus der Fingertasche ihrer Jeans und schloss den Schrank mit den Reaktionsflüssigkeiten auf, in dem sie in den letzten Tagen das Obstmesser sicher aufbewahrt hatte. Sie reckte sich zum obersten Fach und ertastete schnell den Zweitschlüssel fürs Labor. Zum Glück hatte sie ihn nicht auf der Brücke abgegeben. Im Gegensatz zu sonst ließ sie den Schrankschlüssel stecken und die Tür offen stehen.

Sie hielt es zwar für übertrieben, aber sie wischte den Laborschlüssel mit ihrem T-Shirt ab, bevor sie ihn Eo so von Stoff umhüllt hin hielt. „Nimm bitte den Schlüssel und schließ die Metalltür auf."

Mit zwei Fingern übernahm ihn Eo ganz behutsam. Er hielt ihn wie einen gefährlichen Fremdkörper, war mit wenigen Schritten bei der Tür und führte den Schlüssel vorsichtig ein.

„Du musst zweimal nach rechts drehen", Ruth zeigte die Richtung an.

Eo befolgte ihre Anweisungen äußerst konzen-triert. Im Schloss klackte es zweimal.

„Jetzt kannst du den Schlüssel loslassen. Lass ihn

aber stecken. Mit der Klinke kannst du nun die Tür öffnen."

Eo zog die Tür weit auf und verbeugte sich galant. *Bitte. Du hast den Vortritt.*

„Danke." Sie wunderte sich, woher er diese Geste kannte. Sie sah sich im Labor noch mal um und schaltete das Licht auf Notbeleuchtung um.

Auch diese Tür ließ sie offen stehen, sie betraten den langen Gang.

Warum lässt du die Tür auf?

„Das gehört zu meinem Plan."

Ein geheimer.

„Ich gehe etwas voraus und gucke bei jeder Abzweigung oder Treppe, ob die Luft rein ist."

Was bedeutet das?

„Dass es sicher ist. Dass keiner kommt."

Und was hat das mit sauberer Luft zu tun?

„Gar nichts. Das ist nur so eine Redensart. Wir müssen auf jeden Fall leise sein."

Ruth wandte sich nach links und ging los. Eo hielt ungefähr drei Meter Abstand zu ihr, trotzdem hörte sie deutlich die fluppenden Geräusche seiner Paddelfüße. Hier unten war um diese Uhrzeit vermutlich keiner mehr, weiter oben konnte es aber gefährlich werden. Deshalb sollte er da besser langsamer gehen.

An der Ecke, wo der Gang nach rechts abbog, blieb Ruth stehen und lugte um die Kante. Freie Bahn. Sie winkte Eo heran und ging weiter. Als sie das Treppenhaus erreichte, lauschte sie aufmerksam und schaute hoch und runter. Sie konnte nichts ausmachen und nickte Eo zu. Als er neben ihr stand, sah sie ihn an und dachte bewusst: Ab hier musst du ganz langsam gehen, damit dich niemand hört.

Eo schmunzelte. *Meine Füße sind eben nicht fürs*

Laufen bestimmt.

Ich weiß.

Müssen wir da rauf?

Ruth bestätigte das, stellte sich auf die erste Stufe und schlich sich hoch. Eo folgte ihr in einigem Abstand, zog sich langsam am Geländer empor und vermied jegliches Geräusch.

Die beiden Treppen schafften sie relativ schnell und viel besser, als Ruth befürchtet hatte. Sie sah und hörte nichts Verdächtiges. Mit einer Kopfbewegung forderte sie Eo zum Weitergehen auf. Dann standen sie vor der Tür nach draußen, die sie ausgewählt hatte.

Sie sah ihm in die Augen und dachte: Warte hier auf mich. Ich muss erst überprüfen ...

Ob die Luft rein ist? Er grinste.

Trotz aller Anspannung musste sie ein Kichern unterdrücken und dachte: Genau.

Ich warte brav.

Sie drückte die Klinke runter und betrat wachsam das Arbeitsdeck, weil das am tiefsten lag. Die Meeresluft tat gut. Sie befand sich hier an der vordersten Backbordseite des Decks. Die Steuerbordseite wurde vom Mond voll beschienen. Sie horchte und spähte in alle Richtungen. Sehen konnte sie niemanden, aber vom beleuchteten Heck her hörte sie Stimmengemurmel und einige Arbeitsgeräusche. Aber die waren recht weit entfernt. Sie öffnete die Tür und ließ Eo heraus. Er blieb bei ihr stehen und atmete die frische Luft erleichtert ein.

Der Himmel war wolkenlos und von unzähligen Sternen übersät, wie funkelnde Diamanten auf schwarzem Samt. Eine schwache Dünung bewegte das Meer. Der bleiche Mond strahlte magisch, sein Licht zog einen hellen Streifen über die dunklen

Wellen.

Das ist wunderschön.

„Ja", hauchte sie und lächelte mädchenhaft.

Sie genossen beide den grandiosen Anblick, bis Ruth sich an die bauchhohe Reling stellte und vorsichtig nach oben und dann zur Bugseite schaute. Sie kam wieder zu Eo, sah ihn an und dachte: Es ist keiner zu sehen. Du musst möglichst leise ins Wasser gleiten, damit es niemand hört.

Hauptsache, du kommst nicht wegen mir ins Gefängnis.

Ruth schüttelte den Kopf und dachte: So schlimm wird es nicht werden. Und denkt dran, dass ihr euch von Fischnetzen fern haltet.

Eo nickte. *Warte aber hier noch, bis ich in einiger Entfernung wieder aufgetaucht bin. Ich will dir zum Abschied noch einmal zuwinken.*

Sie schluckte gegen irgendeinen Widerstand an und hätte heulen können. Sie dachte: Aber nur in dieser Richtung. Sie zeigte nach links.

Eo legte ihr seine großen Hände auf die Schultern und sah ihr tief in die Augen. *Du bist ein sehr guter Mensch, Ruth Naumann. Ich werde dich vermissen.*

Sie bekam weiche Knie und blinzelte.

Ich dich auch, Eo. Und grüß Ia von mir.

Er griente. *Mach ich. Ich verdanke dir meine Freiheit.*

Ich hab sie dir ja auch genommen und dich in einen Käfig sperren lassen.

Das stimmt allerdings. Das war nicht so nett.

Du musst jetzt los, dachte sie, obwohl sie noch stundenlang so mit ihm stehen könnte.

Ja. Er ließ ihre Schultern los.

Ich wünsche dir und deinem Volk alles Gute. Ruth hätte ihn gerne umarmt, traute es sich aber nicht.

Ich wünsche es nur dir.

Verstehe.

Eo hob die rechte gestreckte Hand zum Gruß, die Schwimmhäute spannten sich. Er schwang sich mit dem Hintern auf die Reling. *Auf Wiedersehen, Ruth.*

Auf Wiedersehen, Eo.

Dann drehte er ihr den Rücken zu und rutschte von der Reling nach unten. Sein Eintauchen war nicht lauter als eine größere Welle.

Den Verlust empfand sie sofort als beklemmend. Trotz der vielen Luft hier, musste sie schneller atmen. Sie blieb kurz vor der Reling stehen und suchte die Wellen ab. Er tauchte in ungefähr 30 Metern Entfernung etwas weiter links auf, wie eine helle Boje.

Ruth zwang sich zum langsameren und tieferen Einatmen. Damit er wusste, dass sie ihn entdeckt hatte, winkte sie Eo zu. Plötzlich tauchte neben ihm ein weiterer Kopf auf. Wie zwei weißliche Bälle dümpelten sie auf dem Wasser.

Das muss Ia sein, dachte Ruth erstaunt. Dieses Schlitzohr hat schon wieder heimlich seine Frau kontaktiert. Obwohl er ja eigentlich keine richtigen Ohren hat. Dieser Ausdruck wäre ihm äußerst schwer zu erklären gewesen.

Eo winkte ihr jetzt mit ausholender Armbewegung zu. Ia tat es verhaltener, eben weiblicher.

Im Gegensatz zu Ruth. Die erwiderte ihre Grüße wie eine Schiffbrüchige, sie schwenkte beide erhobenen Arme sich kreuzend hin und her. Sie strahlte und Tränen liefen ihr über die Wangen.

Mit einem gesteigerten Wedeln gingen die beiden Wasserwesen unter. Die seichten Wellen wirkten so, als ob dort niemals etwas gewesen wäre. Eo und Ia tauchten nicht wieder auf.

Ruth weinte, wie seit ihrer Kindheit nicht mehr. Sie musste sich an der Reling festhalten.

Es dauerte einige Zeit, bis sie sich gefasst hatte und in ihre Kabine gehen konnte.

29

Es klopfte an ihre Tür. Ruth war sofort wach, weil sie damit gerechnet hatte. Sie rührte sich aber nicht, bis Linda unten ihre Leselampe anknipste und aufstöhnte.

Es wurde erneut etwas stärker geklopft.

Ruth schaute runter und fragte: „Was ist denn?"

„Keine Ahnung. Das ist ja zum Verrückt werden!", Linda stand auf und schaltete die Kabinenbeleuchtung ein. „Was wollen Sie?", blaffte sie gegen die Tür. „Es ist mitten in der Nacht!"

„Öffnen Sie bitte", antwortete eine Männerstimme.

Linda fluchte und entriegelte das Schloss. Sie öffnete die Tür und ließ nur ihren Kopf sehen. Die beiden uniformierten Männer kamen ihr bekannt vor. „Was wollen Sie denn schon wieder?"

„Entschuldigen Sie die Störung", sagte der Offizier vom Dienst.

„Wird das jetzt zur Gewohnheit, dass Sie uns jede Nacht aus dem Bett scheuchen?", schimpfte Linda.

„Ich muss mit Frau Naumann sprechen."

„Schon wieder?", rief Ruth von oben und begann herunterzuklettern.

„Würden Sie sich bitte etwas anziehen und herauskommen?"

„Ja."

Linda knallte wortlos die Tür zu. „Das sind die gleichen Idioten wie letzte Nacht", flüsterte sie Ruth zu.

Die nickte mit genervter Miene und zog sich ihren grauen Jogginganzug über ihr Nachthemd.

Linda gähnte. „Du hast ja noch weniger gepennt als ich. Ist wohl sehr spät geworden?"

„Ja", Ruth strich sich über ihre Haare. „Leg dich wieder hin. Vielleicht kannst du ja noch etwas schlafen."

„Ich versuch´s jedenfalls."

„Bis später", Ruth öffnete die Tür, trat in den Gang und zog die Tür zu.

„Wir sind es leider wieder", sagte der Offizier.

„Ich seh´s. Sie werden ja langsam lästig. Haben Sie wieder verdächtige Fußspuren entdeckt?"

Die beiden Männer reagierten verärgert. „Diesmal nicht", erwiderte der Offizier. „Haben Sie den Schlüssel für das Notlabor dabei?"

„Ja. Hier", sie zog das schwarze Band am Hals hoch.

„Würden Sie ihn mir bitte zeigen?"

„Klar", Ruth zog das Band heraus und ließ es auf ihrer Brust. „Da ist er", sie tippte auf den größeren Schlüssel.

„Und wofür ist der andere?"

„Hier für die Kabinentür."

„Gestern haben Sie behauptet, dass es nur einen Schlüssel für dieses Labor gibt."

„Meines Wissens nach. Richtig", Ruths Blick wanderte vom Offizier zum bisher stummen Matrosen und wieder zurück. „Wollen Sie mir nicht endlich sagen, was passiert ist?"

„Nun, dieses Wesen ist weg."

„Wie weg?", fragte sie verständnislos.

„Es ist verschwunden. Die Tür vom Labor steht weit auf und es befindet sich niemand mehr darin."

„Wie soll das gehen? Ich habe ordentlich abgeschlossen, und den Schlüssel hab ich hier", sie hob ihn kurz an.

„Es steckt ein anderer Schlüssel dort im Schloss."

„Was?" Ruth bemühte ihr ganzes schauspielerisches Talent für einen entsetzten Gesichtsausdruck. „Das kann nicht sein."

„Doch", der Offizier nickte. „Ich schlage vor, wir gehen erst mal runter zum Labor."

Auf dem ganzen Weg wurde kein Wort gesprochen. Ruth ging neben dem Offizier her, der Matrose folgte ihnen. Sie dachte an Eo und Ia, die nun endlich wieder vereint nebeneinander schwommen, auf dem Weg zu den Palau-Inseln.

„Das gibt's doch nicht!", entfuhr es Ruth, als sie von weitem die offen stehende Labortür sah.

„Sie haben also nichts von der Existenz eines zweiten Schlüssels gewusst?", erkundigte sich der Offizier.

„Ich hab jedenfalls noch nie einen gesehen. Aber auch nicht weiter darüber nachgedacht. Bis Sie mir gestern sagten, dass es anscheinend keinen weiteren Schlüssel gibt, bin ich davon ausgegangen, dass einer als Reserve im Schlüsselschrank der Brücke hängt."

„Nein. Der entsprechende Haken ist leer."

„Das ist ja sehr seltsam."

„Finde ich auch, Frau Naumann."

Inzwischen hatten sie die Tür erreicht. Ruth beugte sich runter und beäugte den steckenden Schlüssel wie ein Weltwunder.

„Bitte nicht anfassen!", warnte der Offizier.

Ihr lag schon ein Lästerspruch von wegen Spurensicherung und so auf den Lippen, doch das hätte ihre Betroffenheit geschmälert. „Nein, nein."

Sie betraten das Labor, es war voll beleuchtet. Der Matrose marschierte gleich zielstrebig zu dem offen stehenden Schrank mit den Reaktionsflüssigkeiten und postierte sich daneben.

Ruth ignorierte das. Sie spielte die Suchende und

eilte zum Aquarium, bückte sich unter den Metalltisch, überprüfte den Fußraum beim Schreibtisch und irrte dann etwas planlos im Labor umher; wohl wissend, dass sie dabei vom Offizier aufmerksam beobachtet wurde. Schließlich gesellte sie sich mit ratloser Miene zu den Männern vor dem Schrank.

„Frau Naumann, was ist mit diesem Schlüssel hier?", der Offizier zeigte darauf. „Steckt der immer im Schloss?"

„Nein. Den hab ich normalerweise in meiner Hosentasche."

„Gibt es davon einen Zweitschlüssel?"

„Nicht, dass ich wüsste."

„Und warum steckt der jetzt hier?"

Ruth zog die Schultern hoch. „Keine Ahnung."

„Haben Sie gestern Abend vergessen ihn abzuziehen?"

„Nein. Auf keinen Fall. In dem Schrank bewahre ich immer das Messer auf, mit dem ich das Obst für das Wasserwesen schäle und zerteile. Anschließend lege ich es sofort nach dem Säubern wieder zurück, schließe den Schrank ab und bewahre den Schlüssel in dieser kleinen Tasche meiner Jeans auf."

„Dann haben Sie ihn also hier verloren?", vermutete der Offizier.

„Ich weiß es nicht."

„Oder haben Sie ihn doch aus Versehen steckengelassen?"

„Das glaube ich nicht. Ich bin eigentlich sehr gewissenhaft", Ruth zog ein beschämtes Gesicht.

„Nun, das sollen andere aufklären."

„Und wie geht's jetzt weiter?"

Der Offizier räusperte sich. „Ich werde den Kapitän und Dr. Falk über das Verschwinden informieren. Wir werden die Labortür versiegeln und den

Gang hier absperren."

„Wie bei einem Tatort?", sie vermied jegliche Ironie.

„Ja, so ähnlich."

„Müsste nicht das gesamte Schiff nach dem Wasserwesen abgesucht werden?"

Der Offizier schüttelte den Kopf. „Das halte ich für überflüssig. Dieses Wesen wird ein Außendeck gesucht haben und von dort ins Meer gesprungen sein. So schnell wie möglich weg vom Schiff."

„Das ist eine Katastrophe", sagte Ruth betroffen.

„Sie können dann wieder in Ihre Kabine gehen, Frau Naumann."

Sie nickte traurig und entfernte sich mit deprimierter Körperhaltung, spürte die Blicke der Männer auf ihrem Rücken.

Beim Frühstücken mit Linda und Asena spielte sie weiter die enttäuschte Hintergangene und beantwortete ihre Fragen mit etwas leidender Miene.

„Aber wie soll dieses Wesen denn an den Zweitschlüssel gekommen sein?", fragte Asena.

Ruth reagierte nur mit einem müden Schulterzucken.

„Meiner Meinung nach muss der irgendwo in diesem Schrank gelegen haben, ohne dass es jemand wusste", spekulierte Linda.

„Und woher soll das Wasserwesen es gewusst haben?", Asena sah sie skeptisch an.

„Gar nicht. Es hat Ruths Schlüssel gefunden, den sie vermutlich nicht richtig eingesteckt hatte. Dann hat es den Schrank geöffnet, ihn genau durchsucht und den Zweitschlüssel entdeckt. Vielleicht ganz oben, wo nicht jeder dran kommt."

Gut kombiniert, dachte Ruth.

„Kann sein", Asena schwenkte den Kopf hin und her.

Dr. Falk betrat die Messe, überprüfte die Anwesenden und marschierte dann auf den Tisch mit den drei Frauen zu.

Ruth erspähte ihn zuerst und flüsterte: „Achtung. Falk kommt hierher. Nicht umdrehen."

Asena und Linda erwarteten wie gelähmt das nahende Unheil.

„Guten Morgen, meine Damen", begrüßte er sie. „Obwohl es absolut kein guter ist."

Die Frauen erwiderten nur kläglich seinen Gruß und konzentrierten sich auf ihr Frühstück.

„Frau Naumann, um zehn Uhr im großen Besprechungsraum!", befahl Falk mit strenger Stirn.

„Ja. Gut", hauchte sie zurück.

„Dann guten Appetit noch, die Damen", mit energischen Schritten ging er zur Essensausgabe.

„Der ist mir soeben vergangen", Ruth verdrehte die Augen.

„Hauptsache, der setzt sich nicht zu uns", sagte Asena.

„Glaub ich nicht", Linda nahm einen Schluck Kaffee.

„Auf jeden Fall wirst du mächtig Ärger kriegen, Ruth", Asena schaute sie mitfühlend an.

„Davon gehe ich aus. Aber ich kann schließlich auch nichts dafür."

„Du wirst dich schon nicht unterkriegen lassen von denen", ermutigte sie Linda.

„Nee." Ruth erblickte Dornberg und Wildeck, wie sie in die Messe kamen und sich umsahen. Dornberg entdeckte Falk, der sich gerade an einen freien Tisch setzte. Er machte Wildeck darauf aufmerksam, der nur ein gleichgültiges Achselzucken zeigte. Dann nahmen sie sich ein Tablett und stellten sich bei der Essenstheke an.

„Hast du denn schon mal bemerkt, dass dieses Wesen in deiner Abwesenheit das Labor durchsucht hat?", erkundigte sich Asena.

„Ja. Am Anfang hab ich das Obstmesser abends in eine Schublade gelegt. Am nächsten Morgen lag es jedoch auf der Arbeitsplatte. Zur Sicherheit hab ich es dann jedes Mal in diesen Schrank eingeschlossen."

„Was er natürlich gesehen hat", sagte Linda.

„Selbstverständlich. Der hat alles mitgekriegt, was um ihn herum geschehen ist." Und noch dazu auf ganz anderen Kanälen, dachte Ruth.

„Ist ja auch nachvollziehbar, dass er hier raus wollte, um wieder frei zu sein", Asena schielte auf ihre Uhr.

„Klar."

„Logisch."

„Er hatte sicherlich Angst, für immer eingesperrt und Versuchskaninchen zu sein", sagte Asena.

„Bestimmt." Das mit der Überstellung auf einen US-Flugzeugträger hatte Ruth ja nicht weitererzählen dürfen.

„Hoffentlich versuchen die nicht, dir irgendeine Schuld an seinem Verschwinden anzuhängen", Linda rümpfte die Nase.

„Davon gehe ich aber aus", erwiderte Ruth. „Das wird ein Tribunal werden, und ich bin die einzige auf der Anklagebank. Die hohen Herren müssen doch ihre eigenen Köpfe retten und brauchen ein Bauernopfer."

„Die können dir doch nur vorwerfen, dass du diesen Schrankschlüssel verloren hast", meinte Asena. „Und das ist höchstens Fahrlässigkeit."

„Tja", Ruth zog eine bekümmerte Miene. „Ich fürchte mich davor, nicht mehr hier und am Institut arbeiten zu dürfen."

„Das können die nicht machen", Linda schüttelte den Kopf.

„Auf keinen Fall", stimmte Asena ihr zu. „Mehr als eine Abmahnung kann da nicht rauskommen."

„Sehe ich auch so", sagte Linda.

„Vielleicht solltest du Paul um Unterstützung bitten", schlug Asena vor. „Als Personalrat kann der dir doch sicherlich helfen."

„Der kann mir gestohlen bleiben", entgegnete Ruth und starrte mit zusammengepressten Lippen vor sich hin.

„Scheiße!", zischte Dornberg in der ansonsten leeren Lounge, als er auf der App sah, dass keine neuen Filme eingegangen waren. Wie konnte das sein?

Als Falk ihnen vorhin beim Frühstück beichtete, dass das Wasserwesen in der Nacht verschwunden sei, war er geschockt gewesen, weil das all seine Pläne und Hoffnungen zunichte machen würde. Aber sogleich war für ihn klar gewesen, dass die Naumann dahinter steckte und ihren Schützling in die Freiheit entlassen hatte. Und er war hundertprozentig davon überzeugt gewesen, dass er auf seinem Handy die Beweisaufnahmen dafür hatte. Auch wenn die illegal waren, würde man sie sich ansehen, um diese Flucht aufzuklären und die Schuldige zu bestrafen.

Aber da war nichts. Nicht mal eine mickrige Sequenz. Wie war das möglich? Die mussten sich doch im Labor bewegt haben. Er hatte die Kamera schließlich direkt bei der Tür angebracht, die musste doch ausgelöst worden sein.

Es sei denn …

Es gab nur zwei Erklärungen dafür: Entweder handelte es sich um einen technischen Defekt oder die Kamera war entdeckt und zerstört worden.

Aber um das herauszufinden, musste er noch mal unter irgendeinem Vorwand ins Labor und es überprüfen. Falls die Kamera noch da war, würde er sie unauffällig entfernen.

Aber trotzdem war alles aus.

Verdammter Mist! Diese verschrobene Zicke hatte alles kaputt gemacht.

Sein außerordentlicher Einsatz bei diesem Fall sollte der lang ersehnte Schub für seine Karriere sein. Der Staatssekretär hätte ihm aus Dankbarkeit einen gut dotierten Posten zugeschanzt.

Und jetzt? Nichts mehr. Kein Wasserwesen – kein Ruhm.

Am liebsten würde er die Naumann über Bord werfen. Dann könnte ihre geliebte Flossenkreatur sie retten und mitnehmen. Wohin auch immer.

30

Ruth saß auf dem gleichen Platz wie gestern, nur zu beiden Seiten mit reichlich Abstand zum nächsten. Das lag daran, dass sich jetzt drei Personen weniger am Tisch verteilt hatten. Für Ruth verstärkte es aber das Gefühl einer abgesonderten Angeklagten.

Ihr genau gegenüber saß Falk, flankiert von Dornberg und Paul, der anscheinend nicht fehlen durfte. Rechts von Ruth befand sich Kapitän Lutter, vor dem ein schmaler Hefter lag, links thronte Wildeck.

Falk schaltete ein Aufnahmegerät ein, schob es weiter auf den Tisch und erkundigte sich, ob jemand etwas dagegen habe, dass diese Gesprächsrunde aufgezeichnet werde. Nur Paul und Dornberg schüttelten den Kopf, die anderen zeigten keine Reaktion.

Falk: „Herr Wildeck, zuerst möchte ich von Ihnen als Verbindungsmann zu den Geheimdiensten wissen, ob die vom CIA Bescheid wissen, damit sie nicht umsonst hierher kommen."

Wildeck: „Die Kollegen habe ich sofort nach dem Frühstück per Sicherheits-Handy darüber informiert. Glücklicherweise waren sie noch nicht auf dem Weg."

Falk: „Gut. Und wie haben die auf die Hiobsbotschaft reagiert?"

Wildeck: „Natürlich mit Unverständnis und Verärgerung. Und mit der typischen amerikanischen Überheblichkeit, dass denen so etwas garantiert nicht passiert wäre."

Ruth lag schon eine bissige Bemerkung über einige US-Fehlschläge auf der Zunge, verkniff sie sich aber.

Dornberg: „Was ich auch glaube. Die Amis hätten so ein unersetzliches Geschöpf bestimmt nicht entkommen lassen. Das ist echt peinlich. Man muss sich ja schämen. Genauso wie für Ihre negative Haltung gegenüber den USA, Herr Wildeck."

Wildeck: „Nicht negativ, nur ehrlich und kritisch."

Dornberg: „Mit Ihrer Einstellung gehören Sie nicht in den BND."

Wildeck: „Das haben Sie ja zum Glück nicht zu entscheiden."

Ruth genoss es, dass sich die Kerle gegenseitig angriffen.

Dornberg: „Leider."

Paul: „Vielleicht haben wir ja noch Erfolg mit meiner Falle und können ein anderes Wasserwesen fangen."

Falk: „Das wäre wirklich toll, Herr Jäger."

Lutter: „Ich glaube nicht daran. Dieses zweite Wesen war sicherlich nur hier, weil wir einen Artgenossen hatten."

Richtig, dachte Ruth, Ia wollte unbedingt ihren Mann befreien.

Falk: „Nun, wir werden sehen."

Paul: „Ich hoffe jedenfalls, dass der Drang, die armen Fische zu befreien stärker ist als seine Vorsicht."

Mistkerl!, dachte Ruth.

Falk: „Frau Naumann, nun zu Ihnen als Hauptperson dieser Untersuchung. Haben Sie etwas mit dem Verschwinden des Wasserwesens zu tun?"

Ruth: „Nein. Ich habe mir nichts vorzuwerfen."

Dornberg: „Das glauben Sie doch wohl selbst nicht!"

Falk: „Haben Sie ihm auf irgendeine Weise zur

Flucht verholfen?"

Ruth: „Natürlich nicht." Dieser Militär-Heini glotzte sie an, als würde er gleich über den Tisch springen und sie würgen.

Dornberg: „Ich weiß, dass Sie nicht ehrlich zu uns sind, dass Sie uns wichtige Informationen vorenthalten haben."

Ruth: „So? Was denn für welche?"

Wildeck: „Und woher wollen Sie das wissen?"

Dornberg: „Dazu werde ich mich zu gegebener Zeit an höherer Stelle äußern."

Lutter: „Wenn Sie in dieser Runde derartig schwere Vorwürfe vorbringen, sollten Sie auch die entsprechenden Beweise hier auf den Tisch legen."

Dornberg: „Später. Bei meinem Vorgesetzten im Ministerium."

Also hat der die Spionagekamera angebracht, dachte Ruth. Und ist wahrscheinlich im Besitz eines illegalen Films über die telekinetischen Fähigkeiten von Eo. Mit mir als Assistentin.

Falk: „Wie Sie meinen. Das müssen wir dann wohl so hinnehmen."

Dornberg: „Richtig."

Falk: „Frau Naumann, nach Ihrer Aussage hatten Sie keinerlei Kenntnis von der Existenz eines Zweitschlüssels für die Labortür?"

Ruth: „Nein. Und auf der Brücke anscheinend auch niemand."

Lutter: „Wieso?" Er klappte den Hefter vor sich auf und las darin.

Ruth: „Weil sich der Offizier vom Dienst in der vorletzten Nacht so geäußert hat. Und in der letzten hat er gesagt, dass der entsprechende Haken im Schlüsselschrank leer sei."

Lutter: „Haben Sie eine Erklärung dafür, woher

dieser Schlüssel nun aufgetaucht ist?"

Ruth: „Nein."

Dornberg: „Das glaube ich nicht. Ich bin davon überzeugt, dass man Ihre Fingerabdrücke auf dem Schlüssel findet."

Ruth: „Dann nehmen Sie mir doch Fingerabdrücke ab und vergleichen sie die."

Dornberg: „Herr Kapitän, können Sie das hier durchführen?"

Lutter: „Nein."

Falk: „Können wir nun weitermachen, Herr Dornberg?" Der nickte missmutig. „Frau Naumann, haben Sie denn irgendeine Vermutung?"

Ruth: „Nun, es könnte sein, dass der Ersatzschlüssel ganz oben in diesem Schrank mit den Reaktionsflüssigkeiten gelegen hat. Von mir unbemerkt. Und dass das Wasserwesen ihn beim Durchsuchen des Schranks gefunden und benutzt hat."

Lutter: „Wurde dieser Schrank im Normalfall von Ihnen verschlossen?"

Ruth: „Ja."

Lutter: „Von Anfang an?"

Ruth: „Ja. Aus Sicherheitsgründen wegen der chemischen Flüssigkeiten. Und außerdem wegen des Obstmessers, das ich für die Mahlzeiten des Wasserwesens benutzt habe. Nach der Säuberung habe ich es jedes Mal gleich wieder weggeschlossen."

Lutter: „Ich lese hier, dass Sie diesen Schlüssel in einer kleinen Hosentasche aufbewahrt haben."

Ruth: „Richtig."

Lutter: „Warum nicht auch um den Hals?"

Ruth: „Das war irgendwie unpraktisch."

Falk: „Auch bei diesem Schlüssel wissen Sie nichts von einem zweiten?"

Ruth: „Nein."

Paul: „Gab es denn einen Anlass, dieses Messer sofort wieder einzuschließen? Fühltest du dich bedroht?"

Ruth: „Nein. Auf keinen Fall."

Paul: „Hat der Flossenmensch mal mit dem Messer herumgespielt?"

Ruth: „Auch das nicht."

Lutter: „Sie haben ausgesagt, dass Sie sich ziemlich sicher sind, den Schlüssel nicht steckengelassen zu haben."

Ruth: „Stimmt."

Lutter: „Also bleibt nur die Möglichkeit, dass Sie ihn verloren haben."

Ruth: „Sieht so aus. Er ist ja recht klein."

Dornberg: „Oder Sie haben ihn absichtlich liegengelassen."

Ruth: „Jetzt reicht´s aber!"

Lutter: „Herr Dornberg, halten Sie sich zurück mit Ihren wüsten Anschuldigungen! Sonst muss ich Sie von der Befragung ausschließen."

Falk: „Wir wollen hier doch sachlich und objektiv bleiben."

Ruth amüsierte sich innerlich über die rote Birne von Dornberg, er schien kurz vor dem Platzen zu sein.

Paul: „Da kann ich Ihnen nur zustimmen, Dr. Falk."

Arschkriecher!, dachte Ruth.

Lutter: „Wann haben Sie das Labor verlassen?"

Ruth: „Kurz vor Mitternacht."

Lutter: „Arbeiten Sie oft so lange?"

Ruth: „Nein. Nur selten. Aber ich wollte noch einiges ausdrucken, um es zum Flugzeugträger mitzunehmen."

Lutter: „Haben Sie das Licht auf Notbeleuchtung umgeschaltet?"

Ruth: „Ja. Alles war wie immer."

Falk: „Frau Naumann, Sie sind ja nun die einzige Person, mit der dieses Wesen kommuniziert hat. Gab es irgendwelche Äußerungen oder Anzeichen dafür, dass es seine Flucht plante?"

Ruth: „Nein."

Paul: „Also ist dieser Amphibienmensch doch nicht so edel gewesen, wie du angenommen hast. Immerhin hat er dir den Fund des Schlüssels verheimlicht und dich hintergangen."

Ruth: „Tja." Sie spielte wieder die Enttäuschte.

Lutter: „Nun, meiner Meinung nach müssen Sie sich keine großen Vorwürfe machen. Sie wussten ja nichts von dem Ersatzschlüssel und haben lediglich den Schrankschlüssel verloren. So etwas kommt vor. Der OvD hat hier Ihre glaubwürdige Überraschung beschrieben", er tippte auf den Bericht.

Dornberg: „Was? Das darf doch wohl nicht wahr sein!"

Lutter: „Ich warne Sie!"

Ruth erfreute sich innerlich an Dornbergs Miene, der sich nur mühsam beherrschen konnte.

Falk: „Also, Frau Naumann, bis auf weiteres sind Sie vom Dienst suspendiert. Staatssekretär Tussmann wird persönlich darüber entscheiden, ob Sie an Bord bleiben können oder nach Hause müssen."

Paul: „Das muss natürlich alles arbeitsrechtlich korrekt ablaufen."

Falk: „Selbstverständlich. Das Labor bleibt versiegelt und der Bereich abgesperrt. Ihre gesamten Unterlagen zum Wasserwesen übernimmt Herr Jäger, der den Fall aufarbeiten wird. So lange Sie hier sind, verlange ich von Ihnen uneingeschränkte

Kooperation ihm gegenüber. Das Passwort für den Computer ist ihm mitzuteilen. Sie werden ihm sämtliche privaten Aufzeichnungen aushändigen. Nur er allein hat Zutritt zum Labor. Außer uns beiden natürlich", er deutete auf den Kapitän und sich.

Ruth: „Ja." Insgeheim bewunderte sie Pauls mimisches Talent: Er zeigte ihr sein tiefstes Bedauern, obwohl sie wusste, dass er am liebsten vor Freude in die Luft springen würde."

Dornberg: „Ist es möglich, sich im Labor noch mal umzusehen?"

Lutter: „Nein."

Der will nur die Kamera entfernen, dachte Ruth. Aber das ist nicht mehr nötig.

Dornberg hätte diesen Trotteln jetzt gerne seine Handyaufnahmen mit dem unsichtbar bewegten und überschwappenden Glas und dem rollenden Kugelschreiber gezeigt, aber das würde ihm hier und jetzt nichts nutzen, nur schaden. Aber ganz ohne Kampf und Widerstand wollte er auch nicht von der Bühne verschwinden. Deshalb sagte er mit verengten Augen: „Das wird natürlich ein Nachspiel für Sie haben."

Lutter: „Wollen Sie uns etwa drohen?"

Dornberg: „Das können Sie so auffassen."

Lutter: „Ich glaube, Sie überschreiten schon wieder eindeutig Ihre Kompetenzen."

Dornberg: „Ich habe wenigstens welche."

Lutter: „Jetzt werden Sie mal nicht unverschämt!"

Dornberg: „Wenn dieser Fall unter unserer Aufsicht gestanden hätte, wäre die Hauptfigur garantiert nicht getürmt. Wir hätten das so effizient wie die Amis gehandhabt."

Falk: „Wir sind hier schließlich kein Militärbetrieb."

Dornberg: „Und das war von Anfang an der Schwachpunkt."

Falk: „Wir dienen mit friedlichen Mitteln der Forschung."

Dornberg: „Deshalb nimmt Ihre zweitklassige Ministerin diese Angelegenheit auch nicht so wichtig wie mein Verteidigungsminister. Das werden Sie schon bald merken und sich verantworten müssen."

Falk: „Werden Sie nicht beleidigend!"

Lutter: „Wir sollten das jetzt hier beenden."

Dornberg: „Wieso? Gehen Ihnen die Argumente schon aus?"

Wildeck: „Suchen Sie hier eigentlich nur Streit?"

Dornberg: „Was wollen Sie denn überhaupt, Sie komischer Agent."

Lutter: „Herr Dornberg!"

Ruth hörte gar nicht mehr richtig zu. Das war ihr zu blöd. Egal, was mit ihr passieren würde, sie tröstete sich damit, dass sie durch die zahlreichen Gespräche mit Eo so viel Sensationelles erfahren hatte, was sich diese Kerle absolut nicht vorstellen konnten. Sie wusste, dass die Wasserwesen den Phöniziern den Weg in den Atlantik gezeigt hatten, und den Wikingern den nach Amerika; dass es bei der Sintflut nicht nur eine Arche gegeben hatte, und dass sie sogar mental Gegenstände bewegen konnten.

Die Wissenschaftswelt würde ausflippen, aber es ohne Beweise natürlich nicht glauben. Genau wie sie früher.

31

Ruth stand in der offenen Rettungsboot-Nische und atmete die noch frische Morgenluft tief ein. Das glatte, unendliche Meer gab ihr das beruhigende Gefühl, dass ihre kleinen Probleme nicht so wichtig waren. Von den Außendecks hörte sie Arbeitsgeräusche und Stimmen. Alle hatten etwas Sinnvolles zu tun – nur sie nicht.

Wildeck und Dornberg hatten gestern Nachmittag das Schiff verlassen. Und da man die Gelegenheit nicht genutzt hatte, sie gleich mit nach Hause zu schicken, war sie guter Hoffnung, noch an Bord bleiben zu dürfen. Falk würde sie wohl bald einem neuen, hoffentlich interessanten, Aufgabenbereich zuweisen.

Paul hatte ihr zwei schleimige SMS geschickt, auf die sie aber nicht reagierte. Ansonsten hatte er sie bis jetzt in Ruhe gelassen.

Wildeck hatte sich überaus herzlich von ihr verabschiedet und ihr Klischee von einem Geheimagenten gründlich auf den Kopf gestellt. Nicht nur von der Körperfülle und dem Appetit her, erinnerte er sie an Rudolf.

Der verfluchte Dornberg war zum Glück grußlos abgehauen. Sie hätte ihm auch nicht die Hand gereicht. Aber sie hoffte, dass er sich reichlich Sorgen wegen seiner zu entdeckenden Spionagekamera machte. Er wusste ja nicht, dass sie in Einzelteilen im Mülleimer gelandet war.

Das Sonnenlicht glitzerte auf dem seichten Wasser. Der Ozean war eine blaue endlose Fläche, die am Horizont in den Himmel überging. Das Meer hütete seine Geheimnisse. Von hier aus konnte man nichts vom wimmelnden Leben darin sehen. Vielleicht befand sich in diesem Moment ein Pottwal tief unter dem Schiff auf Jagd nach Tintenfischen. Oder ein Hai musterte die Köderfische in Pauls dämlicher Falle. Oder ein gigantischer Fischschwarm zog wie ein zuckender Körper da entlang. Oder eine bis jetzt unbekannte Art suchte Beute in der totalen Finsternis der Tiefsee. Alles war möglich. Sogar menschliche Wasserwesen.

Ruth lächelte. Sie war so dankbar, dass sie Eo und seine Welt kennengelernt hatte. Das war bis jetzt das Beste in ihrem Leben gewesen.

Sie schaute auf ihre Uhr und seufzte. So ein Tag war ganz schön lang ohne Arbeit. Aber sie wollte die anderen auch nicht davon abhalten. Außerdem ging sie den meisten Leuten aus dem Weg, um nicht immer wieder die gleichen Fragen beantworten zu müssen und unausgesprochene Vorwürfe zu spüren.

Ruth saß in der Kabine an dem kleinen Tisch, der eigentlich nicht für zwei Personen reichte. Sie hatte ihr Tablet vor sich und las im Internet über die Palauinseln. Sie waren die westlichste Inselgruppe im Archipel der Karolinen und bestanden aus über 300 mitunter sehr kleinen Inseln. Nur wenige von ihnen waren bewohnt, viele waren einfach nicht groß genug für eine Besiedlung.

Das sind bestimmt die, bei denen sich Eo mit seiner Sippe aufhält, dachte Ruth.

Die größte Insel hieß Babelthuap, die meisten kleineren waren von Korallenriffs umgeben. Die Inselgruppe wurde von Spanien kolonialisiert und 1899 nach seiner Niederlage im Spanisch-Amerikanischen Krieg an das Deutsche Reich verkauft.

Das ist ja ein Zufall, dachte sie, dass die mal zu

Deutschland gehörten.

Im Ersten Weltkrieg wurden die Palauinseln von Japan besetzt. Im Zweiten Weltkrieg kam es 1944 bei den südlichen Inseln zu schweren Kämpfen zwischen Amerikanern und Japanern.

Ruth musste an Eos Geschichte denken, wie sie als Kinder zwischen Schiffs- und Flugzeugwracks gespielt und dabei auch Skelette gesehen hatten.

Seit 1994 gab es den unabhängigen Inselstaat Palau.

Ruth schloss die Seite und wischte weiter. Sie hatte nicht erwartet, dass es relativ viel über Palau gab. Aber am Erstaunlichsten fand sie wirklich, dass Deutschland diese so weit entfernten Inseln für ein paar Jahre besessen hatte.

Sie öffnete eine Seite, die Wissenswertes für einen Urlaub in Palau versprach. Dieses Inselparadies liege gut 12.000 Kilometer von Deutschland entfernt. Es gebe keine Direktflüge dorthin, die reine Flugzeit betrage rund 17 Stunden. Die beste Reisezeit sei von Februar bis April, die Temperaturen lägen meist zwischen 24 und 30 Grad.

Es gebe keine große Auswahl an Hotels. Hier wurden zwei als beste Hotels in Koror empfohlen, die unter anderem einen eigenen privaten weißen Sandstrand mit einer angeschlossenen Lagune hätten.

Hört sich nach Luxusurlaub an, dachte Ruth.

Palau sei vor allem durch die fantastische Welt der sogenannten Rock Islands bekannt. Dabei handele es sich um tropisch überwucherte Mini-Inseln, die wie Pilze aus dem Meer herausragten.

Sie bestaunte die wunderschönen Fotos mit grünen Inselchen im türkisfarbenen Meer.

Die Inseln von Palau seien eines der besten und

abwechslungsreichsten Tauchgebiete der Welt. Bereits 2009 wurden die Hoheitsgewässer komplett zum allerersten Hai-Schutzgebiet erklärt.

Sehr vorbildlich, dachte sie.

Bei den Tauchgängen dort könne man mehr als 1.500 verschiedene Fischarten und 700 Korallen- und Anemonenarten bewundern.

Das ist doch genau das Richtige für mich, dachte Ruth, denn die Riffs liegen ja nicht so tief.

Vielleicht sollte sie sich mal mit dem Ehepaar Tamm aus Oberhausen dort zum Tauchen treffen und sie dabei eventuell mit Wasserwesen überraschen. Immerhin hatte sie ja Manfred Tamm bei ihrem Telefonat versprochen, ihn über Neuigkeiten zu informieren.

Sie sah Bilder von Fischschwärmen, unterschiedlichen Haien, Korallenbänken mit unzähligen bunten Fischen und Meeresschildkröten in vielen Größen.

Ruth lächelte vor sich hin, weil sie im Geiste zwischen Eo und Ia durch diese großartige Unterwasserwelt tauchte und sich anschließend mit ihnen auf so einer grünen Mini-Insel ausruhte.

Sie nickte mehrmals. Das wäre doch der ideale Urlaub für sie. Irgendwie war sie davon überzeugt, dass sie dort Eo und andere Wasserwesen treffen würde. Wahrscheinlich würde er sie eher finden als umgekehrt, wenn sie laut seinen Namen rief.

Vielleicht sollte sie Christel als Wiedergutmachung zu diesem Urlaub einladen. Natürlich ohne ihren Burkhard.

Die würde jedenfalls staunen, wenn sie ein lebendiges Wasserwesen sah. Und damit wäre auch ihr Vater auf einen Schlag rehabilitiert.

*

Liebe Leser.

Wenn Ihnen mein Buch gefallen hat, würde ich mich sehr freuen, wenn Sie es beurteilen oder eine kleine Rezension schreiben würden.

Vielen Dank im Voraus

Hermann Lühr

Weitere Informationen auf der Amazon-Autorenseite.
Oder ausführlicher und mit Kontaktmöglichkeit auf meiner Webseite: hermannluehr.jimdofree.com

Buchveröffentlichungen, alle auch als E-Book erhältlich:

Die Kristallpyramide

Wer erbaute die Pyramiden in Gizeh?
Und warum?
Dieser Roman gibt die faszinierende Antwort darauf und ist wie eine Zeitreise ins alte Ägypten.
Die Spur führt von einer geheimnisvollen Anlage im Harz und einer von dort mitgenommenen Kristallpyramide bis zu sensationellen Bildern aus dem Pyramidenzeitalter Ägyptens.

Verschollene Welten

Der Roman handelt von unerklärlichen Funden, die absolut nicht in das herkömmliche Bild der Menschheitsgeschichte passen.
Wie kamen moderne Gegenstände in eine verschlossene Höhle, die dort 1947 entdeckt wurden?
Und von wem stammen diese fremdartigen Wandinschriften?
60 Jahre später will Robert Wagner diese Rätsel lösen.

Aller-Gen

Werden Blüten zur Bedrohung und Bäume unsere Feinde?
Überall kommt es zu schlagartigen Pollenabwürfen bei bestimmten Bäumen, die zu Todesfällen führen.
Holger Grimm vom Umweltministerium und Anja Blass vom Gesundheitsministerium werden mit der Aufklärung dieser rätselhaften, gefährlichen Pollenschauer beauftragt.

Der Senex-Mann

Was für ein Geheimnis hat dieser weißhaarige Mann? Bodo Schenk hilft ihm, denn schließlich ist er schuld daran, dass dieser zwielichtige Laborleiter auf dessen außergewöhnliche Blutwerte aufmerksam wurde und sie deshalb verfolgen lässt.
Ihre Flucht führt sie bis nach Rügen und in die Vergangenheit.

Sein Blut

Sara Buhl leidet unter Angstzuständen und merkwürdigen Albträumen und ist deshalb bei einem Psychiater in Behandlung. Der findet heraus, dass sie sich in ihren Träumen 2.000 Jahre zurück befindet und erfährt Unglaubliches.
Doch auch ein skrupelloser Russe ist auf Saras besondere Fähigkeiten aufmerksam geworden und verfolgt finstere Pläne.